Kurt Lehmkuhl: Blut klebt am Karlspreis

AF219745

Kurt Lehmkuhl

Blut klebt am Karlspreis

Kriminalroman
(Mörderisches Aachen Band 3)

Bibliografische Information der Deutschen Nationalbibliothek: Die Deutsche Nationalbibliothek verzeichnet diese Publikation in der Deutschen Nationalbibliografie; detaillierte bibliografische Daten sind im Internet über www.dnb.de abrufbar.

Dieser Roman wurde 1997 im Meyer & Meyer Verlag, Aachen erstmals veröffentlicht. Der Abdruck erfolgt mit freundlicher Genehmigung des Gmeiner-Verlags, Meßkirch. Er veröffentlicht diesen Roman in seiner Reihe „E-Book only", ISBN 978-3-7349-9396-1.

© 2021 Kurt Lehmkuhl
Herstellung und Verlag: BoD – Books on Demand, Norderstedt.
ISBN 9783753480374

MIX
Papier aus verantwortungsvollen Quellen
Paper from responsible sources
FSC® C105338

FSC
www.fsc.org

Budenzauber

Ich konnte nur noch verständnislos mit dem Kopf schütteln, nachdem ich beim Morgenkaffee in meinem Büro in der Aachener Zeitung und in den Aachener Nachrichten die Berichte über die gewalttätigen Auseinandersetzungen von angeblichen Fußballfans am Vorabend an der niederländisch-deutschen Grenze gelesen hatte.

Ein meiner Ansicht nach belangloses Fußballspiel zwischen Roda Kerkrade und Borussia Mönchengladbach im Halbfinale des UEFA-Cups hatten einige hirnlose Idioten aus beiden Ländern zum Anlass genommen, sich gegenseitig die hohlen, kurz geschorenen Schädel kräftig zu polieren. Ausgerechnet am Symbol der friedlichen Vereinigung beider Staaten, an der gemeinsamen Grenzstraße von Kerkrade und Herzogenrath, wo schon lange vor der Idee des vereinten Europas das schrankenfreie Miteinander über Staatsgrenzen hinweg gelebt wurde, waren die Schlägertrupps aufmarschiert. Da wollten es die Niederländer den Moffen einmal deutlich zeigen, was man von ihnen hielt, und da wollten die Deutschen im Gegenzug den Kaasköppen lauthals den Hass entgegen brüllen.

Offensichtlich unbemerkt von der Polizei, die wegen des Fußballspiels und der nicht gerade zart besaiteten Fanatiker aus Mönchengladbach ohnehin im Stadion in Kaalheide in höchste Alarmbereitschaft versetzt worden war, hatten sich die Schläger an der Nieuwstraat am Kreisverkehr versammelt, an dem die Josefstraße und die Kokelestraat mit der Grenzstraße zusammentrafen. Nach dem verbalen Schlagabtausch waren die Randalierer auch körperlich aufeinander losgegangen. Über eine Stunde dauerte es, ehe die Ordnungshüter die wüste Prügelei unter den Augen zahlreicher Schaulustiger unterbinden konnten und sich die internationalen Schwachköpfe mit Gejohle und gegenseitigen Schmähgesängen voneinander verabschiedeten.

Erstaunlicherweise war es bei der Keilerei bei wenigen Leichtverletzten geblieben, die nach ambulanter Behandlung ihren dummköpfigen Kameraden folgen durften. Festnahmen gab es bis auf eine Ausnahme keine; lediglich ein volltrunkener Skin aus Richterich musste die Nacht in Polizeigewahrsam verbringen. Die Rädelsführer waren unbemerkt entkommen. Die Polizei hatte zwar die Personalien einiger Beteiligten aufgenommen und einige ihrer Bekannten wiedergesehen, aber es bei den üblichen Aktennotizen belassen.

„Ist es nicht schlimm, dass nach einer solchen Prügelei die Affen wieder frei herumlaufen dürfen?", fragte ich verärgert meine Sekretärin Sabine, die mit der Kaffeekanne ins Zimmer gekommen war. „Die haben das mit den Frühlingsgefühlen wohl ziemlich falsch verstanden." Ich zeigte ihr die Fotos in den Zeitungen, auf denen die Typen mit ihren hasserfüllten Gesichtern abgelichtet waren. Die Kerle schwangen ihre Keulen und Ketten oder droschen aufeinander ein.

„So ist halt das Leben, mein lieber Tobias", antwortete Sabine lakonisch und hauchte mir einen feuchten Kuss auf die Stirn. „Frühlingsgefühle habe ich übrigens auch." Sie füllte den Kaffee in die Tasse. „Mit oder ohne Zucker?", fragte sie mich. „Oder etwa doch wieder Süßstoff?"

Darauf konnte ich wahrlich verzichten, von Süßstoff hatte ich nach meinen Erlebnissen beim Alemannen-Sponsor und Printenkönig Noppeney gründlich die Nase voll. „Weder Zucker noch Süßstoff", antwortete ich, „ich brauche nur dich." Ich zog Sabine zu mir auf den Sessel und drückte sie an mich.

„Nicht während der Dienstzeit", schnurrte sie, „was soll nur unser Chef denken?" Dennoch schmiegte sie sich eng an mich und küsste mich erneut.

„Was euer Chef denkt, ist euch wohl einerlei", tönte es sofort in meinem Rücken. Unbemerkt hatte sich unser Brötchengeber ins Büro geschlichen. „Ihr tut sowieso, was ihr wollt", brummte er mit gespieltem Zorn.

„Wir fördern das Betriebsklima", lachte Sabine ungeniert, und prompt musste unser Boss schmunzeln. Wenn Sabine beim Lachen ihre niedlichen Grübchen zeigte, konnte ihr niemand widerstehen. Ich kann es nicht und Dr. Dieter Schulz ebenfalls nicht; eigentlich kein Wunder, ist er doch mit Sabines Zwillingsschwester Do verheiratet.

Sabine und ich sind längst nicht so weit. Ob wir allerdings noch einmal vor den Traualtar treten würden, ließen wir beide offen. Momentan stand uns jedenfalls nicht der Sinn danach. Wir konnten ausgesprochen gut und harmonisch mit unserem gemeinsamen Singledasein auskommen, zumal Dieter und Do, Sabine und ich ohnehin eine große Familie waren, zu der auch noch Tobias junior, der Nachwuchs meines Chefs und Freundes gehörte.

„Wenn ihr mit eurem Speichelaustausch fertig seid, habe ich eine Aufgabe für dich", sagte Dieter zu mir, „du kannst dadurch dazu beitragen, dass zum Teil deine Ausbildungskosten wieder hereinkommen." Er grinste mich an.

Noch vor einigen Wochen hätte ich wahrscheinlich mit spitzer Zunge gekontert, doch nachdem ich meinen Job als Bürovorsteher in der Anwaltskanzlei von Schulz hatte aufgeben müssen, um in Vorbereitung auf das zweite Juristische Staatsexamen als Referendar bei ihm arbeiten zu können, hatte ich keine passenden Argumente mehr. Meinen bisherigen Job machte nun ein junger Mann, der sich auf unser Stellenangebot beworben hatte und der auf den traditionsreichen Aachener Namen Jerusalem hörte. Das war neben den guten Noten für den Ur öcher Schulz Grund genug gewesen, den Mann einzustellen.

Matthias Jerusalem wollte nach einer Ausbildung zum Rechtspfleger die Zeit bis zum Beginn eines Jurastudiums praxisnah überbrücken.

Unser Umgang miteinander würde sich bald wieder ändern, wenn ich als Rechtsanwalt in die Kanzlei von Schulz eintrat. Das konnte nur noch einige Monate dauern, dann würde Dr. Dieter Schulz, Rechtsanwalt in Aachen, spezialisiert auf Familienstreitigkeiten aller Art, einen Kompagnon haben: meine Wenigkeit. Dann hatten wir endlich unser Ziel erreicht, das wir uns vor fast zehn Jahren gesetzt hatten, als er damals in einem Strafprozess meine Pflichtverteidigung übernommen hatte. Seitdem waren wir fast unzertrennlich gewesen und galten ebenso wie Sabine und Do als Zwillinge, fast gleich alt und noch lange nicht 40, fast gleich groß und schlank, beide kurzhaarig blond und ziemlich blauäugig.

Zwischen uns gab es nur selten ernsthaft Streit und dann allenfalls wegen der unterschiedlichen Auffassung über die angemessene Kleidung. Dieter fühlte sich nur wohl im grauen Anzug mit Hemd und Krawatte in Reinkultur, für mich hingegen gehören zum absoluten Lebensgefühl Jeans, Sweatshirt und Lederjacke.

„Daran kann man euch wenigstens noch auseinander halten", hatte Do unlängst noch gemeint, als Dieter mich anlässlich eines Festaktes der Anwaltskammer in einen Anzug zwängen wollte.

Do und Sabine unterscheiden konnten eh nur Experten, also nur Dieter und ich, und vielleicht auch noch unser Rezeptionsdrachen in der Kanzlei, das ältliche Fräulein Schmitz. Sabine und Do sind halt beide schön, groß, schlank, blond, immer froh gelaunt und wahrlich nicht auf den hübschen Kopf gefallen. „Eine muss euch halt Paroli bieten können, sonst macht ihr nur Blödsinn", hatte Sabine zuletzt auf ihre Kontrollfunktion und die ihrer Schwester für Dieter und mich hingewiesen.

Ohne unsere Frauen hätten Dieter und ich schon so manches Mal dumm im Regen gestanden, musste ich unumwunden zugeben, auch wenn ich es niemals laut in Gegenwart der beiden Holden ausgesprochen hätte.

„Hier!" Dieter holte mich in den Kanzleialltag zurück und warf einen dünnen Schnellhefter auf den Schreibtisch.

„Was ist das?", fragte ich neugierig.

„Nicht Besonderes", antwortete Dieter verdächtig gelassen. „Wohl so'ne Art Mietstreitigkeit. Ich weiß es auch nicht so genau." Er schmunzelte. „Außerdem soll es doch deine Sache sein, herauszufinden, was das ist."

‚Das sind die Aufgaben, die ich liebe', knurrte ich in mich hinein. Ich lehnte mich in den Sessel zurück und öffnete den Hefter. Er enthielt gerade einmal ein Schreiben an unsere Kanzlei von einem Eduard

Brandmann aus Gerolstein, in dem er uns bat, möglichst diskret für ihn eine Hausräumung vorzubereiten.

‚Das wird doch nicht?', dachte ich ein wenig beunruhigt; aber leider wurde meine Befürchtung wahr.

Eines der alten Wohnhäuser an der Monheimsallee, das mehrere Monate leer gestanden hatte, war vor knapp vier Wochen von Studenten besetzt worden. In Anbetracht der Wohnungsnot hatten die Studenten kurzerhand das Haus in Beschlag genommen und sich dort eingenistet.

Brandmann beabsichtigte, so schrieb er jedenfalls, unverzüglich mit Umbauarbeiten an dem Gebäude zu beginnen. Er wollte dort Eigentumswohnungen errichten und hatte bereits zwei verkauft. Spätestens am Freitag, dem 15. Mai, müsste das Haus geräumt sein, weil am darauf folgenden Montag die erste Arbeitskolonne anrücken würde.

„Dieter, das mache ich nicht!", war meine erste entrüstete Reaktion. „Nur weil ein feister Sack Profit abzocken will, sollen die armen Schweine raus aus der windschiefen Hütte? Nein, nicht mit mir!", sagte ich heftig und gab Schulz den Brief.

„Sind wir hier in der Politik oder bei den Idealisten gelandet?", fragte Dieter ironisch, nachdem er das Schreiben überflogen hatte. „Hier will jemand seine wirtschaftlichen Interessen durchsetzen, die allem Anschein nach juristisch begründet sind, und bittet uns um anwaltliche Hilfe", antwortete er sich selbst.

13

„Das ist unser Job, mein Freund." Jetzt kam wieder die alte Leier: „Wenn wir ihn nicht machen, macht ihn ein anderer."

Ich schaute Schulz immer noch grimmig an. Ich wusste, wie es weitergehen würde.

„Wenn wir aber den Job machen, haben wir die Kontrolle über das Geschehen", fuhr mein Freund und Chef fort.

„Solche hirnrissigen Hausräumungen sind doch gar nicht unsere Metier", kramte ich ein zugegebenermaßen schwaches Argument hervor, das mein juristisch versierter Lehrherr sofort wegwischte.

„Herr Grundler, Sie sollen in meiner Kanzlei umfassend in allen relevanten Rechtsgebieten ausgebildet werden, dazu gehören auch derartige Streitigkeiten. Ich möchte Sie daher bitten, die Angelegenheit zu meiner Zufriedenheit zu erledigen!"

„Du denkst doch nur an die paar Kröten als Honorar", maulte ich geschlagen.

„Nur mit Idealismus kommst du nicht weit", konterte mein Vorgesetzter. „Machst du jetzt den Mist oder soll ich einen unserer Jungspunde dranlassen?"

Ich winkte ab. Bevor einer unserer angestellten Anwälte sich an dieser Geschichte die Finger verbrannte, wollte ich sie lieber selbst erledigen.

„Aber ich versuche, das Beste für die Studenten herauszuholen", kündigte ich entschlossen an.

14

„Davon bin ich eigentlich immer ausgegangen", sagte Dieter grinsend, bevor er schnell mein Zimmer verließ.

Das zweite Blatt im Schnellhefter war die Kopie eines Schreibens unserer Kanzlei an Brandmann, mit dem wir uns für die Übergabe des Mandates bedankten und ihn zugleich aufforderten, die beigefügte Vollmachtserklärung unterschrieben an uns zurückzusenden.

Wenig begeistert wählte ich die Telefonnummer, die Brandmann in seinem Briefkopf angegeben hatte. Ich wollte mich von ihm über den Sachverhalt aufklären lassen, bevor ich aktiv wurde, und war gespannt auf seinen Bericht.

Schon nach dem zweiten Klingelzeichen wurde am anderen Leitungsende energisch der Hörer abgenommen.

„Brandmann", schnarrte eine Stimme im Kommandoton schmerzhaft ins Telefon, „was wollen Sie?"

Es fiel mir schwer, höflich und ruhig zu bleiben, die Stimmlage und die befehlende Frage gefielen mir überhaupt nicht. „Grundler von der Anwaltskanzlei Dr. Dieter Schulz aus Aachen", meldete ich mich bescheiden. „Spreche ich mit Eduard Brandmann?"

„Ja, natürlich. Mit wem denn sonst?", kam es ungehalten zurück. „Sie haben schließlich meine Rufnummer gewählt."

Der Kerl regte mich auf. Gerolstein, Kommandoton, morgens auf Anhieb erreichbar; mir kam eine Vermutung, die ich bei passender Gelegenheit äußern wollte.

Aber zunächst bat ich Brandmann, mir die Situation rund um das Wohnhaus in Aachen zu schildern. „Dabei gehe ich einmal davon aus, dass es sich tatsächlich um Ihr Eigentum handelt."

Für einen Moment schien es, als würde Brandmann implodieren. „Davon können Sie unbesorgt ausgehen", bellte er dann ohrenbetäubend, „meinen Sie etwa, ich hätte sonst Ihre Kanzlei beauftragt?"

Meine Antwort wartete er nicht ab.

„Da gibt es nicht viel zu schildern", fuhr er schnell und bestimmend fort. „Vor drei Monaten habe ich die Bruchbude von einer zerstrittenen Erbengemeinschaft gekauft, nachdem die alleinlebende Eigentümerin verstorben ist."

Auch als passionierter Nicht-Aachener war ich entrüstet, wie Brandmann so emotionslos über das Schicksal eines der Häuser an der Monheimsallee reden konnte. Aber ich schwieg und hörte zu.

„Nachdem ich mehrere Interessenten für Eigentumswohnungen habe und die Finanzierung steht, möchte ich den Altbau möglichst schnell sanieren." Die unfreundliche Stimme wurde noch eine Spur kälter. „Deshalb müssen die nichtsnutzigen Studenten auf der Stelle raus. Dafür haben Sie zu sorgen, Herr Krundlach!"

16

„Grundler", korrigierte ich ihn verärgert, „Tobias Grundler."

„Von mir aus auch Grundler", erwiderte Brandmann interesselos, „Hauptsache, Sie räumen mir gefälligst schnell die Hütte." Er habe keine Lust, sich von den Faulpelzen das Geschäft verderben zu lassen, als Immobilienmakler habe er verständlicherweise kein Interesse, das Haus nicht merkantil nutzen zu können.

Ob er schon lange als Makler tätig sei?, fragte ich vorsichtig.

Brandmann verneinte. „Erst seit meinem Ausscheiden als Offizier aus der Bundeswehr im vergangenen Jahr."

Damit hatte er meinen Verdacht bestätigt. „Bei der FmAKp 911?"

„Woher wissen Sie das?" Brandmann fragte mich weniger verblüfft als vielmehr fordernd.

Bei dieser Fernmeldeausbildungskompanie sei ich auch einmal gewesen, antwortete ich bereitwillig, das sei aber fast 20 Jahre her.

„Wie dem auch sei, das spielt keine Rolle." Brandmann kam wieder zum Thema. „Ich will an mein Eigentum und zwar so schnell wie möglich. Haben Sie verstanden, Herr Grundloch?"

Ich würde mein Bestes tun, versicherte ich, bevor ich das Telefonat beendete. Darauf könne sich Herr Bratpfann verlassen.

„So ein Arschloch", ereiferte ich mich, als Sabine lächelnd ins Büro trat.

„Von solchen Arschlöchern leben wir, Tobias", entgegnete sie sachlich. Sie hatte sich auf die Schreibtischkante gehockt und hielt Notizblock und Bleistift bereit.

„Willst du mir das Schreiben an die Hausbesetzer und ans Gericht diktieren?"

Ich wusste zwar vieles, was ich mit Sabine lieber täte, aber ich ergab mich stöhnend meinem beruflichen Schicksal. Die Forderung an die Studenten, rechtswidrig genutztes Eigentum unverzüglich freizugeben, war schnell formuliert. Ich kündigte den Besetzern eine gewaltsame Wiederherstellung des rechtlichen Zustandes für den Fall an, dass sie den berechtigten Ansprüchen des Hauseigentümers nicht freiwillig nachkommen würden.

„Hast du überhaupt die Namen der armen Socken?", fragte mich meine Sekretärin.

„Nein", antwortete ich vergnügt, „und das ist auch gut so. Wir schicken den Brief per Einschreiben an die Hausgemeinschaft. Dann fühlt sich niemand persönlich angesprochen und der Brief kommt postwendend als nicht zustellbar zurück." Damit hätten die Studenten Zeit gewonnen, die ich ihnen allemal gönnte. Gleichzeitig konnte ich unserem Mandanten vermelden, ich hätte weisungsgemäß die ersten Schritte eingeleitet.

„Das klappt?", fragte Sabine skeptisch.

Für einen Teilerfolg würde es zunächst reichen, wiederholte ich mich. „Ich werde morgen zu den Jungs gehen und mich mit ihnen unterhalten", sagte ich zu ihr, „gemeinsam werden wir schon eine Lösung finden."

Strohfeuer

Dieter hatte zumindest so viel Anstand, mit seinem Telefonanruf zu warten, bis Sabine und ich am Frühstückstisch in meiner Wohnung am Templergraben saßen.

„Da haben wir den Salat!", schimpfte er statt einer Begrüßung.

‚Das verhieß nichts Gutes', dachte ich mir. „Was gibt's denn?", fragte ich meinen Brötchengeber gelassen.

„Wir stehen am Pranger, Tobias!" Dieter konnte sich nicht beruhigen.

Ich verstand ihn nicht. „Wieso?"

„Du brauchst heute nur die Aachener Zeitung aufzuschlagen, dann weißt du, was ich meine. Das Blatt schreibt heute von einem auswärtigen Hausbesitzer, der Aachener Studenten die Wohnung entziehen wolle." Dieter schnappte aufgeregt nach Luft, bevor er mit der Lektüre fortfuhr. „Eine renommierte

Aachener Anwaltskanzlei mit Sitz an der Theaterstraße, die üblicherweise nur Mandanten aus der feineren Gesellschaft vertritt, sei auf die Studenten angesetzt worden, um sie zu vertreiben." Er raschelte mit der Zeitung. „Garniert ist das Pamphlet mit einigen Zitaten von Studenten. Wir werden als skrupellose Vertreter kapitalistischer Interessen bezeichnet oder als Juristen ohne Menschlichkeit."

„Aber Namen hat man nicht genannt?", unterbrach ich ihn kurzerhand.

Dieter verneinte.

„Und der Hinweis, man habe abends in der Kanzlei nachfragen wollen, um uns die Möglichkeit der Stellungnahme zu geben, der fehlt garantiert auch nicht."

Schulz war verblüfft. „Woher weißt du das, Tobias?"

Die von der Zeitung seien doch nicht blöd, antwortete ich ihm. „Die warten jetzt, bis wir uns melden und können uns dann mit Namen nennen." Das Vorgehen sei geschickt. „So können wir dem Schreiberling nichts. Lass' mich einmal raten."

Ich nannte Schulz den Namen eines AZ-Reporters. „Ist das der Autor des Berichts?"

Er war es tatsächlich, wie mein Freund bestätigte. Damit wurde mir vieles klar; das war der Reporter, der mir bei der Entführung von Lennet Kann das Leben nicht unbedingt leichter gemacht hatte.

„Wenn der in der Kanzlei anruft, um uns zu sprechen, lassen wir ausrichten, wir würden zurückrufen", schlug ich Dieter vor. „Von uns bekommt der keine Informationen."

Das Frühstück schmeckte mir nicht mehr, obwohl mir Sabine gegenübersaß. Ich war froh, als sie vorschlug, früher als gewohnt ins Büro zu fahren.

Normalerweise gehe ich zu Fuß durch die Aachener Innenstadt, nur nach den nächtlichen Besuchen meiner Sekretärin begleite ich sie morgens in ihrem Polo zur Theaterstraße.

Ein eigenes Auto hatte ich mein Leben lang noch nicht besessen und würde mir wahrscheinlich auch für die letzten 50 Jahre meines irdischen Daseins keines mehr anschaffen. Und meinen Beschluss, auf einen eigenen Wagen zu verzichten, bereute ich auch jetzt nicht, als wir uns stinkend durch die Innenstadt stauten.

Nach der allmorgendlichen Organisationsarbeit in der Kanzlei gemeinsam mit Jerusalem machte ich mich zu Fuß auf den Weg zur Monheimsallee. Die milde Frühlingssonne verbreitete Heiterkeit, viele Frauen lächelten mich an, als ich flott und fröhlich pfeifend losmarschierte.

Den Artikel in der AZ hatte ich längst verdaut, auch die AN hatte, wie ich auf der Toilette gelesen hatte, Wind von der bevorstehenden Hausräumung bekommen und Partei für die Studenten ergriffen. Gerne hätte ich gewusst, wie die beiden Tageszeitungen an die Informationen gekommen waren, aber ich hätte mir eher die Zunge abgebissen, bevor ich sie danach gefragt hätte. Im Prinzip konnten die Zeitungen nur von einem benachrichtigt worden sein, dachte ich mir: von Eduard Brandmann. Warum er vorgeprescht war, würde er mir bei unserem nächsten Telefonat zu erklären haben.

Der mehrgeschossige Altbau, der nach Brandmanns Auffassung fast abbruchreif war, fiel sofort auf in der Häuserreihe gegenüber Eurogress und Quellenhof. Der schmutzige, graue Putz, der an manchen Stellen der Fassade bereits abbröckelte, hatte dringend eine Auffrischung verdient. Die hölzernen Fensterrahmen waren schon seit Jahren nicht mehr gestrichen worden, die einfache Verglasung war stellenweise milchig-trüb.

In gewisser Weise musste ich Brandmann nachträglich zustimmen, das war eine Bruchbude, um deren Abriss es nicht schade wäre.

Offensichtlich störte dieser marode Zustand die Studenten keinesfalls, durch die gardinenlosen Fenster ließen sie jedermann ungeniert in die hohen Räume blicken. Die hölzerne, schwere Tür, die in einen dunklen, breiten Hausflur führte, war zu meiner Überraschung nur angelehnt. Ich hatte weder einen Klingelknopf noch einen Briefkasten gesehen.

Neugierig hielt ich den Briefträger auf, der im Moment vorbeikam und einige Briefe in den Hausflur warf. „Wissen Sie etwa, wer hier alles wohnt?", fragte ich den flinken Mann, der verneinte.

„Ich orientiere mich nur an der Hausnummer. Ich glaube, das ist hier ein ständiges Kommen und Gehen. Manche Typen sind mir richtig unheimlich." Er schüttete ungehalten seinen Kopf. „Ich weiß beim besten Willen nicht, warum die Stadt Aachen so etwas überhaupt zulässt." Meine Antwort erwartete der Postler nicht mehr, grußlos wandte er sich ab und strebte dem nächsten Haus zu.

Ich konnte mir gut vorstellen, dass die Hausbesetzer nicht unbedingt unverzüglich zur Stadtverwaltung liefen und dort ihren neuen Wohnsitz anmeldeten. In der überschaubaren Anonymität ließ es sich gut leben, und es war nicht damit zu rechnen, dass der Oberbürgermeister einen seiner kleinen Beamten losschicken würde, um die Studenten auf die Verfehlungen und Versäumnisse hinzuweisen. Sie hätten garantiert das Männlein nur ausgelacht.

Lachen würden sie wahrscheinlich auch, wenn sie unser anwaltliches Schreiben, gerichtet an die Gemeinschaft der Hausbewohner, erhalten würden. Ich freute mich schon auf die Rücksendung des Einschreibens durch die Post, nachdem der Briefträger vergeblich versucht hatte, den Brief abzugeben.

‚Brandmann hat es nicht anders verdient', sagte ich mir. Allein wegen seines unverschämt schneidigen Vorgehens mir gegenüber hatte er einen Denkzettel verdient.

Ich bückte mich und wollte vorsorglich einige Namen notieren, die ich auf den Briefumschlägen lesen konnte. Doch ich kam nicht weit.

„Was machen Sie hier?", fuhr mich eine ärgerliche Stimme in meinem Rücken an. „Was wollen Sie?"

Langsam drehte ich mich um und sah einem jungen Mann, vielleicht gerade Mitte 20, ins Gesicht.

„Ich suche jemanden, der mir etwas über diese Hausgemeinschaft sagen kann", antwortete ich ruhig und höflich dem lässig, aber durchaus sauber gekleideten Mann, der mich misstrauisch musterte.

Ich käme äußerst ungelegen, meinte er und griff nach einem alten Hollandfahrrad, das am hinteren Ende des Flures gegen die Wand gelehnt war. Seine Kollegen seien alles außer Haus und er selbst müsse ebenfalls fort. „Wenn Sie etwas von uns wollen, pinnen Sie einen Zettel an die Wand", schlug er vor und deutete auf eine braune Korktafel neben der Treppe zu den oberen Stockwerken. „Falls es uns interessiert, werden wir mit Ihnen sprechen."

Mit einer kurzen Armbewegung gab er mir zu verstehen, ich solle gefälligst vor ihm auf den Gehweg nach draußen treten. „Wir mögen es nicht besonders, wenn sich jemand während unserer Abwesenheit im Haus aufhält." Er kramte einen Schlüssel aus seiner Tasche und schloss die Tür ab. „Gegen 16 Uhr sind die Ersten zurück. Dann können Sie gerne wieder kommen", sagte er noch zum Abschied, schwang sich aufs Rad und fuhr auf dem Bürgersteig davon.

Unzufrieden machte ich mich auf den Weg zurück zur Theaterstraße. ‚Ich würde ein interessantes Gespräch mit Brandmann führen müssen', dachte ich mir. Für sein Vorpreschen an die Presse würde er die passende Quittung bekommen.

Doch ich kam nicht dazu, meinen militaristisch angehauchten Mandanten anzuläuten. Mit einem lauten Klopfen an die Zimmertür deutete Sabine ihr Erscheinen an. Das laute Klopfen bedeutete, dass sie nicht alleine und somit in offizieller Funktion kam.

„Was gibt's?", rief ich fragend und beugte mich über die Akten auf meinen Schreibtisch. Es machte immer großen Eindruck auf die Mandanten, wenn ihr Anwalt vielbeschäftigt aussah; wenn er ihnen etwas seiner kostbaren Zeit opferte, war das schon ein enormer Gunstbeweis.

„Eine Frau Loogen wünscht Sie zu sprechen, Herr Grundler." Sabine gab sich äußerst förmlich.

Nach einem kurzen Gruß bot ich der kleinen Frau, die zaghaft nähergetreten war, einen Sessel vor meinem Schreibtisch an. Nervös war sie, knapp über 40 schätzte ich sie, nach ihrer Kleidung zu urteilen, nicht gerade eine höhere Gehaltsklasse. Sauber und gepflegt war diese Frau zwar, aber auch preiswert und nicht nach dem neuesten Stand der Mode gekleidet. Sie gehörte nicht unbedingt zu unserer üblichen Klientel; das sah weder nach Erbschaft noch nach Scheidung aus.

Was sie zu uns führe, fragte ich betont geschäftig.

„Sie müssen meinen Sohn Franz befreien", sprudelte die Frau aufgeregt los. Sie vermied es, mich anzusehen, schaute zu Boden und hielt sich an den Griffen ihrer Handtasche fest. „Er ist verhaftet worden. Er soll an der Grenze einen Holländer fast erschlagen haben. Dabei ist er unschuldig. Das müssen Sie mir glauben!" Sie sah kurz auf.

Wie ich mir eingestehen musste, hatte ich nicht viel verstanden, was allerdings auch zum Teil darauf zurückzuführen war, dass mich ihr Gerede bislang nicht sonderlich interessiert hatte. Fragend sah ich Sabine an, die in einer Ecke hockte und das Gespräch stenographierte.

Auch sie schien aus der Schilderung von Frau Loogen nicht ganz schlau geworden zu sein. Jedenfalls zuckte meine Liebste nur ahnungslos mit den Schultern und schob mit der Hand ihr langes blondes Haar aus dem Gesicht.

„Nun noch einmal dasselbe von vorne, Frau Loogen", redete ich beruhigend auf die nervöse Klientin ein. „Ihr Sohn ist verhaftet worden, sagen Sie. Von wem und warum? Und vor allem, wann?"

„Heute Morgen sind die Polizisten gekommen, Franz und ich saßen gerade beim Frühstück", antwortete die Frau. Sie schluckte. „Es ging alles so schnell. Ehe wir uns besinnen konnten, haben die Polizisten meinen Sohn geschnappt und mitgenommen. Sie haben einen Durchsuchungsbefehl vorgelegt und sein Zimmer auf den Kopf gestellt", berichtete sie. „Die Polizei hat mir noch nicht einmal gesagt, worum es überhaupt ging. Sie haben Franz mitgenommen und mir nur gesagt, ich würde am Mittag Bescheid bekommen." Frau Loogen stockte kurz. „Das habe ich vor einer Stunde erhalten." Aus ihrer Handtasche kramte sie ein offizielles Schreiben der Staatsanwaltschaft Aachen, adressiert am Maritta Loogen in Bardenberg, wie ich lesen konnte, als sie es mir gegeben hatte. Darin teilte ihr die Staatsanwaltschaft mit, gegen ihren minderjährigen Sohn Franz werde wegen versuchten Mordes begangen in Tateinheit mit Volksverhetzung ermittelt. Es bestehe der dringende Tatverdacht, so las ich weiter, dass Franz Loogen am Tag des UEFA-Cupspiels in Kerkrade an der deutsch-niederländischen Grenze in Herzogenrath einen niederländischen Staatsbürger mit einem Baseballschläger erschlagen wollte. Der Haftrichter habe Untersuchungshaft angeordnet wegen der Schwere der Tat und der vorhandenen Fluchtgefahr. Der Tatverdächtige sei in die Justizvollzugsanstalt für Jugendliche in Heinsberg eingewiesen worden, da derzeit das Untersuchungsgefängnis in Aachen nicht zur Aufnahme weiterer Häftlinge geeignet sei.

Damit wurde kompliziert der Umstand umschrieben, dass das Gefängnis am Adalbertsteinweg momentan umgebaut und modernisiert wurde.

Ich wusste nicht, wie ich mich in dieser Situation verhalten sollte. Das sah durchaus plausibel aus, was die

Staatsanwaltschaft geschrieben hatte. Es musste sich schon um einen gravierenden Fall handeln, wenn ein Richter für einen Jugendlichen U-Haft anordnete. Da gab es allem Anschein nach nicht sonderlich viel zu regeln. Ich konnte der Frau wahrscheinlich wenig Hoffnung machen, aber sollte ich deshalb die Übernahme des Mandats ablehnen?

„Warum sind Sie zu mir gekommen?", fragte ich vorsichtshalber nach, bevor ich mich endgültig entscheiden wollte.

„Mein Sohn wollte es so", antwortete die Frau. „Franz hat mitbekommen, wie Sie die Morde auf dem Tivoli aufgeklärt und die Alemannia gerettet haben. Er ist wie Sie ein großer Alemannen-Fan und er glaubt, dass Sie auch ihn retten können, Herr Grundler."

Seufzend lehnte ich mich in meinen Sessel zurück und schloss die Augen. Das hatte mir gerade noch gefehlt, dass mich jemand zum Alemannen-Fan machte und nur deswegen von mir vertreten werden wollte. Andererseits war der Junge gerade einmal 17 Jahre alt und offenbar sehr naiv.

„Okay", sagte ich, „ich werde mich dafür einsetzen, Ihren Sohn so schnell wie möglich wieder nach Hause zu holen." Versprechen könne ich natürlich nichts. Falls möglich, würde ich heute noch nach Heinsberg fahren.

Ziemlich abrupt beendete ich das Gespräch, stand auf, reichte der beunruhigten Mutter zum Abschied die Hand und verwies sie an unser Sekretariat, das sich um die Formalitäten kümmern würde.

Mein Gang zur Toilette war mehr aus Verlegenheit als körperbedingt. Ich wollte meine Ruhe haben und fand, wie erhofft, nach meiner Rückkehr mein Zimmer leer vor. Auf dem Schreibtisch hatte Sabine zwei Bananen abgelegt und die Durchwahlnummer zu einem Kommissar im Aachener Polizeipräsidium, der mir zuweilen unter dem Deckmäntelchen der Vertraulichkeit Informationen verschaffte, die ich offiziell nicht so einfach bekommen würde. Die gute Zusammenarbeit mit Kriminalhauptkommissar Böhnke bei der Entführung von Lennet Kann trug inzwischen ihre Früchte.

Er werde sich umhören und zurückrufen, versprach er mir, nachdem ich ihn vertrauensvoll in meinen Fall eingeweiht hatte.

Meinen offiziellen Anruf bei der Staatsanwaltschaft hätte ich mir sparen können. Sobald etwas Schriftliches vorläge, werde man mich informieren, wurde ich von unseren Nachbarn an der Theaterstraße nichtssagend vertröstet, als ich mein Mandat für Franz Loogen ankündigte. Selbstverständlich könne ich jederzeit mit dem U-Häftling sprechen. Günstig wäre der nächste Morgen, wenn Loogen zur weiteren Vernehmung ins Aachener Gericht gebracht würde. Man habe nichts dagegen, wenn ich bei der

Vernehmung zugegen wäre. Mein Einverständnis vorausgesetzt, würde man auch einen Psychologen hinzuziehen. Die Verbrechensaufklärung und die Feststellung der Schuldfähigkeit meines Mandanten würden dadurch erleichtert, zumal es sich bei dem vermeintlichen Täter um einen Jugendlichen handelte.

Jetzt fehlte nur noch die Klage über die Jugend von heute, stöhnte ich und legte auf.

Der Tag verlief von Stunde zu Stunde unbefriedigender. Am besten war es wohl, sich aufs Fahrrad zu klemmen und zu einer kleinen Tour aufzubrechen. Aber daraus würde in Anbetracht meines weiteren Programms nichts werden, brummte ich vor mich hin.

Von meinem vorübergehenden Nachfolger als Bürovorsteher ließ ich mich mit Brandmann verbinden. Jerusalem war wie immer fix zur Stelle. Zurückhaltend und still erledigte er seine Arbeit, ohne lange zu fragen. Er gehörte zu der Sorte von Arbeitsbienen, deren Bedeutung im Betrieb erst dann erkennbar wurde, wenn sie nicht mehr anwesend waren. Aber noch arbeitete er zu unserer vollsten Zufriedenheit in der Kanzlei und übernahm wie selbstverständlich den Telefondienst für mich, den üblicherweise Sabine machte.

Meine Sekretärin hatte sich eigenmächtig in die Freizeit und zum Einkaufsbummel mit ihrer Schwester verabschiedet. Da konnten weder Dieter noch ich großartig Widerspruch einlegen. Wenn die Damen

Lust auf Shopping verspürten, hatten wir zu schweigen, zumal wir uns selbst in die Bredouille gebracht hatten durch unsere wahnwitzige Idee, im Sommer ohne Frauen, wohl aber mit dem Fahrrad die Kaiserroute zwischen Aachen und Paderborn abzufahren. „Dann lasst ihr uns tagelang allein, da können wir doch wohl einmal für einige Stunden verschwinden", mussten wir uns anhören.

Und jetzt musste ich auch noch den schneidenden Tonfall von Brandmann über mich ergehen lassen. „Was haben Sie zu berichten?", fragte er knapp.

„Ich habe eigentlich gedacht, Sie hätten mir etwas zu berichten", erwiderte ich. „Wie kommen Sie dazu, die Aachener Tageszeitungen über Ihre Räumungsforderung zu informieren?" Das sei ein sehr ungewöhnliches Vorgehen und der vertrauensvollen Zusammenarbeit zwischen Anwalt und Mandant nicht gerade förderlich.

„Was?", brüllte der pensionierte Militarist in den Hörer, dass mir beinahe die Ohren abfielen. Das sei eine üble Diffamierung, die er sich nicht bieten lassen würde. „Es ist doch selbstverständlich, dass ich so wenig Aufsehen wie eben möglich haben möchte. Nein", sagte er entschieden, „von mir weiß niemand etwas, von mir ist niemand informiert worden."

„Von wem denn sonst?", hakte ich schwach nach.

„Woher soll ich das wissen?", bekam ich prompt zur Antwort, der ein klarer Befehl folgte: „Finden Sie es heraus, Herr Grundler!" Es sei unerträglich, wenn aus dem vertraulichen Gespräch zwischen ihm und unserer Kanzlei Informationen an die Öffentlichkeit gelangten. „Und machen Sie die Zeitungsfritzen lang! Von mir aus verklagen Sie sie oder was auch immer." Bei dem „Oder was auch immer" würde es wohl bleiben, dachte ich mir. Ich hatte Mühe, Brandmann zu glauben. Der lügt, behauptete ich mir gegenüber. Aber warum?

Der lügt, behauptete auch Böhnke, als er mich am späten Nachmittag anrief. Man sei bei der Polizei ziemlich sicher, dass Loogen tatsächlich den holländischen Skin mit einem Baseballschläger hätte töten wollen.

„Er hatte das Ding noch in der Hand", berichtete der Kommissar. Außerdem solle es einen Film vom Polizeieinsatz geben, auf dem deutlich zu erkennen sei, wie Loogen den Schläger über dem Kopf schwingt. „Nach den Beweisen ist es für uns und den Staatsanwalt sonnenklar, dass Loogen einen versuchten Mord oder Totschlag begangen hat." Man traue es dem Jungen auf den ersten Blick eigentlich nicht zu, aber es scheine wohl so zu sein. „Der war vielleicht auch durch die angeheizte Stimmung aufgeputscht", vermutete Böhnke, aber das sei seine persönliche Meinung. „Die können Sie nicht verwerten, Herr Grundler."

Das werde garantiert nicht geschehen, versicherte ich. „Wenn Loogen schuldig ist, muss er bestraft werden", sagte ich. „Aber ich werde natürlich versuchen, ihn aus dem Schlamassel herauszuholen."

Böhnke lachte kurz auf. „Sie werden auch einmal verlieren, Herr Grundler." Er atmete kurz durch. „Seien Sie bloß froh, dass sich der zweite Tatverdacht nicht erhärtet hat. Die Polizei ist zunächst sogar von einem rechtsradikalen Hintergrund der Tat ausgegangen." Immerhin hätten sich Skins und andere Typen aus der rechten Szene gekeilt. „Aber die Hausdurchsuchung bei Loogen hat keine diesbezüglichen Hinweise gebracht. Der Loogen spielt wohl noch mit Legosteinen, aber auf keinen Fall mit Militaria. Und er ist Alemannen-Fan. Sein Zimmer hängt voller Schals und dem anderen Zeug."

Das konnte ja heiter werden. Wenn Böhnke schon sicher schien, war die Angelegenheit wohl eindeutig. Auf seine Ansicht legte ich viel Wert. Ich mochte ihn, er war mir sympathisch, auch wenn ich ihn nicht sonderlich gut und fast nur dienstlich kannte.

‚Da hatte ich mir einen schönen Mist eingebrockt', schimpfte ich mit mir. Am liebsten hätte ich mich in die Arme von Sabine verkrochen. Aber sie verschleuderte ihr Geld für unnütze Klamotten, statt mich aufzumuntern, schmollte ich, als ich mich erneut auf den Weg zur Monheimsallee machte. Vielleicht würde wenigstens mein Gespräch mit den Hausbesetzern einen versöhnlichen Tagesabschluss bringen.

Meat Loaf schien endgültig die Hölle verlassen zu haben. Laute Rockmusik dröhnte mir im Hausflur entgegen, in dem etliche Fahrräder ungeordnet herumstanden. Alle Zimmertüren waren offen. Meiner Nase folgend schlängelte ich mich an den Drahteseln vorbei zum vorletzten Zimmer am Flurende und landete in der Küche. Für mich gab es dort ein ungeordnetes Chaos aus Töpfen, Tellern und Schüsseln, die auf Tischen, Schränken, am Herd und der Spüle abgestellt waren. Aber augenscheinlich gelang es den Hausbewohnern, nicht am Hungertod zu sterben. Aus einem großen Topf dampfte Wasser, am Tisch kämpften zwei jungen Frauen und ein Mann mit den Tränen und den Zwiebeln sowie den Tomaten.

Als sie mich erblickten, lachte eine der Frauen freundlich auf. „Wollen Sie mit uns essen?", fragte sie unbekümmert. „Heute gibt es Spaghetti mit Tomatensoße."

Ich wisse nicht, ob ich diese herzliche Einladung annehmen könne, antwortete ich verlegen, zumal ich bedauerlicherweise nicht aus privaten Gründen gekommen sei. Es täte mir leid, aber ich käme in beruflicher Mission und wolle mit der Hausgemeinschaft sprechen, fuhr ich fort. „Von mir aus auch beim Essen."

Der Mann, von mir aus nach seinem Äußeren als Philosophiestudent eingeschätzt, sah mich über die dünne Nickelbrille mit großen, braunen Augen skeptisch an. Er traf genau den Punkt mit seiner Frage: „Wollen Sie uns etwa hier rausschmeißen?"

Beschwichtigend hob ich die Arme. Das sei beileibe nicht meine Absicht. „Ich muss hier eine Kuh vom Eis kriegen, und weiß nicht, wie dünn die Schicht ist", versuchte ich mich philosophisch. Aber damit war ich wohl glatt am Zeitgeist vorbeigeschliddert.

„Wer sind Sie? Was wollen Sie?", fragte mich der Nickelbrillentyp nüchtern.

Weiter als bis zur bescheidenen Nennung meines Namens kam ich nicht.

„Raus!", brüllte das Trio unisono und trommelte damit weitere Hausbewohner herbei. Schnell war ich von etlichen Langhaaraffen und Bartträgern umringt. Da man hier in einer pazifistischen Wohngemeinschaft lebe, könne ich unbehelligt gehen, wies mir ein Mensch, vermutlich männlich, Maschinenbauer im 15. Semester und damit auf der Schwelle zum Dauerstudenten, höflich aber zugleich bestimmt den Weg zum Ausgang.

„Hier gibt es nichts zu verhandeln", sagte mir ein weiterer Hausbesetzer, der erschreckend normal aussah. So wie der gekleidet und frisiert war, musste der Mathematik und Biologie fürs Lehramt studieren, vermutete ich für mich, als ich meinen Rückzug antrat.

„Über Ihre Pleite können Sie morgen garantiert in der Zeitung lesen", rief mir eine Frau nach.

Höhnisches Gelächter klang mir noch lange in den Ohren, als ich missmutig zum Templergraben stapfte. Jeder Student, der mir begegnete, schien mich von oben bis unten abfällig zu mustern. Dabei hatte ich überhaupt nichts Verwerfliches getan, redete ich mir ein. Ich wollte doch nur helfen.

Lange stellte ich mich unter die Dusche, versuchte danach vergeblich, Sabine telefonisch in der Kanzlei, bei Do oder in ihrem Appartement am Adalbertsteinweg zu erreichen, stöpselte schließlich, um ungestört zu bleiben, das Telefon aus und setzte mich an meinen Schreibtisch. Unter der Dusche war mit eine Idee für eine Kurzgeschichte gekommen, die ich nun umsetzte. „Die Demokraten", so lautete der Titel des Werks, das wohl zur großen Schar meiner unveröffentlichten wandern würde. Noch war auf der nach meinem persönlichen Geschmack sortierten Bücherwand dafür Platz.

Rechtsruck

Dieter war ungehalten, als ich am Morgen lustlos in die Kanzlei getrottet kam.
„Führst du nachts immer Dauergespräche?", pflaumte er mich noch im Flur an, und ich musste

zerknirscht eingestehen, dass ich es versäumt hatte, das Telefon wieder betriebsbereit zu machen.

„Was ist denn?", fragte ich verwundert, während ich in mein Zimmer ging. „So, wie ich es sehe, dreht sich die gute, alte Welt immer noch."

Über diese Einstellung konnte mein Chef nicht einmal mehr lachen. „Wenn wir so weitermachen, dreht sich die gute, alte Welt bald ohne uns", sagte er verärgert. „Nicht mehr lange und die schießen uns in die rechte Ecke."

„Wieso? Wer sind die?" Ich verstand Dieter nicht, der mir daraufhin heftig die aktuellen Tageszeitungen auf den Schreibtisch knallte. „Wenn du das gelesen hast, weißt du, was ich meine."

„Besuch vom Anwalt" und „Anwalt kündigt Rausschmiss an", so lauteten die Überschriften über die Artikel in AZ und AN, in denen mein Besuch bei den Hausbesetzern mit einem süffisanten Unterton beschrieben wurden. Geschickt hatten die Schreiber die Studenten berichten lassen und mit deren Zitaten ihre Texte garniert. Da wurde ich schlicht und einfach als „aalglatter Vertreter kapitalistischer Interessen" bezeichnet, der sich „durch ein plumpes Täuschungsmanöver in das Vertrauen der Hausbewohner einschleimen" wollte. „Eine Jeans allein macht aus einem Rechten noch keinen Menschen", war einer nicht namentlich genannten Studentin in den Mund gelegt worden.

Mit dieser Berichterstattung hätte ich leben können, erklärte ich meinem Chef lapidar, der vor Wut schnaubte.

Die Kombination mit einem zweiten Thema bereitete mir viel mehr Ungemach. Beide Tageszeitungen hatten die Festnahme von Loogen mitbekommen, den vermeintlichen rechtsradikalen Hintergrund des versuchten Mordes angedeutet, aber nicht dementiert, und darauf hingewiesen, dass dieselbe Kanzlei diesen jungen Verdächtigen verteidige, die auch die Interessen des Hausbesitzers wahrnehme.

Mit einiger Boshaftigkeit hätte der Leser zwischen den Zeilen herauslesen können, dass Dieter eine Kanzlei leitete, die mit Rechtsradikalen sympathisierte.

„Das hat uns zu unserem Glück gefehlt", tobte mein Chef, „dann können wir gleich einpacken."

Er selbst habe doch darauf bestanden, dass ich Brandmann vertrete, erinnerte ich ihn. „Jetzt tue bloß nicht so, als sei ich der Ursprung allen Übels."

Ich würde mich um die Zeitungen kümmern, versicherte ich beruhigend meinem Brötchengeber. „Ich schicke denen zuerst einmal eine Gegendarstellung, da sie mich fälschlicherweise als Anwalt bezeichnet haben", sagte ich gelassen. „Ich bin nur ein kleiner, mies bezahlter Referendar."

„Vergiss es", knurrte Dieter, wie von mir eigentlich erwartet, „dadurch bringst du nur deinen Namen ins Spiel."

„Na und?" Damit hatte ich nun wirklich kein Problem. „Dann müssen die auch veröffentlichen, dass ich Lennet Kann gerettet und die Alemannia am Leben gehalten habe."

Ich kam allerdings nicht dazu, meine scheinbare Absicht in die Tat umzusetzen.

Der rasende AZ-Reporter war schneller als ich. Sein Telefonat stellte Sabine durch, noch bevor Dieter ungehalten das Zimmer verlassen hatte.

„Seit wann reden Sie mit Rechtsradikalen?", schnauzte ich den Journalisten anstelle einer Begrüßung an.

Der Schreiberling mimte den Ahnungslosen. Er wisse überhaupt nicht, wovon ich spräche, entgegnete er provozierend gelangweilt.

„Von den netten Bissigkeiten zwischen den Zeilen und Ihrer unseriösen Berichterstattung über die Verhaftung des Jungen", hielt ich ihm entgegen. Es sei geradezu peinlich, wenn die Presse den Jungen in eine politische Ecke schiebe, in die er nicht hineingehöre. Ob er denn nicht wisse, dass die Polizei einen politischen Hintergrund ausgeschlossen habe. „Schlecht recherchiert", kommentierte ich, „aber eine gute Recherche macht ja bekanntlich jede Geschichte kaputt." Es sei ja so bequem, zu attackieren und dann abzuwarten, ob sich das Opfer wehrt oder nicht.

„Sie sind ungerecht, Herr Grundler", meinte der Journalist zu seiner Verteidigung, „über das Ergebnis ihrer Hausdurchsuchung haben uns die Polizisten nichts in ihrem Pressebericht gemeldet."

Ich verkniff mir einen Kommentar zu dieser Schutzbehauptung. Den stets unvollständigen Pressebericht der Polizei als Beweis einer ausreichenden Recherche anzuführen, war nach meiner Meinung blanker Hohn.

Er hätte selbstverständlich gerne und ausführlich über die Hausdurchsuchung berichtet, fuhr der Journalist gelassen fort, aber er habe am Abend nicht mehr an Informationen bekommen, als er heute veröffentlicht habe.

„Selbst bei Ihnen zu Hause war dauernd besetzt", sagte er beinahe schon vorwurfsvoll.

Ich empfand es als ratsam, auch dazu zu schweigen, wobei ich davon überzeugt war, dass es ohnehin nichts an seinem Artikel mehr geändert hätte.

„Wissen Sie, was heute Nacht auch noch passiert ist?" Der AZ-Reporter übernahm die Gesprächsführung.

„Nein", antwortete ich, „es sei denn, Sie wollen von mir wissen, was ich heute Nacht getrieben habe."

Mit etwas Phantasie könne er es sich denken.

„Ein dauerbesetztes Telefon ist nicht gerade das schlüssigste Alibi", konterte er spitzfindig. „Aber im Ernst, heute Nacht sind Sie Ihrem Ziel ein großes Stück näher gekommen, Herr Grundler."

„Wieso?" Ich ärgerte mich darüber, dass der Journalist so geheimnisvoll tat. „Was ist geschehen?"

„Im Haus, das Sie räumen lassen sollen, gab es, rein zufällig natürlich, einen wunderschönen Wasserschaden", antwortete der Schreiberling mit unverhohlener Ironie. „Rein zufällig ist wenige Stunden nach Ihrem Rausschmiss im Keller die Wasseruhr kaputt gegangen. Der Keller ist komplett vollgelaufen, ohne dass es einer der Bewohner bemerkt hat." Die Feuerwehr habe die Räume leer pumpen müssen. „Das Wasser ist am frühen Morgen schon aus den Kellerfenstern auf die Monheimsallee gelaufen." Mit einer Rohrzange habe offensichtlich jemand an der Wasseruhr manipuliert. „Und rein zufällig war auch noch der Abfluss verstopft." Der Journalist lachte bitter auf. „Gutes Timing, Herr Grundler, meinen Sie nicht?"

Langsam sträubten sich meine kurzen Nackenhaare. „Wollen Sie mir etwa etwas unterstellen?"

„Um Himmels willen, nein", fiel mir der AZ-Reporter ins Wort. „Ich kann mir einfach nicht vorstellen, dass Sie etwas damit zu tun haben. Aber es ist schon merkwürdig, das müssen Sie mir zugeben."

Ich schwieg vorsichtshalber. Wer weiß, was der Schreiberling aus meiner Antwort machen würde.

„Wo Sie sich einklinken, läuft sowieso immer alles anders als normal", fuhr der Journalist fort. „Vielleicht darf ich dieses Mal etwas mehr mitmischen."

Nur schwerlich konnte ich mir ein Schmunzeln verkneifen. Seine nicht gerade glückliche Rolle bei der Entführung von Lennet Kann hatte der Schreiberling wohl immer noch nicht verdaut.

„Ich werde Sie auf dem Laufenden halten", versicherte ich ihm, um sofort nachzulegen. „Gibt es denn noch mehr?"

„Ja. Jetzt überlegt die STAWAG, ob sie eine neue Wasseruhr installieren soll und wer die Rechnung für den Feuerwehreinsatz bezahlen muss. Das ist doch eigentlich eine Sache für den Hauseigentümer, nicht wahr?" Verdächtig freundlich redete der Schreiberling mit mir.

„Entweder muss er selbst den Reparaturauftrag erteilen oder den Hausbewohnern die Erlaubnis geben, auf ihre Kosten den Schaden zu beheben, so denke ich es mir jedenfalls", antwortete ich sachlich.

Es liege auf der Hand, dass hier jemand versuche, die Studenten weichzuklopfen. „Das ganze Haus stinkt jetzt nach Moder. Die haben jetzt erst einmal Mühe, ihre Sachen zu reinigen. Niemand ersetzt denen den Schaden", behauptete der Reporter. „Und die STAWAG werde erst eine Garantie haben wollen, wer die Reparaturkosten begleicht, bevor die neue Wasseruhr montiert wird, denke ich jedenfalls." Endlich ließ der Journalist die Katze aus dem Sack. „Können Sie mir sagen, wem das Haus gehört?"

Nur mit Mühe vermied ich ein lautes Prusten. Er solle sein Glück im Grundbuch versuchen, schlug ich ihm jovial vor. Dort sei der rechtmäßige Eigentümer garantiert vermerkt.

„Das habe ich schon gemacht", erwiderte der Schreiberling zu meinem Erstaunen. „Eingetragen ist dort nur eine Immobiliengesellschaft mit Sitz in Gerolstein. Jetzt muss ich mir zuerst einmal im dortigen Handelsregister nähere Informationen holen."

‚Das ist ja interessant', dachte ich mir, ‚Brandmann operierte offenbar mit einem Firmenmantel.'

„Oder können Sie mir weiter helfen, Herr Grundler?", fragte mich der Journalist erneut und fast schon bittend um Unterstützung.

„Wie komme ich dazu?", antwortete ich schnippisch. „Sie können doch nicht im Ernst annehmen, dass ich Ihnen helfe, nachdem Sie mich heute so attackiert haben." Warum sollte ich ihm verraten, dass er mir eine Information gegeben hatte, die ich bislang noch nicht gekannt hatte? „Da müssen Sie schon selbst nachhaken", empfahl ich ihm.

Ich würde ihm allerdings im Fall Loogen behilflich sein, sagte ich gönnerhaft. Nach der heutigen Vernehmung des Jungen würde ich ihn unverzüglich über das Ergebnis informieren, falls er Interesse habe. Falls nicht, solle er vorsichtig sein mit dem, was er in die Zeitung bringe. „Wenn irgendetwas nicht stimmt, macht der Junge Sie regresspflichtig. Darauf können Sie sich verlassen."

Der Schreiberling gab nicht zu erkennen, ob ich ihn eingeschüchtert hatte. „Gerne", sagte er rasch. Im

Gespräch könne man viele Missverständnisse aus-räumen. „Es geht uns ja allen nur um die Wahrheit, Herr Grundler, nicht wahr?"

Erneut zog ich es vor, zu schweigen. Was die Wahr-heit war und was wir mit der Wahrheit machten, das war schon zweierlei.

Nachdenklich hockte ich nach dem Telefonat in mei-nem Sessel. Ich war mir nicht sicher, ob es richtig war, Brandmann hinterher zu spionieren. Es sollte mir doch ziemlich gleichgültig sein, ob er sein Ge-schäft unter seinem Namen betrieb oder in einer o-der mehreren Gesellschaften verschachtelt hatte. Il-legal verhielt er sich dadurch jedenfalls nicht. Ande-rerseits passte mir sein Gehabe überhaupt nicht, aber das war sicherlich nicht Grund genug, um einen Mandanten zu bespitzeln. Ich musste ihn aber auf je-den Fall darauf ansprechen.

Sabine rüttelte mich aus meinen Gedanken. „Du sollst zum Adalbertsteinweg kommen", sagte sie und hauchte mir einen Kuss auf die Stirn. „Kannst du mir übrigens verraten, mit wem du mitten in der Nacht Dauergespräche führst? Ich hätte die Stunden lie-bend gerne mit dir verbracht. Aber so verspielst du dir alle Chancen, mein Bester", sagte sie scherzhaft, während sie mit einem provozierenden Hüftschwin-gen mein Büro verließ. Sabine sah verdammt gut aus mit ihrer blonden Löwenmähne und in der engen Jeans, und sie wusste es genau.

Um elf Uhr sollte im Untersuchungsgefängnis, in dem die Umgestaltungsarbeiten im vollen Gange waren, die Vernehmung von Franz Loogen beginnen. Rechtzeitig hatte ich mich auf den Fußweg gemacht und kam zeitgleich mit einem Staatsanwalt am Gefängnis an. Auch konnte ich noch den für den Gefangenentransport eingesetzten weiß-schwarzen Omnibus mit den kleinen Fenstern erkennen, der gerade durch das große, schwere Tor in den Innenhof einbog.

Wahrscheinlich hatten die Ermittler absichtlich einen gemütlichen, freundlichen Raum ausgesucht, in dem wir uns an einen großen Tisch setzten.

Ich war erschrocken, als ich Franz Loogen sah, der mir blass und verschüchtert gegenüberhockte und verschämt zu Boden blickte. ‚Der bringt doch nie einen Menschen um', sagte ich mir. Der Junge verstellte sich nicht, der war so brav, wie er aussah.

Nur die Polizisten glaubten es nicht. Ständig wiederholten sie vor dem Untersuchungsrichter und dem Staatsanwalt ihre Behauptung, Loogen habe mit dem Baseballschläger auf den Niederländer einknüppeln wollen. Damit wollten sie meiner vehementen Forderung widersprechen, mit der ich die sofortige Aufhebung der U-Haft verlangte. Der Junge habe den Schläger geschwungen, hätten sie aus einer Entfernung von nicht einmal zehn Metern gesehen, trotz der großen Menschenmasse, die sich pöbelnd bewegte. Schließlich hätten sie den Jungen mit dem

Schläger in der Hand erwischt. Damit sei der Tathergang wohl eindeutig, behaupteten sie. Sie hätten die Personalien des Jungen aufgenommen und ihn dann nach Hause geschickt mit der Auflage, dort zu bleiben.

Hingegen blieb Loogen bei seiner schon am Vortag gemachten Aussage. „Nein, ich war es nicht. Ich habe in dem Getümmel plötzlich einen Mann vor mir gesehen, der mir den Schläger in die Hand gesteckt hat. Ich habe einfach zugepackt", schilderte der Junge stockend, „und dann stand auch schon die Polizei neben mir."

Den Gesichtern des Staatsanwaltes, des Richters und auch des Psychologen konnte ich nicht entnehmen, welcher Version sie glaubten. Ich hingegen glaubte, von Berufswegen, aber auch aus der Beobachtung von Loogen, dem Jungen. Sehr schnell ließe man sich düpieren, gab ich zu bedenken.

„Wie oft kommt es vor, dass Ihnen irgendjemand auf offener Straße plötzlich einen Zettel entgegenstreckt, den Sie intuitiv annehmen?", fragte ich. Solche Situation hätte wohl jeder von uns schon einmal miterlebt und jeder hätte zugepackt. Für mich seien die Beweismittel und die Zeugenaussagen keineswegs überzeugend. Mir erschien es nicht glaubhaft, dass jemand in einer Menge aus zehn Metern Entfernung alles erkennen kann. „Sie nehmen an, die Situation so gesehen zu haben, weil Sie anschließend den Jungen mit dem Schläger erwischten, meine

Herren", hielt ich den Polizisten vor. „Haben Sie denn nicht mehr auf Lager?", fragte ich salopp in die Runde.

Doch blieben die Ordnungshüter und der Staatsanwalt ungerührt. Das reiche allemal aus, entgegneten sie mir. Für sie spielte es auch eine wesentliche Rolle, dass Loogen zu Hause nichts gesagt hatte. Seine Einlassung, er habe sich geschämt und deshalb seiner Mutter die Polizeiaktion verschwiegen, ließ die Polizisten nur müde grinsen.

Auch ihre Frage, wie denn der ominöse Mann ausgesehen habe, der ihm den Schläger aufgedrängt habe, konnte Loogen nur unzureichend beantworten. Es sei alles so schnell gegangen, er könne sich nicht mehr an das Aussehen erinnern, sagte er und entlockte damit bei den Ermittlern ein siegessicheres Lächeln.

„Wenn Sie meinen, das reiche aus", sagte ich betont langsam, „dann dürfen Sie sich nicht wundern, wenn ich Sie in der Verhandlung auseinander nehme, meine Herren." Aber ich sei felsenfest davon überzeugt, dass es überhaupt nicht zu einer Verhandlung käme. Die Staatsanwaltschaft täte gut daran, die Ermittlungen gegen meinen Mandanten einzustellen.

„Er ist kein Schläger und Mörder, er ist ein übertölpelter Jugendlicher, der rein zufällig in die Keilerei geraten ist", sagte ich entschieden.

Warum er sich überhaupt an der Grenze aufgehalten hatte, wollte ich Loogen besser unter vier Augen fragen.

Doch machte mir der Psychologe einen Strich durch die Rechnung. „Warum warst du an der Grenze?", wollte er wissen.

„Aus Neugier", antwortete der Junge leise. Eigentlich habe er zu dem Fußballspiel nach Kerkrade gewollt, aber es habe keine Eintrittskarten mehr gegeben. „Ich hatte gehört, dass an der Grenze Stimmung sein sollte und dort Anhänger aus Holland und aus Mönchengladbach waren. Da bin ich mit dem Mofa hingefahren."

Flüsternd berichtete er erneut von dem schlimmen Ereignis. Er habe am Rande gestanden und zugesehen, wie sich die Fans gegenseitig beschimpften. Dann sei er plötzlich in die Meute hineingezogen worden und von allen Seiten umringt gewesen. „Und auf einmal hatte ich den Schläger in der Hand." Ich glaubte ihm.

Aber das half Loogen im Moment nicht.

Der Richter ordnete die Rückführung nach Heinsberg an und bat anschließend den Psychologen zu einem Gespräch in seinem Zimmer.

Meinen Einwand, er möge doch zuerst mit dem Psychologen sprechen und danach über die Fortsetzung der U-Haft entscheiden, ließ der Richter nicht gelten. „Noch bestimme ich, was hier geschieht und nicht Sie, Herr Grundler!", wies er mich barsch zurecht.

Tatenlos musste ich zusehen, wie Loogen, der mich mit großen Augen flehend ansah, wieder weggeführt wurde.

„Das ist ein Scheißjob", schimpfte ich, als ich mit Dieter im Degraa am Theater zu Mittag aß.

Mein Freund hatte sich meinen Bericht schweigend angehört und zuckte jetzt nur mit den Schultern. „Scheiße ist, wenn du Informationen hast, die du noch nicht auf den Tisch legen kannst. Das kommt davon, wenn man sich vorab bei der Polizei informiert. Insofern hast du dir den Mist auch selbst eingebrockt, Tobias."

In gewisser Weise musste ich ihm Recht geben. Den Polizeifilm, von dem mir Böhnke etwas gesagt hatte, hatte ich nicht vorbringen können. Der Staatsanwalt hatte ihn nicht als Beweis vorgelegt und ich konnte noch nicht einmal beweisen, ob es ihn überhaupt gab. Wenn überhaupt, dann konnte ich den vermeintlichen Film allenfalls als Überraschungsmoment in einer Verhandlung anführen.

„Scheißjob", fluchte ich noch einmal und säbelte wütend an dem Kotelett herum.

Gespannt war ich auf die Reaktion von Brandmann. Schon mehrfach hatte ich am Nachmittag am Telefon mein Glück versucht, ihn aber nicht erreichen können. Kurz vor dem Feierabend schließlich klappte die Verbindung.

Geschäfte hätten ihn den Tag über auf Trab gehalten, entschuldigte sich der ehemalige Soldat zu meiner Verblüffung, um dann doch wieder auf den Kommandoton umzusteigen und mich zu fragen: „Was gibt es?"

Es gebe Probleme mit dem Grundbuch, behauptete ich. „Die Presse hat herausbekommen, dass Sie dort nicht als Eigentümer eingetragen sind, sondern eine Gesellschaft."

„Richtig", bestätigte Brandmann überraschend gelassen. Ich hatte mit einem Tobsuchtsanfall gerechnet. „Das ist die ImmoGrund, die wiederum aus zwei Gesellschaften besteht, der ImmoBrand und der ImmoMann. Alle zusammen gehören wiederum zu einer Gesellschaft, in der ich, wie auch in den anderen, Geschäftsführer bin."

Ich war etwas erstaunt, dass Brandmann mir das Firmengeflecht so offen darlegte.

„Alles ganz legal", unterbrach er mich in meinen Gedanken. „Das hat etwas mit dem Finanzamt zu tun und den vielen Immobilien in ganz Deutschland." Er machte mir einen Vorschlag: „Wenn Sie wollen, faxe ich Ihnen gerne meine Firmenstruktur zu. Daran können Sie auf einen Blick erkennen, dass ich nichts zu verbergen habe."

„Haben Sie denn Mitgesellschafter?", fragte ich interessiert, obwohl ich mir die Antwort denken konnte. „Drei ehemalige Kameraden der Bundeswehr sind bei mir eingestiegen. Sie besitzen kleine Anteile und sitzen in großen Büros." Brandmann legte eine kurze Atempause ein. „Einer ist mit der Suche nach Bauland beschäftigt, der zweite hat die Aufgabe, Käufer zu finden, und der dritte leitet das mir angeschlossene Bauunternehmen. Sie fühlen sich wichtig, und ich habe die Kontrolle. Insofern ist alles ordentlich geregelt." Wieder stoppte er. „Um das zu wissen, wollten Sie mich anrufen?", fragte er schließlich.

Nicht nur deswegen, erwiderte ich. „Die Sache mit dem Grundbuch ist sicherlich deutlich geworden. Ihre Gesellschaftsstruktur ist gewiss nicht unüblich." Unwillkürlich musste ich an Dieters und meine Nebengeschäfte denken. Für uns war es selbstverständlich, dass unsere Kanzlei sich in gemieteten Räumen befand, die zu einem Haus gehörten, das wir für unsere eigene Immobiliengesellschaft gekauft hatten.

„Da ist etwas anderes", sagte ich langsam, um das Thema zu wechseln. „Haben Sie noch nichts Neues gehört von Ihrem Haus hier in Aachen?"

„Nein. Was ist damit?", fragte Brandmann schnell zurück. Er hörte sich überrascht an und erweckte dadurch bei mir zumindest den Anschein, als sei er tatsächlich ahnungslos.

„Da hat jemand allem Anschein nach versucht, im Keller einen Swimmingpool einzurichten", gab ich

Brandmann zur Antwort. Ich berichtete ihm von der Manipulation an der Wasseruhr und den Pumparbeiten der Feuerwehr. „Das war kein Zufall. Der Keller ist mit Absicht unter Wasser gesetzt worden, Herr Brandmann."

„Aber nicht von mir", schnarrte er wütend zurück, „und auch nicht mit meinem Wissen. Oder wollen Sie mir etwa unterstellen, ich hätte etwas damit zu tun?"

Es sei gerade meine Absicht, das Gegenteil zu erklären, beschwichtigte ich meinen Mandanten. „Aber Sie können sich ja vorstellen, wie dieser Wasserschaden genüsslich als Ihre Aktion fehlinterpretiert wird."

„Ich habe nichts damit zu tun", wiederholte Brandmann aufgebracht. „Und Sie werden jeden wegen Verleumdung anzeigen, der das behauptet!", befahl er mir. „Das lasse ich mir nicht nachsagen."

Ich hörte ihm zu und malte derweil mit einem Bleistift Strichmännchen auf die Schreibtischunterlage. Auch wenn es mir schwer fiel, so blieb mir wohl nichts anderes übrig, als Brandmann zu glauben. Immerhin bezahlte er mich, damit ich seine Rechte wahrnahm.

„Übrigens", fuhr Brandmann kalt fort, „auch wenn es nicht rechtens ist, was da bei Ihnen in Aachen in der Hütte abläuft, bedauern kann ich die Schnarchsäcke nicht, dass sie jetzt mit ihren Ärschen im Nassen sitzen." Er sehe den Wasserschaden durchaus pragmatisch. „Das ist ein schlechter Weg zu einem guten

Ziel. Ich hätte wirklich nichts dagegen, wenn die Studenten absaufen würden."

Sollte sich tatsächlich ein Hauch von Sympathie für Brandmann bei mir eingestellt haben, mit dieser Bemerkung hatte er ihn sich wieder verscherzt. Ich würde alles tun, um den Studenten behilflich zu sein, auch wenn sie mich nicht gerade als ihren besten Freund betrachteten.

„Wie weit sind Sie, Herr Grundler? Wann räumen die Besetzer endlich mein Haus?"

Sie hätten noch nicht auf meine schriftliche Räumungsaufforderung reagiert, antwortete ich wahrheitsgemäß. Meine vergeblichen Gesprächsbemühungen und meinen Rausschmiss erwähnte ich besser nicht. Auch konnte ich mir gut vorstellen, dass nach dem nächtlichen Zwischenfall an der Monheimsallee die Gesprächsbereitschaft bei den Studenten gewachsen war. „Ich halte es nicht für ratsam, persönlich dort vorzusprechen", empfahl ich Brandmann.

Darin stimme er mit mir überein, entgegnete er. „Die machen sonst noch einen Freischwimmer aus Ihnen", versuchte er, auf meine Kosten zu scherzen.

Ob ich die STAWAG beauftragen sollte, die Wasseruhr zu reparieren, fragte ich.

Wie erwartet, verneinte Brandmann. „Warum soll ich die illegale Besetzung meines Hauses auch noch unterstützen?" Ich solle vielmehr das Wasserwerk

auffordern, dafür zu sorgen, dass kein Leitungswasser mehr im Haus abgezapft werden kann. „Sagen Sie denen, dass es von mir keine müde Mark gibt."
Nach einem kurzen, unhöflichen Gruß legte er auf.

Wie von meinem Mandanten gewünscht, nahm ich Kontakt zur STAWAG auf und musste mir prompt sagen lassen, man würde die Reparaturrechnung und die Rechnung der Feuerwehr in unsere Kanzlei schicken. Ich hätte mich dann darum zu kümmern, wer sie zu bezahlen hatte.
Ich hörte über dieses Ansinnen locker hinweg. Das konnte beileibe nicht meine Aufgabe sein.
„Sie haben dafür zu sorgen, dass dieses Haus nicht wieder an die öffentliche Wasserversorgung angeschlossen wird", sagte ich energisch, wenn auch insgeheim zähneknirschend. „Das Haus soll zum Teil abgerissen und umgebaut werden, bei den Arbeiten stört die Wasseruhr nur."
Der Sachbearbeiter des Wasserwerks machte seufzend seine Notiz. „Keine Wasseruhr, Wasserzuleitung abklemmen; so wünschen Sie es, Herr Grundler?"
„Nein", widersprach ich sofort, „so wünscht es der Hauseigentümer, dessen Interesse meine Kanzlei vertritt." Er könne gerne an die Immobiliengesellschaft in Gerolstein die Rechnungen schicken.
„Ich glaube aber nicht, dass Sie von dort auch nur einen einzigen Pfennig bekommen."

54

Nachdenklich hockte ich nach dem Telefonat in meinem Büro. Den Kopf hatte ich auf die Hände gestützt, mein Blick ging durchs Fenster zwischen den hellgrün belaubten Linden hindurch auf die Häuserfront auf der anderen Seite der Theaterstraße. Es gab sicherlich schönere Ausblicke als diesen, aber er machte mir deutlich, worum sich vieles drehte auf dieser sich wandelnden Straße mit den Versicherungsgesellschaften, Banken und Rechtsanwaltskanzleien. Die Fassade des gegenüberliegenden Bürohauses sah nicht viel anders aus als die des unseren: nüchtern, sachlich, funktional; es ging hier ums Geschäft, nicht um die Schönheit.

Und darum ging es auch Brandmann. Er wollte Geschäfte machen, Geld verdienen; wie in einigen Jahren die Studenten, die nach dem Examen auf einen Job hofften, bei denen der Rubel gehörig rollte. Mit dem dicken Geldbeutel waren dann schnell die Ideale der Studentenzeit vergessen. Im Prinzip half Brandmann den Studiosi nur nach, wenn er sie auf den Boden der Legalität zurückholen wollte.

Ich kam nicht dazu, meine Gedanken zu Ende zu spinnen.

„Hast du wenigstens heute Abend ein wenig Zeit für eine alleinstehende, liebebedürftige Frau?", fragte mich Sabine, die sich leise ins Zimmer geschlichen und die Arme von hinten um mich geschlungen hatte. „Noch eine Nacht alleine halte ich nicht aus. Es ist so süß, wenn du leise schnarchst." Sie biss mir ins

Ohrläppchen. „Wir sollen übrigens zu Do und Dieter kommen. Sie haben uns zum Essen eingeladen und ich habe zugesagt."

Damit war wenigstens am Abend angenehme Unterhaltung angesagt. Zuvor hatte ich aber noch ein weniger angenehmes Gespräch zu führen. Ich wollte es nicht versäumt haben, den AZ-Reporter über die Vernehmung von Franz Loogen zu informieren, auch wenn die Vernehmung nicht zu dem Ergebnis geführt hatte, das ich mir gewünscht hätte.

Der Schreiberling schien sich tatsächlich zu freuen, als ich ihn in der Redaktion anrief. „Schön, dass Sie an mich denken, Herr Grundler. Ich habe schon gehört, dass der Junge weiter in U-Haft sitzt. Scheint wohl doch ein größeres Kaliber zu sein, das Bürschchen, oder?"

„Mitnichten", protestierte ich. „Hier wird ein Popanz aufgebauscht wie damals bei dem ehemaligen Europaabgeordneten, dessen Namen ich mir einfach nicht merken kann. Der ist auch nicht verurteilt worden, obwohl der angeblich ganz schlimme Dinge gemacht haben sollte. Bei Loogen ist das nicht anders", behauptete ich. „Der Junge hat nach meiner Ansicht nichts getan, was eine Untersuchungshaft rechtfertigen könnte."

„Das sagen Sie, Herr Grundler", fiel mir der Journalist ins Wort.

„Das sage ich", bestätigte ich, „weil es so ist. Ich werde alles tun, damit der Junge schnellstmöglich in

Heinsberg entlassen wird." Die Gelegenheit schien günstig, auf das meiner Meinung nach unverständliche Verhalten des Richters zu sprechen zu kommen. „Es ist ein Unding, dass der Psychologe erst gehört wird, nachdem die Fortsetzung der U-Haft angeordnet worden ist."

„Kann ich das schreiben?" Der Reporter witterte wohl eine Geschichte nach dem Motto: Anwalt legt sich mit Richter an oder so ähnlich.

„Von mir aus", antwortete ich, „aber nur, wenn Sie in diesem Zusammenhang auch erwähnen, dass Loogen absolut nichts mit der rechten Szene zu tun hat und ich mittlerweile im Besitz von Beweismitteln gekommen bin, die meinen Mandanten eindeutig entlasten." Mich wunderte die Kaltblütigkeit, mit der ich bluffte.

„Welche Beweise sind das?", hakte der Schreiberling erwartungsgemäß nach.

Doch blieb ich ihm eine klare Antwort schuldig. „Darüber kann ich Ihnen heute nichts sagen. Vielleicht kann ich ja den Staatsanwalt im Ermittlungsverfahren davon überzeugen, dass er die Sache einstellen muss", blieb ich geheimnisvoll.

Dass der Journalist mit dieser Antwort nicht zufrieden sein konnte, dafür hatte ich durchaus Verständnis.

„Vielleicht habe ich aber noch etwas anderes für Sie", lockte ich ihn. „Ich habe ein Fax vom Eigentümer des Hauses an der Monheimsallee vorliegen. Daraus gehen alle Verflechtungen zwischen verschiedenen Gesellschaften, unter anderem der Immobiliengesellschaft in Gerolstein, hervor." Gerne würde ich ihm das Papier faxen. „Sie werden auf einen Blick erkennen, dass hier mit einer durchaus in der Gewerbewelt üblichen Verschachtelung gearbeitet wird." Vorsorglich wies ich ihn darauf hin, dass das Fax nur den Namen der Gesellschaften enthielt. „Dahinter steckt aber immer an der Spitze ein Mann, mein Mandant."

„Wie heißt der, Herr Grundler?", fragte mich der Schreiberling ungehalten. „Den Namen brauche ich, sonst nichts!"

Der Name tue nichts zu Sache, hielt ich dagegen. „Ob der Meier, Müller oder meinetwegen Kisch heißt, ist doch einerlei. Hauptsache ist, dass alles nach Recht und Ordnung verläuft, und ich achte darauf, dass die juristischen Spielregeln eingehalten werden."

Meine Information befriedige ihn nicht, sagte der AZ-Reporter offen. Aber sie sei wenigstens besser als überhaupt nichts, meinte er und nannte mir seine Faxnummer.

„Was machen eigentlich unsere Studenten?" Es schien mir günstig, jetzt auf dieses Thema umzusteigen.

Der Journalist lachte bitter auf. „Die sind natürlich stinksauer. Die verdächtigen Sie und den Immobilienhai, hinter dieser Schweinerei zu stecken. Kann ich denen noch nicht einmal verübeln."

„Ist aber völlig falsch", sagte ich streng. „Wir bedauern die Sachbeschädigung und werden Strafanzeige erstatten. Auch werde ich gegen den Täter Schadensersatzklage einreichen, das Haus wird ja nicht besser dadurch, dass es unter Wasser steht." Ich hoffte, dem Schreiberling damit deutlich gemacht zu haben, dass es mir Ernst war, den Zwischenfall aufzuklären.

Er könne sich auch nicht vorstellen, dass ich wissentlich bei einer solchen Sauerei mitmachen würde, beruhigte mich der AZ-Reporter. Dafür würde er mich wohl gut genug kennen.

„Für Ihren Mandanten würde ich aber meine Hand nicht ins Feuer legen, Herr Grundler."

Brauche er auch nicht, unterbrach ich ihn, „das mache ich schon."

Die Studenten lebten derzeit im Durchzug, sagte der Journalist ironisch. „Das stinkt bestialisch im Haus. Ich würde es keine zehn Minuten dort aushalten."

Mit Gestank und ohne Wasser, das wäre auch nicht meine Welt, bekannte ich freimütig.

„Die kriegen das aber wieder hin", fuhr der Schreiberling frohlockend fort. „Die Nachbarn haben ihnen die Benutzung von Toiletten und Duschen angeboten. Und das Trinkwasser wird in Kanistern herangeholt. Ich glaube nicht, dass die Studenten wegen des fehlenden Wassers das Haus aufgeben werden", vermutete er. Aber das könnte ich alles am nächsten Tag in der Zeitung lesen.

„Mitsamt der schönen Zitate, die so knapp über oder unter der Gürtellinie liegen?"

„Wenn ich sie nicht bringe, bringt der Kollege von der Konkurrenz sie. Das ist doch wie bei Ihnen, Herr Grundler, nicht wahr?"

Ich wollte auf diese Behauptung nicht eingehen, bat nochmals um eine sachliche Berichterstattung im Fall Loogen und beendete das Gespräch.

Am Faxgerät traf ich meinen Nachfolger, der mit mehreren Aktenordnern unterwegs war. Ich dachte nie an ihn, Jerusalem fiel mir nur dann immer auf, wenn ich ihn zufällig traf. Er machte kein Aufheben um seine Person oder seine Tätigkeit in unserer Kanzlei und sorgte doch dafür, dass der Laden organisatorisch lief.

Ob er nicht lieber Bürovorsteher bleiben würde statt Jurist zu werden?, fragte ich ihn scherzhaft, aber er lehnte lachend ab.

Als Anwalt sei das Leben allemal leichter denn als Bürovorsteher, sagte Jerusalem, womit er wahrlich Recht hatte. Ich brauchte mich nur an die eigene Nase zu packen.

Wenig später packte mich Sabine. „Ab nach Hause!",
kommandierte sie.

Sie fuhr mit dem Wagen vor zu ihrem Appartement
am Adalbertsteinweg und stand schon unter der Dusche, als ich zu Fuß nachkam. „Hier ist noch Platz für
dich", rief sie mir auffordernd zu.

Ich ließ es mir nicht zweimal sagen. Schnell war ich
an ihre Seite gesprungen.

Das Telefon rüttelte uns am Abend auf. Dieter wollte
nur wissen, ob wir unsere Verabredung vergessen
hätten. Hastig sprangen wir in unsere Klamotten und
bedauerten, dass wir unsere intime Zweisamkeit unterbrechen mussten.

Aber was tut man nicht alles für Schwester, Schwager, Chef und Freunde?

Stromschlag

Offensichtlich war die AZ moderat mit Brandmann
und mir umgegangen. Anderenfalls hätte mich Dieter schon früh am Morgen aus meinen Träumen und
Sabines Armen gerissen. So verschliefen wir, was uns
in der schönen Erinnerung an die Nacht nicht verlegen machte. Wir bezeichneten unser verspätetes Erscheinen im Büro als Überstundenabbau, was uns bis
auf Fräulein Schmitz auch niemand verübelte.

In der Kanzlei hatte man sich längst daran gewöhnt, dass ich anders als die meisten Menschen lebte und arbeitete. Das hatte sicherlich mit meiner Vergangenheit zu tun, von der die wenigsten wussten. Unsere Mitarbeiter sahen nur die Erfolge, die wir durch meine Arbeitsweise hatten und akzeptierten mich deshalb so, wie ich nun einmal war; ein bisweilen zynischer Einzelgänger, der sich mit dem zu kurzen Mäntelchen der Arroganz kleidete, um die Menschen nicht an sich heranzulassen.

„Tobias, bemitleidest du dich etwa schon wieder?" Sabine hatte mich längst durchschaut. Sie wusste, woran ich war, wenn ich mit melancholischem Blick in meinem Sessel versunken war.

„Hast du etwa einen neuen Freund?", fragte sie humorig, während sie mir die Zeitung zuwarf. „Bei der AZ kommst du heute relativ gut weg", meinte sie und füllte mir den Kaffee nach.

Tatsächlich hatte sich der Reporter bei seinem Artikel in der Wortwahl zurückgehalten. Er kam zwar in seiner Berichterstattung über den Wasserschaden nicht umhin, einen Studenten die Vermutung über einen Zusammenhang zwischen dem Räumungsbegehren und den Zeitpunkt des Schadens äußern zu lassen, ansonsten befleißigte er sich aber, das emotionale Feuer nicht weiter zu schüren.

Für mich war allerdings sein Artikel über das Gesellschaftsgeflecht von Brandmann interessanter.

„Wer steckt dahinter?", hatte der Schreiberling den Bericht fragend betitelt und anschließend versucht, eine Antwort zu finden.

Nach meiner Auffassung steckte hinter dem Bericht allerdings die Hilflosigkeit des Autors, das Geflecht zu entwirren. Brandmanns Name müsste der Journalist schnell herausbekommen; er brauchte nur in Gerolstein bei der Immobiliengesellschaft anzurufen. Aber auf diese Idee würde er wahrscheinlich auch ohne meinen Ratschlag garantiert noch kommen.

Bemerkenswert fand ich die Tendenz in dem Artikel über Loogen. Der Schreiberling ließ leichte Zweifel an der Täterschaft aufkommen und hatte mich sogar richtig zitiert.

Die Aachener Nachrichten hatten sich verständlicherweise ebenfalls auf den Wasserrohrbruch gestürzt, ließen es aber auch bei vagen Vermutungen bewenden. Der Zeitpunkt sei nur merkwürdig, wurde kritisch angemerkt.

Ein Anruf von Böhnke ließ mich die Zeitungslektüre beenden.

„Was sind das für Beweismittel, die Sie haben?", fragte er mich. Man habe davon im Polizeipräsidium gehört und sei bei der Ermittlungsbehörde unruhig geworden, klärte mich der Kommissar über den Hintergrund seiner Frage auf. „Wenn Grundler recherchiert, wird man inzwischen auch hier hellhörig."

Ich prustete laut los. Mit den Beweismitteln, das sei ein Bluff gewesen, bekannte ich ehrlich. „In der Hinterhand habe ich nur die Informationen von Ihnen, die ich aber nicht verwenden darf."

Der Kommissar nahm mein Bekenntnis kommentarlos hin. „Unmittelbar jedenfalls nicht", entgegnete er vielmehr. Wie ich die Informationen mittelbar verwerten könnte, überließ er meinem Einfallsreichtum.

Ich dankte ihm für dieses Entgegenkommen, ohne seine Einwilligung wäre mir die Verwendung schwer gefallen.

Aber etwas stimmte nicht. Böhnke wollte garantiert auf eine bestimmte Sache hinaus. Ich fragte ihn direkt: „Was liegt Ihnen denn am Herzen? Was stimmt nicht im Fall Franz Loogen?"

Böhnke seufzte. „Ich will nicht wissen, warum Sie mich ausgerechnet danach fragen", sagte er freundschaftlich, „aber ich will es Ihnen gerne sagen. Im Fall Loogen stimmt etwas nicht mit dem Opfer des angeblichen Mordversuchs."

„Wieso?" Ich konnte meine Verblüffung nicht verhehlen. „Sie haben doch die Adresse des Mannes, oder? Das ist sicherlich der Hauptbelastungszeuge?"

„Das wäre der Hauptbelastungszeuge", entgegnete der Kommissar langsam. „Wir haben auch eine Adresse, aber dort gibt es den Mann nicht. Mit anderen Worten: Es gibt einen Zeugen, das Opfer, von dem wir aber nicht mehr wissen, wo er sich aufhält."

„Weiß das schon der Staatsanwalt? Ist der Haftrichter informiert?", fragte ich hastig. Diese Informationen warfen ein neues Licht auf die Angelegenheit.

„Der Kerl ist mit Sicherheit untergetaucht, der hat bestimmt Dreck am Stecken", behauptete ich.

„Immer langsam, junger Mann", bremste mich Böhnke. „Über die Identität des Mannes holen wir gerade bei den niederländischen Kollegen Informationen ein. Anschließend sehen wir weiter." Auch auf meine erste Frage antwortete er mir aufrichtig: „Staatsanwalt und Richter müssen noch benachrichtigt werden."

„Aber bitte schnell", drängelte ich. „Ich möchte den Jungen aus dem Knast holen."

„Ich weiß nicht, ob Loogen deswegen freigelassen wird", sagte Böhnke skeptisch.

„Die müssen ihn freilassen", beharrte ich. „Ich verlange die sofortige Gegenüberstellung von dem Jungen und dem Holländer. Dann müssen die die Hosen runterlassen!"

Der Kommissar lachte nur. „Das ist Ihre Sache, Herr Grundler. Wir beide haben nicht miteinander gesprochen."

Ich hatte es mir längst abgewöhnt, hektisch umher zu telefonieren, um die Justizbehörden auf Trab zu bringen. Nicht nur die Mühlen der Justiz mahlten langsam, auch die Justizmitarbeiter ließen sich nicht zur Eile treiben.

Wenn es Neues im Fall Loogen gebe, werde man mich unverzüglich informieren, hieß es auf meinen Anruf bei der Staatsanwaltschaft gelassen. Aber bislang sei nichts Neues bekannt, und ich könnte ihnen vieles erzählen.

Unverzüglich diktierte ich Sabine ein Schreiben, in dem ich die Gegenüberstellung vom angeblichem Opfer und angeblichem Täter verlangte, und bat meinen Nachfolger, die Briefe sofort bei Staatsanwaltschaft und Gericht abzuliefern.

„Franz Loogen soll heute wieder nach Hause, das muss unser Ziel sein."

‚Eigentlich könnte ich die Zeitung in meine Bemühung einbeziehen', dachte ich mir und wählte die Durchwahlnummer des AZ-Reporters.

Er schien nicht überrascht, dass ich mich bei ihm meldete.

„Schlechtes Gewissen, oder was?", fragte er mich, wodurch bei mir sofort die Alarmglocken schrillten.

„Was meinen Sie damit?"

„Ich meine das, weshalb Sie mich anrufen", antwortete der Journalist lässig. „Also, was ist?"

„Ich wollte Sie über die neueste Entwicklung im Fall Loogen informieren", sagte ich, während ich mir immer noch den Kopf zerbrach, was der Schreiberling bloß gemeint hatte.

„Ach, so." Beinahe klang schon Enttäuschung in seiner Stimme mit. Meine Information vom verschwundenen Opfer, das die falsche Adresse angegeben hatte, schien ihn nicht sonderlich zu begeistern.

„Ist das etwa nichts für Sie?" Ich verstand ihn nicht. „Hatten Sie etwas anderes von mir erwartet?"

„Natürlich hatte ich etwas anderes erwartet", antwortete der Journalist nach einer langen Pause. „Mich interessiert viel mehr Ihre Stellungnahme zu dem Brief, den Sie den Studenten ins Haus geschickt haben."

„Was sagen Sie?" Mir schwante, dass hier ein falsches Spiel im Gange war. „Was soll ich gemacht haben?"

„Tun Sie so unwissend oder sind Sie's wirklich?" Anscheinend war der Journalist nicht weniger irritiert als ich auch. „Heute Morgen war an der Pinnwand im Flur der Studenten-WG ein Blatt angepappt, auf dem die Studenten zum Auszug aufgefordert werden. Es könne keine Gewähr mehr für ihre Sicherheit in diesem Haus geleistet werden. Unterschrieben ist das Papier mit Ihrem Namen, Herr Grundler."

„Kann nicht sein!", entfuhr es mir.

„Kann wohl sein!", hielt der AZ-Reporter dagegen. „Ich habe das Papier vor mir liegen und möchte nun gerne wissen, was Sie dazu sagen."

„Ich kann nur eines dazu sagen, ohne das Blatt gesehen zu haben, nämlich, dass es sich um eine Fälschung handeln muss."

„Einschließlich der Unterschrift?"

„So ist es", bekräftigte ich. „Ich wäre Ihnen sehr verbunden, wenn Sie mir das Schreiben zufaxen würden. Ich werde Ihnen anschließend Rede und Antwort stehen."

Lange brauchte ich am Faxgerät nicht zu warten, argwöhnisch beäugt von unserem Rezeptionsdrachen. Schon wenige Minuten nach dem Telefonat hielt ich die Kopie in Händen und staunte nicht schlecht. Selbst ich hätte auf den ersten Blick meine Unterschrift als echt angesehen, wenn ich nicht gewusst hätte, dass es sich um eine Fälschung handelte. Bei der topmodernen Kopiertechnik und mittels Scanner und Computer war es eine Leichtigkeit, eine Originalunterschrift, um die es sich hier einwandfrei handeln musste, auf ein anderes Papier zu übertragen.

Aber nicht nur diese Täuschung trieb mir die Zornesröte ins Gesicht. Auch der Inhalt des bösen Schreibens machte mich wütend.

Unverhohlen wurde den Studenten zwischen den Zeilen mit drastischen Sanktionen gedroht, wenn sie nicht unverzüglich das Haus räumen würden. Der Wasserschaden müsste ihnen doch als Lehre ausreichen, schrieb der anonyme Feigling, der sich lieber hinter meinem Namen versteckte. Immerhin, so fuhr er fort, könnte man ihnen als Studenten unterstellen, sie seien mindestens halbwegs intelligent.

„Was meinst du als großer Meister der Winkeladvokatur dazu?", fragte ich Dieter, der in die Kanzlei gestürmt kam. Nach seinem grimmigen Gesichtsausdruck zu urteilen, musste er gerade einen Prozess verloren haben.

Schnell überflog mein Chef die Zeilen. „Da fehlt ein Komma", sagte er dann trocken, „wenn du schon solch einen Schwachsinn von dir gibst und dann auch noch mit deinem Namen unterschreibst, dann bemühe dich wenigstens um eine richtige Grammatik."

Gelassen ließ ich Dieter gewähren. Das war so seine Art, sich abzureagieren. Da musste ich halt das Ablassventil für seinen Frust spielen. Umgekehrt war es allerdings genauso. Auch das gehörte zu unserer Freundschaft.

„Das ist doch garantiert eine Fälschung", sagte Dieter endlich mit einem Blick, der eher fragend als bestätigend war.

„Selbstverständlich ist das eine Fälschung. Oder glaubst du allen Ernstes, ich hätte das Komma vergessen?" Ich wurde sachlich. „Diese Fälschung geistert im Haus an der Monheimsallee herum", berichtete ich ihm. „Da will jemand mit aller Gewalt Stimmung gegen mich machen."

Dieter nickte bedächtig mit dem Kopf und kratzte sich das kurze blonde Haar. „Aber du weißt nicht, wer der Schwachkopf ist?"

„Das ist das Problem. Vielleicht haben sogar die Studenten selbst dieses Pamphlet verfasst." Aber diese

Vermutung würde ich ohne handfeste Beweise besser nicht gegenüber Dritten äußern.

So sagte ich wohlweislich auch nichts darüber, als ich den AZ-Reporter anrief.

„Es handelt sich bedauerlicherweise um eine verdammt gute Fälschung", sagte ich ihm vielmehr. Ich könnte ihm nur versichern, dass dieser Schrieb nicht von mir stamme und nicht von mit gutgeheißen werde.

„Gerne würde ich mich mit den Studenten unterhalten", fuhr ich fort, nachdem der Journalist stumm blieb, „vielleicht können wir Verständnis wecken oder Misstrauen abbauen. Sie können das Gespräch bestimmt arrangieren. Sie könnten von mir aus auch dabei sein", lockte ich ihn. Dann hätte er die Geschichte exklusiv.

Noch einmal wiederholte ich die Kernpunkte: Der Brief sei eine Fälschung, den Inhalt könne ich nicht akzeptieren, gerne würde ich mich mit den Studenten unterhalten.

Auf die beiden ersten Punkte wies ich auch bei Gesprächen mit den Aachener Nachrichten sowie dem Rundfunk und dem lokalen Fernsehsender hin. Die TV-Leute hätten mich am liebsten wieder einmal in ihr Lokalstudio und vor die Kamera gezerrt, aber das lehnte ich entschieden ab.

Ich hätte es nicht nötig, mich so zu verhalten, wie es nach der Fälschung den Anschein hatte, versicherte ich den Journalisten. Nach Recht und Gesetz würde ich mein Mandat für den Hauseigentümer ausführen.

Allerdings wurde ich in den Interviews nicht den Eindruck los, als würden mir die Journalisten nicht so recht glauben. Das schien mir noch das größte Problem: Die Glaubwürdigkeit, meine und die meines Mandanten, ging verloren, das nach Recht und Gesetz unlautere Verhalten der Studenten wurde wohlwollend hingenommen. Dadurch wurde ich quasi schon gezwungen, die vermaledeite Sache aufzuklären.

Ich war froh, dass ich für ein paar Tage aus Aachen abtauchen konnte. Dieter hatte mich schon vor Monaten zu einem Seminar für Referendare angemeldet und beharrte darauf, dass ich auch teilnahm. „Es ist vielleicht ganz gut, wenn du für einige Zeit aus der Schusslinie verschwindest", hatte er entgegnet, als ich das Seminar stornieren wollte. „Der Laden hält es bestimmt aus, wenn du einmal eine Woche nicht da bist."

Nur Sabine hatte wegen meines Verschwindens etwas geschmollt. „An mich denkt keiner. Jetzt muss ich mir für eine Woche einen anderen Kerl suchen", sagte sie mit entschlossener Miene, was mich etwas verunsicherte. Doch sie beruhigte mich auf der Stelle mit einem betörenden Lächeln und dem Versprechen, mich am Wochenende am Seminarort in der Burg Wegberg zu besuchen.

Ein kleines Erfolgserlebnis hatte ich noch, bevor ich mich auf den Weg machte. Nach meiner Intervention hatten Staatsanwalt und Richter zugesagt, die Ermittlungen gegen Loogen zu intensivieren und den Zeugen vorzuladen. Sie stellten sogar eine Entlassung des Jungen aus der U-Haft in Aussicht für den Fall, dass der Zeuge tatsächlich nicht auffindbar sein sollte.

Wenn auch Franz Loogen immer noch in Heinsberg einsaß, so hatten seine Mutter und er wenigstens wieder eine Hoffnung auf ein Freikommen. Mehr konnte ich zum momentanen Zeitpunkt beim besten Willen nicht erreichen.

Wir waren alle eine Woche älter geworden. Mehr hatte sich allem Anschein nach nicht in meinem Umfeld geändert, als ich nach dem Seminar mit viel unnützer Theorie vollgestopft in die Kanzlei zurückkehrte. Auf der Zugfahrt von Rheydt nach Aachen hatte ich in der Gepäckablage eine Zeitung erwischt, in der ausführlich über das Fußballspiel am Abend zwischen Mönchengladbach und Kerkrade hingewiesen wurde. Die Messer seien gewetzt, hieß es martialisch, die Fans hätten Rache geschworen für die Abreibung in Kerkrade. Die Polizei sei in höchste Alarmbereitschaft versetzt worden.

Der tatsächliche Anlass des Geschehens, das Rück-spiel zwischen zwei Fußballmannschaften, wurde gänzlich zur Nebensache. Der deutsch-niederländi-sche Konflikt, den es gar nicht gab, wurde herbeige-redet und hochgeputscht. ‚Nicht das Ereignis ist ver-werflich, sondern die Art, wie das Ereignis unters Volk gebracht wird', dachte ich mir und ärgerte mich im Aachener Hauptbahnhof über eine Horde Skins, die mir in der Unterführung entgegenkam.

„Wir fahren nach Gladbach, Kaasköppe schlachten", grölten sie in Vorfreude auf eine Prügelei. „Macht sie nieder, die Heintjes!"

Über diesen tumben Fanatismus erschrocken, lief ich zur Theaterstraße. ‚Wie kann man nur diesem Schwachsinn Herr werden?', überlegte ich mir, aber ich kam noch nicht einmal über das „man" hinaus.

In der Kanzlei hatte ich keine Zeit mehr für derartige Überlegungen, denn Schulz überraschte mich mit dem nächsten Übel.

„Kaum nähert sich der Herr Grundler unserer schö-nen Kaiserstadt, passiert hier das nächste Chaos."
Statt einer von mir erwarteten herzlichen Begrüßung bekam ich von meinem Chef eine seiner boshaften Nettigkeiten an den Kopf geworfen. Worin dieses Chaos bestand, machte er mir sehr schnell klar:
„Deine studentischen Hausbesetzer sitzen seit der

letzten Nacht im Dunkeln. Irgendjemand hat heimlich die Hauptstromleitung demoliert. Da läuft kein Funken Elektrizität mehr ins Haus."

Ich verschwieg Dieter besser, dass ich eine derartige Schweinerei schon längst geahnt hatte. Mithin konnte er mich mit dieser Mitteilung nicht erschrecken.

„Was brauchen die Jungs Strom? Wir haben doch schon fast Sommer und es ist Grillzeit", kommentierte ich trocken, um sachlich zu fragen: „Täter bekannt? Welche Vorgehensweise? Was macht die STAWAG?"

Dieter zuckte mit den Schultern. „Woher soll ich das wissen?" Er kannte nur die Tatsache, auf die ihn der AZ-Reporter am Vormittag angesprochen hatte. „Er wollte von mir eine Stellungnahme, die ich ihm aber schuldig bleiben musste. Ich habe den guten Mann vertröstet und gesagt, dass du ihn heute noch anrufen würdest." Entschuldigend lächelte mich mein Freund an. „Das ist doch besser, als ihm irgendwelchen Stuss zu verzapfen. Oder?", rechtfertigte er sich.

Ich stimmte Dieter zu, obwohl ich wahrscheinlich auch nur leere Worthülsen abliefern würde.

„Übrigens", setzte mein Freund süffisant einen Schlusspunkt, bevor er aus meinem Büro verschwand, „auch die anderen Medien wollen mit dir über die Angelegenheit sprechen. Am liebsten heute noch."

74

‚Als wenn ich nichts anderes zu tun hätte', brummte ich vor mich hin, derweil ich die Telefonnummer des AZ-Reporters eintippte.

Er schien richtig erfreut, mich wieder zu hören. ‚Was hat der bloß ohne mich gemacht?', fragte ich mich.

„Endlich ist etwas los in der Stadt. Sie sind ja wieder da, Herr Grundler", sagte er froh gelaunt.

„Was ist überhaupt Sache?", unterbrach ich ihn abrupt. „Ich weiß nichts und kann deshalb auch nichts sagen." Er möge mich gefälligst aufklären.

Ich spürte, dass dem Schreiberling diese Gesprächseinleitung nicht ins Konzept passte. Jetzt hatte ich ihn so weit, dass er mir Informationen geben musste, die ich bewerten konnte. Was er mir absichtlich oder unwissentlich vorenthielt, konnte er nicht zu meinem Nachteil auswerten.

„Also, was ist Sache?", drängelte ich ihn. „Ich höre aufmerksam zu." Ich klemmte mir den Telefonhörer zwischen linke Schulter und Ohr und griff nach einem Kugelschreiber, um mir Notizen zu machen.

„Da gibt es nicht viel zu erzählen", antwortete der Journalist unzufrieden, „heute Morgen haben die Studenten festgestellt, dass sie keinen Strom mehr haben. Irgendjemand muss in der Nacht im Keller fachmännisch die Stromleitung abgeklemmt haben."

‚Und keiner hatte es bemerkt', dachte ich mir. Das konnte eigentlich nicht sein.

„Was ist, Herr Grundler?", hörte ich den Schreiberling fragen.

„Nichts", entgegnete ich, „ich höre Ihnen zu. Was haben Sie noch an Informationen?"

„Wir stehen vor einem Rätsel", bekannte der Reporter. „Niemand weiß, wie die Täter ins Haus gekommen sind, niemand weiß, wer die Leitung gekappt
hat."

„Ist der große Unbekannte überhaupt ins Haus gekommen?" Die Frage war mir spontan herausge-
rutscht. „Vielleicht war er schon drinnen?"

Der Journalist witterte schon seine Geschichte:
„Glauben Sie etwa, dass einer der Studenten seine
Kommilitonen hintergeht?"

„Das habe ich nicht gesagt und vermute ich auch
nicht", antwortete ich betont laut und deutlich, obwohl für mich diese Vermutung auf der Hand lag.

„Aber es könnte ja sein, dass sich der Unbekannte
nachmittags oder am Abend ins Haus geschlichen
und im Keller versteckt hat."

„Das ist durchaus eine denkbare Möglichkeit, die
auch die Studenten annehmen", pflichtete mir der
Journalist bei. „Die Frage bleibt dann aber, wer der
Unbekannte ist und ob er im Auftrag eines Dritten
gehandelt hat."

Ich stöhnte auf. „Damit sind wir wieder bei dem Versuch, meinen Mandanten in das Geschehen einzube-
ziehen, die Hausbesetzer zum Verlassen des Hauses
zu nötigen. Dazu kann ich nur wiederholend sagen,

dass ich derartige Methoden entschieden ablehne und nur nach Recht und Gesetz vorgehe. Sollte ich herausbekommen, dass mein Mandant hinter der Schweinerei steckt, lege ich selbstverständlich auf der Stelle mein Mandat nieder. Das können Sie ruhig schreiben." Ich legte eine Kunstpause ein. „Aber ich glaube, dass mein Mandant an diesen schwachsinnigen Aktionen nicht beteiligt ist und sie ohne sein Wissen geschehen. Ich gehe davon aus, dass er nicht hinter der Sachbeschädigung von heute Nacht steckt. Ich muss zwar noch mit ihm reden, aber ich kann es mir nicht vorstellen."

„Der Brandmann weist jede Beziehung zu der Beschädigung zurück", unterbrach mich der Journalist. „Ich habe gerade mit ihm gesprochen. Er hat mir mit Verleumdung gedroht, falls ich ihn damit in Verbindung bringen sollte."

Insgeheim musste ich schmunzeln. Der Reporter hatte also doch von allein den Namen des Hausbesitzers in Erfahrung gebracht.

„Was hat er denn weiter gesagt?", fragte ich ihn.

„Brandmann hat natürlich knallhart noch Salz in die Wunde gestreut und unterstellt, der Unbekannte befinde sich in den Reihen der Hausbesetzer. Es geschehe ihnen ganz recht, wenn sie sich gegenseitig aufmischen würden. Im Übrigen denke er nicht daran, die Leitungen reparieren zu lassen. Ohne Wasser und ohne Strom würden es die Studenten gewiss nicht mehr lange in dem Haus aushalten. Den schlimmsten Satz hat er sich für den Schluss aufbewahrt", schilderte der Schreiberling empört. „Ich bin gespannt, wann denen die Gasleitung um die Ohren fliegt", so zitierte er Brandmann. „Der hat keine Skrupel", behauptete der Journalist. „Den mache ich morgen fertig."

Er solle sich seine Absicht sorgsam überlegen, versuchte ich ihn zu besänftigen. „Immerhin gehört Brandmann das Haus und die Studenten leben illegal darin. Das dürfen Sie bei allem Zorn nicht vergessen."

Aber so könne man nicht mit Menschen umgehen, erwiderte der Reporter. „Die Studenten sind meiner Meinung nach moralisch im Recht. Sehen Sie sich doch die Wohnungsnot in Aachen an, die horrenden Preise für die schäbigsten Hütten und die leer stehenden Häuser mitten in den Wohngegenden, die zu reinen Spekulationsobjekten geworden sind. Für mich ist das ein asoziales Verhalten der Hauseigentümer; und einer davon ist Ihr Mandant Brandmann, Herr Grundler."

Ich enthielt mich eines Kommentars. Ich empfände es aber auch nicht als hilfreich, hielt ich stattdessen dagegen, wenn Hausbesetzer nicht einmal dialogbereit wären. „Ich könnte mir durchaus eine Lösung in ihrem Sinne vorstellen", sagte ich, ohne zu wissen, wie diese Lösung aussehen könnte.

Der Schreiberling wollte davon nichts hören. „Ich haue morgen auf Brandmann drauf", verkündete er entschlossen.

Die anderen Gespräche mit den Medienvertreter brachten mich auch nicht weiter, sodass ich sie schnell wieder verdrängte. Letztlich war ich nur gespannt, was mein AZ-Freund aus der Geschichte machen würde.

Ernstfall

Der Redakteur blieb bei seiner Absichtserklärung. Die Aktualität und die Sensationsgier hatten seiner Ankündigung einen gewaltigen Strich durch die Rechnung gemacht, wie ich am nächsten Morgen beim Blick in die AZ feststellen konnte.

Das Schicksal der Hausbesetzer war über Nacht ins zweite Glied gerückt. Der Aufmacher im Lokalteil hatte den Tod eines Fußballfans zum Thema. Wie ich las, war der Niederländer tot in einem Zugabteil auf einem Abstellgleis am Aachener Hauptbahnhof gefunden worden. Der Sonderzug hatte nach dem Fußballspiel in Mönchengladbach die Anhänger von Roda Kerkrade bis nach Herzogenrath gebracht und war dann weiter nach Aachen gefahren. Offensichtlich war der Mann während der Zugfahrt erstochen worden. Augenzeugen der Tat hatte es in dem proppenvollen Zug anscheinend nicht gegeben. Dies war jedenfalls der Stand zu Beginn der polizeilichen Ermittlungen. Ein Schaffner wurde von der AZ mit der

Bemerkung zitiert: „Das war ein großer Haufen grölender, betrunkener Skins." Auf einen Täter gab es nach dem Zeitungsbericht keinerlei Hinweise, eine Tatwaffe wurde nicht gefunden. Die Angaben zu dem Toten waren äußerst spärlich: ein Niederländer Anfang dreißig; mehr hatte die Zeitung nicht in Erfahrung gebracht.

Unpassend fand ich in dem Artikel den beiläufigen Hinweis, dass Kerkrade gegen Mönchengladbach gewonnen und damit das Endspiel um den UEFA-Cup erreicht habe.

Es habe nichts auf Krawalle in Mönchengladbach vor oder während des Spiels hingedeutet, berichtete die AZ. Erst nach Spielschluss müsse die Situation eskaliert sein. Deutsche Radikale hätten sich in den Sonderzug gedrängt und dort die Auseinandersetzung mit den niederländischen Fußballfreunden angefangen. Mit einer leichten Kritik an Polizei und Bahn, die nach der Vorgeschichte an der Grenze in Herzogenrath hätten gewarnt sein müssen, endete der Artikel. Daneben stand ein Aufruf der Polizei, in dem sie Augenzeugen eindringlich aufforderte, sich zu melden. Die Ermittler tappten angeblich im Dunkeln, so hieß es jedenfalls; unter anderem wollten sie von den Zeugen wissen, ob der Tote allein oder in einer der Fangruppen unterwegs gewesen war.

Diese Frage verwunderte mich. Welche Gruppe würde schon ein Mitglied tot zurücklassen und klammheimlich verschwinden? Man hätte doch zumindest den Schaffner alarmiert, dachte ich mir.

Kurz entschlossen rief ich Böhnke an.

Der Kommissar wunderte sich nicht einmal über meine Neugier. „Sie riechen das Verbrechen, Herr Grundler", sagte er nur. „Wenn Sie mir nicht zuvorgekommen wären, hätte ich Sie angerufen."

Damit machte er mich stutzig. „Wieso das denn?", fragte ich. „Ist etwa etwas faul bei dieser Geschichte mit dem toten Holländer?"

„Da ist wahrlich einiges nicht ganz in Ordnung", antwortete Böhnke. „Um es kurz zu machen, bei dem Toten handelt es sich um den Mann, den Franz Loogen vor zwei Wochen angeblich erschlagen wollte."

„Moment 'mal!" Das war mir nun doch zu kurz und ging mir zu schnell. Da hatte mir Böhnke einen Brocken hingeworfen, den ich nicht so schnell verdauen konnte.

„Was bedeutet das für Loogen?", fragte ich laut.

„Der Tod seines vermeintlichen Opfers könnte ihn entlasten oder zumindest die Beweislage zu seinen Gunsten verändern", antwortete der Kommissar unbefangen. „Ohne Zeuge, sprich, ohne Opfer, dürfte es der Staatsanwaltschaft schwer fallen, Loogen zu überführen, denke ich mir." Es werde nach dieser Entwicklung wahrscheinlich nicht einmal zur Hauptverhandlung kommen.

Damit konnte ich mich noch nicht zufrieden geben. Irgendetwas stimmte nicht, das spürte ich an Böhnkes Worten. „Ich verstehe nicht, warum Sie plötzlich die Ermittlungen gegen Loogen auf Sparflamme köcheln lassen wollen", sagte ich ihm. „Was ist denn wirklich Sache? Oder muss ich morgen einen Antrag an die Staatsanwaltschaft richten mit dem nochmaligen Anliegen, unverzüglich den Zeugen vorzuladen?"

Böhnke stöhnte kurz auf, ihm behagte meine Hartnäckigkeit nicht. „Sache ist, dass es sich bei dem toten Holländer um einen Typen aus der rechtsradikalen Szene handelt. Wir haben mittlerweile herausbekommen, wo er tatsächlich gewohnt hat. Zurzeit stellen die Sachverständigen der niederländischen Polizei in Kerkrade die Wohnung auf den Kopf."

„Was bedeutet das für Franz Loogen?" Ich wiederholte meine Frage und erwartete eigentlich nur eine Antwort: Der Junge kommt endlich raus aus dem Bau.

Das könne verständlicherweise nicht er entscheiden, entgegnete der Kommissar. Er versicherte mir allerdings, dass er sich auf seine Art für meinen Mandanten einsetzen werde.

Was Böhnke damit meinte, war mir nicht klar, war mir aber auch einerlei. Hauptsache war für mich, dass der Junge endlich nach Hause kam.

„Der hat überhaupt nichts getan, das wissen wir beide." Meine Vermutung, die Böhnke wahrscheinlich teilte, blieb unausgesprochen. Sie führte zu einem Thema, das nichts mit Loogen zu tun hatte und mich nur von meiner Arbeit zugunsten des Jungen ablenken würde. Insofern konnte ich aber durchaus zufrieden sein. Mich sollte es nicht weiter bekümmern, dass ein Rechter auf der Strecke geblieben war. Das sagte ich Böhnke, der bitter auflachte.

„Für Sie ist der Fall fast schon gelaufen, Herr Grundler, für uns fängt er jetzt erst richtig an." Und dann deutete der Kommissar doch meine Vermutung an. „In Kerkrade ist es bei einem Versuch geblieben, jetzt wurde daraus der Ernstfall, und niemand weiß, was noch auf uns zukommen wird."

„Das ist Ihr Bier, nicht meines", sagte ich zum Abschied. „Prost!"

Der Tag fing erfolgreich an, so könne er ruhig weitergehen, meinte ich zu Sabine, die mich freudestrahlend mit frischem Kaffee versorgte.

„Ein Herr Müller will dich sprechen", sagte sie und wehrte meine zaghaften Bemühungen ab, sie an mich zu ziehen.

„Muss ich den Herrn kennen?"

„Nein, aber du wirst den Herrn in wenigen Augenblicken kennenlernen", antwortete meine Liebste und eilte zur Bürotür. Höflich bat sie einen Mann in mein Zimmer hinein.

Den Besucher kannte ich tatsächlich. Jedenfalls hatte ich ihn erst vor kurzem irgendwo gesehen, erinnerte ich mich.

Der Besucher, ein junger, schlanker Mensch mit hellen Haaren und in adretter, gepflegter Kleidung, half mir auf die Sprünge. Er sei ein Sprecher der WG aus der Monheimsallee, klärte er mich bereitwillig auf. Müller machte einen gelassenen und ruhigen Eindruck.

Man hätte heute Morgen in der AZ von der mangelnden Dialogbereitschaft der Studenten gelesen und den ungeheuerlichen Vorwurf, einer aus ihren Kreise könnte die Anschläge auf die Wasserzufuhr und die Stromversorgung verübt haben.

„Dagegen verwahren wir uns entschieden", sagte er leise, aber durchaus bestimmt. Der Student blieb überraschend sachlich, war längst nicht so emotional wie seine Kommilitonen, die mich aus dem Haus geworfen hatten.

„Wir haben Erkundigungen über Sie eingeholt", fuhr er ruhig fort, „und dabei haben wir festgestellt, dass Sie vielleicht doch nicht der Stinkstiefel sind, den wir ursprünglich angenommen hatten. Wir wollen zumindest inoffiziell mit Ihnen ins Gespräch kommen. Allerdings unter einer, nein, unter zwei Bedingungen."

Ich runzelte fragend die Stirn. Was wollte das Männlein von mir?

„Wir würden gerne mit Ihnen heute Abend bei uns reden", erklärte Müller mir.

‚Warum nicht?', dachte ich mir. „Ich komme gerne und ich komme allein", willigte ich ein.

„Damit haben Sie schon einen Teil unserer zweiten Bedingung erfüllt. Wir wollen nämlich außerdem den Reporter der Aachener Zeitung als Augenzeugen bei dem Gespräch dabei haben."

„Aber nur, wenn er zusichert, nichts über das Treffen zu schreiben", hakte ich rasch nach. Ich käme in Teufels Küche, wenn ich quasi hinter Brandmanns Rücken mit den Hausbesetzern verhandelte, und er las anschließend davon etwas in der Zeitung.

„Er hat es uns versprochen." Der Student schien überzeugt, dass der Journalist seine Zusage einhalten würde.

Ich hatte da meine Zweifel, musste aber zugleich dem Schreiberling zugutehalten, dass er bei der Entführung von Lennet Kann zum entscheidenden Zeitpunkt, wenn auch notgedrungen, lange geschwiegen hatte, nachdem er zum Mitwisser geworden war.

„Wenn's sein muss", sagte ich, „soll er ruhig kommen."

Ich beobachtete den jungen Mann, der ohne Nervosität mit mir verhandelte. Er schien von sich und seiner Absicht überzeugt, und er machte mir nicht den Eindruck, als betriebe er ein hinterlistiges Spiel. Zur Yuppi-Generation gehörte er bestimmt ebenso wenig wie zur No-Future-Jugend. Müller würde zielsicher und beharrlich sein Leben gestalten, nicht angepasst, aber auch nicht aufmüpfig um jeden Preis. Er gehörte zu der akademischen Jugend, auf die unsere Politiker stolz waren.

Ich erhob mich aus meinem Sessel und streckte Müller die Hand zum Abschied. „Abgemacht. Um wie viel Uhr?"

„20 Uhr, wenn's recht ist." Der Student schien zufrieden. „Sie sind tatsächlich so, wie Sie mir von einer meiner Mitbewohnerinnen geschildert wurden", sagte er und klärte mich sofort auf. „Das ist eine Noppeney. Sie hatten wohl einmal etwas mit ihrem Großonkel zu tun."

Ich musste lachen. „Dann sagen Sie ihr bitte, sie möge den Senior grüßen."

Mit einem leichten Klaps auf die Schulter schob ich den Studenten aus dem Raum. Warum die Menschen immer alte Kamellen herauskramen mussten, dachte ich mir und war zugleich ein wenig stolz.

Sofort rief ich die AZ-Redaktion an, in der mir der Reporter den abendlichen Termin bestätigte.

„Wir sind fast schon Komplizen, Sie und ich", sagte er vertraulich plump und machte es geheimnisvoll: „Vielleicht habe ich noch eine Überraschung für Sie." Mehr wolle er im Moment nicht sagen, und ich steckte die Bemerkung als Angeberei weg.

Nachdem ich am Nachmittag mehrfach vergeblich versucht hatte, bei der Staatsanwaltschaft wegen Franz Loogen nachzufragen, ging ich einigermaßen gespannt, aber zugleich auch etwas verärgert zur Monheimsallee; verärgert nicht nur wegen meiner erfolglosen Arbeit, sondern auch deshalb, weil Sabine mich bekochen wollte und ich ihr absagen musste.

„Liebe geht durch den Magen", hatte sie pragmatisch erklärt und den gefrorenen Spinat zurück in das Tiefkühlfach geschoben, als ich mich für den Abend schweren Herzens von ihr verabschiedete.

Die Stimmung im Kreis der Wohngemeinschaft war zwiespältig. Einige der Hausbesetzer sahen mich mit unverhohlener Antipathie an, als ich mich in einem großen Zimmer zu ihnen gesetzt hatte. Andere lächelten mich an, die meisten der 15 Studenten schienen ernst und konzentriert. Das war schon eine kunterbunte Truppe, mit der ich es zu tun hatte. Vom Schlipsträger bis zum Althippie hatte sich alles versammelt, von der geschminkten Madonna bis zum zerzausten Flower-Power-Girl reichte das Outfit der weiblichen Pendants. Aber offensichtlich kam die multikulturelle Gesellschaft gut miteinander aus. Sie hatte es sich gemütlich gemacht in dem Gemeinschaftszimmer, viele Teppiche bedeckten den Boden, auf etlichen kleinen Tischen zwischen den Sofas und Sessel standen Kerzen. Sie würden in der hereinbrechenden Dunkelheit für ein spärliches Licht sorgen. Mit dem Gestank der Räucherstäbchen konnte sich meine Nase noch einigermaßen anfreunden, dass aber auch noch der Duft von Haschisch durch den Raum schwebte und manche Bierflasche und manches Weinglas durch die Reihen kreisten, ließ mich vorsichtig werden. Mit zunehmendem Konsum der Rauschmittel konnte manch einer meiner Gesprächspartner vielleicht die Beherrschung verlieren. Es konnte wahrlich nicht in meinem Sinne sein, dass die heikle Angelegenheit eskalierte. ‚Zu verlieren hatte nur ich, die Hausbesetzer standen ohnehin mit dem Rücken zur Wand', dachte ich mir, während ich schweigend auf den Journalisten wartete.

Er tat gehetzt und geschäftig, als er mit einer kleinen Verspätung zu uns stieß. Der Mann, vermutlich in meinem Alter, war nur mittelgroß und unscheinbar, auf der Straße würde ihn niemand als Reporter einschätzen. Das Augenfälligste an ihm war noch seine Brille, die entweder eine Nummer zu klein war, weil er immer darüber hinwegblickte, oder nur dazu diente, seine Knollennase etwas zu kaschieren. Aber sie vermittelte jedenfalls den intellektuellen Anstrich, den der Journalist wohl gerne haben wollte.

Es sei so viel los in Aachen und er wisse nicht mehr, wo ihm der Kopf stehe, entschuldigte er sich nichtssagend. Er grüßte mich mit einem flüchtigen Kopfnicken, ließ sich in den letzten freien Sessel fallen und sagte jovial: „Na, denn los. Worauf warten wir noch?"

Über diese humoristische Einlage konnte niemand lachen. Ich bot mich an, aus meiner Sicht die Situation der Studenten zu erläutern, doch sie winkten murrend ab. Ich sei nicht von ihnen zum Besuch aufgefordert worden, um sie über die Rechtslage aufzuklären, ich sei hier, um über die tatsächliche Lage informiert zu werden, belehrte mich ein vermutlicher Chemiestudent, woraufhin sich wieder ein betretenes Schweigen breitmachte.

Endlich ergriff Müller die Initiative. „Wir wollen Sie über zwei Dinge in Kenntnis setzen, Herr Grundler", wiederholte er sein Anliegen vom Morgen. „Da sind zum einen die leidigen Störmanöver, um uns aus dem Haus zu treiben."

Ich wollte widersprechen, aber er bremste mich mit einer mahnenden Handbewegung. „Wir unterstellen zu Ihren Gunsten, dass Sie davon nicht in Kenntnis gesetzt worden sind. Mit Verlaub", er lächelte mich kurz an, „wir können es uns auch nicht vorstellen."

‚So viele Lorbeeren ehrte mich zwar, brachte aber im Endeffekt überhaupt nichts', sagte ich zu mir.

„Wir haben lückenlos in unserer WG alle Alibis überprüft. Jeder von uns kann eindeutig nachweisen, wo er war, als die Wasserleitung und der Stromanschluss zerstört wurden. Es ist nahezu ausgeschlossen, dass einer von uns der Täter war." Bereitwillig übergab Müller mir eine Liste mit Namen und Stichworten. „Sie können gerne jeden Einzelnen von uns noch einmal befragen", bot er mir an.

Dankend lehnte ich ab. Ich war davon überzeugt, dass die Angaben stimmten. Ob ich die Liste behalten könnte, fragte ich höflich, aber Müller verneinte. „Es braucht nicht jedermann zu wissen, wer hier wohnt." Dafür müsste ich Verständnis haben. „Sonst bekommt jemand von uns vielleicht doch noch ein an ihn persönlich gerichtetes Einschreiben einer Anwaltskanzlei und wird zur Räumung aufgefordert", sagte er ironisch.

Müller würde bestimmt der Erste sein, dachte ich mir. Aber offenbar kümmerte es den Studenten nicht weiter, dass ich seinen Namen kannte.

„Ich glaube Ihnen aufs Wort", meldete ich mich rasch. „Aber das nützt Ihnen alles nichts. Oder können Sie oder ich etwa nachweisen, dass der Eigentümer dieses Hauses hinter den Zerstörungen steckt? Ich jedenfalls kann es mir nicht vorstellen."

„Der muss dahinter stecken", brauste eine langhaarige, vermutlich männliche Person auf. „Wer denn sonst?"

„Gute Frage", lobte ich das Langhaar, „auf die ich keine Antwort weiß. Wer denn sonst, wenn nicht der ausgemachte Bösewicht? So einfach geht das nicht. Es gibt keinerlei Anzeichen, dass mein Mandant mit den Zerstörungen hier im Haus in Zusammenhang zu bringen ist. So, wie Sie Ihre Alibis haben, die zu Ihrer

Entlastung beitragen, so spricht für ihn, dass er mich beauftragt hat, Strafanzeige wegen Sachbeschädigung zu erstatten." Ich blickte in die spöttisch grinsende Runde. „Sie können mir glauben oder nicht. Ich lasse mich von niemandem auf Dauer zum Hampelmann machen, weder von Ihnen, aber auch nicht von meinem Mandanten. Ich finde heraus, wer hinter den Anschlägen steckt, das kann ich Ihnen garantieren."

Und wenn es Brandmann sein sollte oder doch einer von ihnen, was ich derzeit beides nicht glauben würde, dann ginge es dem Betreffenden mit Sicherheit schlecht.

Dass ich darüber hinaus auch noch versuchte, den guten Ruf unserer Kanzlei zu retten, brauchte ich den skeptischen Studenten nicht unter die Nase zu reiben. Es wurmte mich immer noch und immer wieder ungemein, dass uns eine Sympathie zu Rechtsradikalen untergejubelt worden war.

Ich nippte an einem Glas Mineralwasser, das mir ein hübsches, wahrscheinlich weibliches Geschöpf gebracht hatte. „Damit genug von dieser Sache. Mein Angebot an Sie lautet, lassen Sie uns gemeinsam diese leidige Geschichte aufklären."

„Was springt für uns dabei heraus?", kam prompt eine törichte Frage.

„Die Gewissheit, dass keiner von Ihnen ein zwielichtiges Spiel spielt. Nicht mehr und nicht weniger", antwortete ich und blickte den AZ-Reporter an, der schweigend die Diskussion verfolgt hatte. Es schien mir, als interessiere ihn das Gespräch nicht sonderlich. Aber auch ich war das Thema leid. Es gab hier Wichtigeres zu tun.

„Was ist denn das Zweite, das Sie mir mitteilen wollten?", fragte ich Müller.

Der Student schluckte kurz und schaute verunsichert in die Runde seiner Kollegen, die auffordernd nickten. „Wir haben den Brief untersucht, der angeblich von Ihnen stammen soll", antwortete er. „Und wir sind zu der Erkenntnis gelangt, dass es sich um eine Fälschung handeln muss. Ihre Unterschrift wurde vermutlich, nein, wurde sogar wahrscheinlich von einem Original in einen Computer gescannt und auf das Schreiben übertragen."

„Was bedeutet das?" Ich fühlte mich unbehaglich. Wollten die Studenten mir nun vertrauen oder misstrauten sie mir sogar so sehr, dass sie jeden meiner tatsächlichen oder vermeintlichen Schritte nachvollzogen?

„Das bedeutet zumindest, dass nicht alles so ist, wie es scheint", gab mir Müller vage zur Antwort. „Das bedeutet aber auch, dass wir uns dazu durchringen könnten, mit Ihnen inoffiziell zu verhandeln."

Meine in Runzeln gelegte Stirn interpretierte er richtig. Ich hatte nicht so recht verstanden.

„Offensichtlich hat es ein unbekannter Dritter darauf abgesehen, auch Sie zu schädigen, Herr Grundler, sonst hätte er wohl nicht Ihre Unterschrift missbraucht. Das macht uns in gewisser Weise zu Verbündeten in der Not", fuhr Müller fort. „Dabei gehen wir davon aus, dass eventuell Brandmann der Drahtzieher hinter den Kulissen ist, was Sie allerdings bisher zurückweisen. Wie dem auch sei, uns will Brandmann ans Leder mit Ihnen als ausführendem Organ und Ihnen will jemand etwas unterschieben." Der junge Mann lächelte mich an. „Darauf können wir aufbauen."

„Moment einmal!" So viel Vertraulichkeit gefiel mir nicht. „So leid es mir tut, ich habe einen Mandanten, dem ich zu seinen Rechten verhelfen muss. Ich kann Ihnen nicht garantieren, dass Sie in diesem Haus bleiben können." Das war für mich unmöglich, aber darüber schwieg ich besser. „Ich kann mich nur bemühen, dass alles schiedlich-friedlich über die Bühne geht."

Man verstehe meine Position, aber man könne sie verständlicherweise nicht teilen, entgegnete mir eine langhaarige, eindeutig weibliche Schönheit. „Lassen Sie uns versuchen, den kleinsten, gemeinschaftlichen Nenner zu finden."

„Und der wäre?", fragte ich voller Neugier.

„Der kleinste Nenner ist der anonyme Schreiber des Drohbriefes, vielleicht kommen wir darüber einen Schritt weiter", bekam ich von der Schönheit mit einem betörenden Lächeln zur Antwort.

Ich blieb stumm. Mir wurde die Diskussion zu hinter-gründig und damit unergiebig. Ich hatte einen Auf-trag, und der war definiert: Ich hatte dafür zu sorgen, dass das Haus in einigen Tagen leer stand.

Es wurde Zeit für mich, zu gehen, hier gab es nicht mehr viel zu bereden.

Der Journalist schien sogar froh, als ich zum Aufbruch drängte und schloss sich meinem Abschiedsgruß so-fort an. Gemeinsam gingen wir auf die Monheimsal-lee. Er bot sich an, mich nach Hause zu fahren.

Zunächst wollte ich mit einem Hinweis auf den ge-sundheitsfördernden Spaziergang zum Templergra-ben ablehnen, doch dann willigte ich ein. Etwas am Verhalten des Schreiberlings hatte mich aufmerksam werden lassen. Er schien verlegen, verstört, verunsi-chert, längst nicht so souverän, wie er sich am Tele-fon gab und wie ich ihn noch von unserem ersten und bislang einzigen Aufeinandertreffen am Kran-kenbett von Lennet Kann in Erinnerung hatte.

Direkt vor dem Knossos, fast neben meiner Haustür, fanden wir überraschender Weise einen Parkplatz. Er solle seinen Wagen bloß nicht wieder wegsetzen, scherzte ich, einen derartig günstigen Parkplatz gebe es nicht allzu oft in der Aachener Innenstadt.

Der AZ-Reporter stieg nicht auf meinen Witz ein. Vielmehr lud er mich zu einem Getränk in die Gast-stätte ein, wie ich nicht anders erwartet hatte.

Kaum stand das erste Bier vor ihm, kippte der Journalist es auch schon mit einem Zug hinunter. Wenn er so weitermache, mahnte ich ihn, dann hätte er tatsächlich bald einen Dauerparkplatz für sein Fahrzeug, dann wäre er nämlich binnen kurzer Zeit besoffen.

„Besoffen wäre gut, dann würde ich mich vielleicht nicht so beschissen fühlen", sagte er leise.

„Warum denn das?" Ich sah mich wieder in die Rolle eines Beichtvaters manövriert und fragte mich einmal mehr, warum alle Welt ihr Herz vor mir ausschüttete. Aber diesmal sollte es mir recht sein, wenn's dem Schreiberling half und mich nicht weiter belastete.

„Wie würden Sie es denn finden, wenn Sie Beweise haben, die Sie nicht verwerten dürfen?", fragte er mich und fuhr fort, ohne auf meine Antwort zu warten. Sie würden sich garantiert genauso fühlen wie ich." Der Schreiberling setzte erneut sein Bierglas an. „Da habe ich Topinformationen und kann sie nicht verwenden", fluchte er.

‚Wenn's weiter nichts ist', dachte ich mir schon wieder entspannt. „So aufschlussreich war das Gespräch mit den Hausbesetzern nun auch nicht", tröstete ich ihn. „Das kann Ihnen allenfalls als Hintergrundwissen dienen. Da war nun wirklich nichts Sensationelles drin."

„Davon spreche ich doch gar nicht", fiel mir der Journalist ungehalten ins Wort. „Ich meine die Geschichte mit dem toten Holländer."

Fragend staunte ich den Schreiberling an. „Wieso?" Was war schon Bedeutsames dran an einem abgestochenen Skin?

„Die Polizei hat schnell seinen richtigen Wohnort ausfindig gemacht, nachdem seine Identität eindeutig feststand. Der Typ gehört zu den Ultrarechten", erhielt ich zur Antwort.

Das war bedauerlich, aber ebenso wenig zu ändern wie sein gewaltsames Ableben. „Ja, und?", fragte ich. Diese Informationen besaß ich längst, was ich aber für mich behielt.

Der AZ-Reporter sah mich über seine Pseudobrille hinweg mit scheinbar gelangweilter Miene an, als interessiere ihn nicht, was er mir sagte: „In seiner Wohnung in Kerkrade hat die Polizei eindeutige Hinweise darauf gefunden, dass es bei der Verleihung des Karlspreises in diesem Jahr ein Attentat geben soll."

„Ja, und?", wiederholte ich mich. Auch mit dieser Behauptung konnte er mich nicht sonderlich beunruhigen. Solche Attentatsdrohungen hatte es fast jedes Jahr gegeben, sie hatten sich Gott sei Dank stets ins Nichts aufgelöst.

„Ich glaube, dieses Mal ist die Angelegenheit dramatischer", widersprach mir der Journalist. Den Hinweis auf das Attentat beim Karlspreisfest könne man einem Schreiben entnehmen, dass in der Wohnung gefunden worden war. „Darin wird auf die Möglichkeit hingewiesen, internationale Beachtung zu finden, zumal man gemeinsame Sache mit anderen Vaterlandskämpfern mache", zitierte der Schreiberling sinngemäß. „Da braut sich etwas zusammen."

„Und Sie können nichts schreiben?" Diese Auflage seines Informanten war wahrscheinlich der Grund für seine Niedergeschlagenheit, vermutete ich.

„So ist es. Ich habe die Information von einem Verwandten, der bei der Kripo arbeitet. Der ist reif für den Abflug, wenn ich etwas schreibe. Die Verbindung zwischen ihm und mir ist zu offensichtlich, zumal wir heute Nachmittag noch zusammen vom Polizeipräsidenten gesehen wurden."

„Aber warum sagen Sie es denn mir? Wollen Sie etwa jedem, der Ihnen über den Weg läuft, unter vier Augen Ihr Wissen weitergeben mit der Bitte, gefälligst zu schweigen?"

Der AZ-Reporter blickte mich fest an, er hatte seine Brille abgenommen und kaute nervös an einem Bügel. „Es ist immer gut, einen Mitwisser zu haben, dem man vertrauen kann und der selbst neugierig ist, auf eigene Faust den Wahrheitsgehalt der Behauptung herauszufinden."

Seine Auffassung schmeichelte mir, sagte ich ihm. „Aber das kann ich nicht packen." Ich hätte genug mit meinen Mandanten zu tun, um mich noch zusätzlich um vermeintliche Attentate im Dunstkreis des Karlspreises zu kümmern. Ich schüttelte ablehnend den Kopf. „Lassen Sie das ruhig die Sorge der Polizei sein." Ich stand auf und verabschiedete mich.

„Nehmen Sie sich ein Taxi, mein Freund. Das ist besser für Ihren Führerschein", gab ich dem Journalisten als Empfehlung mit auf den Weg.

Ob da tatsächlich etwas dran war an dem vermeintlichen Attentat beim Karlspreis? Auch wenn ich so tat, als ginge mich das Thema nichts an, so ließ die Frage mir dennoch keine Ruhe.

Der Karlspreis sollte in diesem Jahr an den britischen Premierminister vergeben werden. Der Labour-Politiker hatte die Öffnung des Königreichs gen Europa intensiver als alle seine Vorgänger betrieben und somit die Idee des friedlichen Miteinanders im geeinten Europa realisiert. Für das Karlspreiskomitee hatte es keiner langen Beratung bedurft, um den Sozialisten als Träger des internationalen Karlspreises zu nominieren. Wie ich aus der Presse wusste, war die Politik des Premierministers in Britannien bei den Rechten als Vaterlandsverrat bezeichnet worden. Auch die irisch-republikanische Armee sah in dem europafreundlichen Politiker jemanden, der durch seine Integrationsbemühungen das separatistische Treiben der IRA unterlief.

Ich versuchte, einen Zusammenhang herzustellen. Die deutschen Rechten würden sicherlich auch an ihren nationalistischen Vorteil glauben, wenn dem Premier im Zusammenhang mit der Preisverleihung im Krönungssaal des Rathauses etwas passieren würde. Gegen Europa, für Deutschland, diese dumme Parole steckte in ihren Köpfen und prangte auf den einfachen Flugblättern, die bisweilen an Bäumen oder Mauern angeklebt waren. Was konnte diesem Schlagwort mehr dienen als ein Attentat bei der Verleihung des europäischsten aller politischen Preise, dem internationalen Karlspreis von Aachen?

Aber eigentlich war diese Überlegung absurd. Soweit würde es nicht kommen. Bestimmt hatte der Schreiberling die Nachricht seines Verwandten überbewertet oder falsch interpretiert. ‚Vielleicht sollte ich mich aber dennoch einmal um die Vermutung kümmern', dachte ich mir, ‚rein aus privatem Interesse und mit dem Wissen, dass ich im Prinzip mit der ganzen Sache nichts zu schaffen hatte'. Ich ertappte mich dabei, dieser Sache mehr Bedeutung beizumessen als meinen Mandanten Loogen und Brandmann. Aber was waren die beiden schon im Vergleich zum britischen Premier?

Nichts, genauso wenig wie ich.

Und mit dem beruhigenden Gefühl, ein Nichts zu sein, schlief ich ein.

Auch am nächsten Morgen ließ mich die wahrscheinlich haltlose Vermutung einfach nicht los. In einem Telefonat bat ich den AZ-Reporter um Archivmaterial über den Karlspreis, das er mir freundlicherweise bereitlegen lassen wollte.

„Sonst etwas Neues gehört?", fragte ich aus Höflichkeit.

Aber der Schreiberling verneinte. Es schien mir, als wolle er die Vermutung aus seinem Gedächtnis verdrängen. Ich könne das Material am Nachmittag in der Geschäftsstelle des Zeitungsverlags an der Theaterstraße abholen, sagte er kurz angebunden und legte auf.

Beiläufig ließ ich meinen Blick über die Tageszeitung schweifen. Ein Bombenattentat in London, das der IRA zugeschrieben wurde, erschien mir auf einmal näher als je zuvor. Der terroristische Anschlag war ohne Personenschaden abgegangen, machte aber deutlich, dass zu jeder Zeit Extremisten attackieren konnten. War es wirklich so abwegig, dass IRA, deutsche und andere Neonazis gemeinsame Sache machen wollten, um bei der Karlspreisverleihung für Terror zu sorgen? Andererseits schien mir der Gedanke von sehr weit hergeholt. Es gab zu viele IRA-Anschläge, um ausgerechnet aus diesem, vergleichsweise glimpflich verlaufenen eine Beziehung zur Preisübergabe an den Premier abzuleiten.

Zum Toten im Aachener Hauptbahnhof war im Lokalteil eine kleine Notiz versteckt. Die Polizei habe inzwischen die Identität des Todesopfers ermittelt, sie sei aber bei den Untersuchungen noch nicht weit gekommen und bitte nochmals eventuelle Zeugen, sich zu melden, so hatte es jedenfalls die Zeitung geschrieben. Mit keinem Wort ging der AZ-Reporter auf den vermeintlich rechtsradikalen Hintergrund des Opfers ein, den er vermutete, weil ihn die Polizei vielleicht vermutete.

Ich schob das Blatt zur Seite und widmete mich dem Aktenberg, der sich vor mir auf meinem Schreibtisch türmte. Schnell war ich in meinen Ritt auf die Paragraphen vertieft und vergaß die heile, böse Welt um mich herum.

Erst durch Sabine ließ ich mich am Mittag stören. Sie wollte mich zu ihr nach Hause entführen. „Einmal in deinen Armen liegen, und wenn es nur für eine Stunde ist", hatte sie lächelnd gesagt.

Am späten Nachmittag kehrten wir zufrieden zur Theaterstraße zurück. Auf meinem Schreibtisch fand ich zwei Notizzettel, die unser Bürovorsteher mit Nachrichten für mich hinterlassen hatte. Zuerst sollte ich Loogen in Bardenberg anrufen, anschließend wünschte Böhnke im Polizeipräsidium meinen Rückruf.

„Ich bin wieder zu Hause!" Franz Loogen schrie mir fast schon überdreht die Nachricht ins Ohr. „Vielen Dank, Herr Grundler."

Es fiel mir schwer, den Jungen zu beruhigen. Wie hoch mein persönlicher Anteil an seiner Freilassung war, wusste ich nicht. ‚Wahrscheinlich wäre Franz Loogen auch ohne mich aus der Justizvollzugsanstalt entlassen worden', dachte ich mir, ohne es ihm zu sagen.

„Was ist denn passiert?", fragte ich vielmehr.

Am Morgen sei er aus der Zelle geholt worden, berichtete der Junge. Der Staatsanwalt habe ihm erklärt, er sei frei und würde nach Bardenberg gebracht werden. Seine Mutter sei schon informiert.

„Hast du denn kein Schreiben mitbekommen?"

„Ja", antwortete der Junge, „wollen Sie wissen, was darin steht?"

„Aber klar doch."

„Das Ermittlungsverfahren ist eingestellt worden", las Loogen vor.

„Mehr nicht?"

„Irgendwo steht noch, dass es keinen Tatverdacht mehr gibt. Er hat sich nicht bestätigt", hörte ich den Jungen sagen.

‚Die Erklärung war sehr schwammig', dachte ich mir, ‚aber typisch'. Erst wurde mit einem gewaltigen Popanz eine kleine Leuchte einkassiert und schon als Verbrecher eingestuft, und wenige Tage später konnte sie wieder gehen, am liebsten klammheimlich und ohne Aufsehen. „Das Ermittlungsverfahren ist eingestellt worden", zitierte ich Loogen verärgert. „Was war denn mit den beiden Polizisten, die den Mordversuch gesehen haben wollten?"

„Dazu hat niemand etwas gesagt", berichtete der Junge. „Ich war froh, dass ich abhauen konnte, habe meine Klamotten gepackt und bin nach Hause gebracht worden. Erst vor der Haustür hat mir ein Polizist gesagt, er sei froh, dass ich kein Verbrecher bin."

Loogen schwieg für einen Augenblick, er wusste nicht, wie er fragen sollte. „Ist jetzt alles in Ordnung? Oder muss ich wieder ins Gefängnis?"

„Keine Sorge", beruhigte ich ihn. „Du hast damit nichts mehr zu tun. Was machst du jetzt?"

„Ich fahre heute Abend auf die Alemannia", freute sich der Junge.

Ich blieb stumm. Eigentlich hatte ich wissen wollen, ob er Schadensersatz haben wollte.

„Dann wünsche ich dir viel Spaß", sagte ich stattdessen.

Böhnke wusste schon von Loogens Freilassung. „Die Kollegen haben halt Angst vor Ihnen", scherzte er.

Er solle nicht ablenken, sagte ich ihm und überfiel ihn frontal. „Hat die Einstellung des Ermittlungsverfahrens irgendetwas mit dem toten Niederländer zu tun?", fragte ich den Kommissar.

Böhnke druckste herum. „Warum müssen Sie bloß immer mit der Tür ins Haus fallen, Herr Grundler?", fragte er ablenkend, um dann doch eine Antwort zu geben. „Es ist zumindest nicht auszuschließen. Aber Konkretes kann ich Ihnen nicht sagen."

‚Oder er wollte es nicht', dachte ich mir. „Gibt es Neuigkeiten über den Toten, die ich morgen nicht in der Zeitung lesen kann?", fragte ich vorsichtig.

Böhnke blieb wieder lange Zeit stumm. „Nichts Genaues weiß man nicht", sagte er endlich. Selbstverständlich wisse er nicht, was die Medien aus dem Todesfall machen würden. „Ich weiß nur, dass der Mann kein unbeschriebenes Blatt in den Niederlanden war."

„Rechte Szene? Kriminell?"

„Sowohl als auch."

„Einzelgänger oder Gruppenkämpfer?"

„Herr Grundler, Sie fragen mich zu viel", stöhnte Böhnke. „Ich wäre Ihnen sehr verbunden, wenn Sie zum jetzigen Zeitpunkt das Thema auf sich beruhen ließen."

„Warum haben Sie denn überhaupt meinen Rückruf haben wollen?" Ich verstand das Anliegen des Kommissar nicht.

„Das war eine fixe Idee von mir. Ich wollte Sie fragen, ob Sie mit mir auf den Tivoli gehen. Da ist heute ein Spitzenspiel und Sie sind doch Alemannen-Fan."

Ich nahm nicht an, dass Böhnke mich mit dieser Bemerkung beleidigen wollte. Zwar besaß ich eine Ehrenkarte auf Lebenszeiten von der Alemannia, aber ich hatte bisher nicht ein einziges Mal von ihr Gebrauch gemacht. Schnell ließ ich mir seinen Vorschlag durch den Kopf gehen. Vielleicht würde mir der Kommissar während des Spiels mehr verraten als am Telefon.

Die Tür öffnete sich, Sabine lächelte mich glücklich an.

Mein Entschluss stand fest. „Sorry, Herr Böhnke, ich bin heute leider schon vergeben."

Sabine setzte sich auf meinen Schoß. „Mit wem wolltest du heute unterwegs sein? Kenne ich den?"

Ich schlug ihr vor, in den Spiegel zu sehen. „Da siehst du meine Abendgesellschaft." Ich schob meine Sekretärin zur Seite und griff zu einem Notizzettel. „Ich muss mir nur einige Dinge notieren", sagte ich ihr, „dann können wir gehen."

Es war bereits der vierte Zettel, den ich mit Fakten füllte. Jeder Zettel für sich ergab keinen Sinn, vielleicht würden sie später einmal zusammenpassen, vielleicht aber ergaben sich niemals Zusammenhänge.

Drohungen

Am nächsten Morgen war ich nach dem Blick in die Tageszeitungen etwas enttäuscht. Keine einzige Silbe gab es mehr über den Toten vom Hauptbahnhof. Die Hausbesetzung war als fast alltägliches Ereignis nicht mehr berichtenswert. Aber dass die Entlassung von Loogen nicht gemeldet wurde, fand ich erschreckend. Die Freilassung passte nicht in die ursprüngliche Vermutung, also wurde sie schlichtweg negiert, dachte ich zornig, während ich mir von unserem Rezeptionsfräulein eine telefonische Verbindung zum AZ-Reporter herstellen ließ.

„Davon weiß ich nichts", lautete seine lapidare Antwort auf meine Frage nach Loogen.

„Um die schwachsinnigen Gerüchte wegen eines angeblichen Attentats machen Sie ein geheimnisvolles Theater", brauste ich auf, „aber wesentliche Tatsachen, die sind Ihnen gänzlich unbekannt."

Doch er ließ sich durch meine gespielte Erregung nicht beirren. „Wir können nur über das schreiben, was wir wissen und was uns gemeldet wird, Herr Grundler. Und ich weiß weder offiziell noch inoffiziell etwas von der Freilassung des Jungen." Der Schreiberling machte eine Atempause. „Aber vielen Dank für Ihren Hinweis. Ich werde selbstverständlich sofort bei der Staatsanwaltschaft nachhaken und morgen etwas bringen."

Damit hatte ich mein Ziel erreicht, sagte ich mir selbstzufrieden. „Es wäre schön, wenn Sie mich informieren, falls Sie mehr erfahren, als Sie von mir wissen", fügte ich schnell hinzu, bevor ich das Gespräch beendete.

Damit war dieser Fall für mich erledigt. Ich würde der Familie Loogen eine Rechnung über die Kosten unserer Anwaltskanzlei zusenden mit der Empfehlung, sich das Geld von der Staatskasse zurückzuholen.

Jetzt konnte ich mich wieder ausschließlich um die Vertretung von Brandmann kümmern.

Aber was hatte ich tatsächlich zu tun?

Es kam nur eines in Frage, gestand ich mir bedauernd ein: Ich musste beim Amtsgericht die Räumung des Hauses beantragen. Freiwillig würden meine neuen Freunde garantiert nicht die Hütte verlassen. Ich nahm mir vor, noch einmal mit ihnen zu reden, nachdem ich den Räumungsantrag abgeschickt hatte.

Ich lehnte mich in meinem Sessel zurück und schlug den Sportteil auf. Alemannia hatte 0:1 verloren und dabei das schlechteste Spiel seit langem geboten. Glücklicherweise hatte ich mir diese Pleite nicht antun müssen.

Lange konnte ich mich indes nicht hinter meinem Schreibtisch ausruhen.

Schon wenige Minuten nach meinem Gespräch mit dem Reporter rief mich Müller aufgeregt an und bat mich, so schnell wie möglich in die Monheimsallee zu kommen. Es gäbe etwas Wichtiges zu klären und man wolle mich dabei haben. „Auch wenn Sie gewissermaßen die Gegenseite repräsentieren, Herr Grundler."

Schnell schwang ich mich in meine Lederjacke und eilte zu den Studenten. ‚Welche Nettigkeit war für mich vorbereitet?', fragte ich mich, als ich vor der Haustür stand.

Mit ernster Miene ließ mich Müller in das Haus treten. Die Studenten hatten sich fast alle im Gemeinschaftsraum versammelt und sahen mich betroffen an.

„Was ist los?", fragte ich beunruhigt, während ich mich auf einen einfachen Holzschemel hockte.

„Wenn Sie es nicht wissen, wer denn sonst?", fragte eine Studentin ironisch. „Das ist doch Ihr Schreiben!" Sie hielt mir einen Brief hin. „Der ist heute Morgen mit der Post hier angekommen."

Das Papier war mit ihrem Namen versehen. Es handelte sich um einen Computerausdruck, der mit meiner Unterschrift abgezeichnet war, was mich überhaupt nicht erschrecken konnte.

„Was habe ich Ihnen denn geschrieben, Frau Haverkamp?", versuchte ich es mit einer scherzhaften Frage, die allerdings nicht die erwartete Resonanz finden konnte. Dafür war die Stimmung in der Runde einfach zu gereizt.

Der anonyme Schreiber, der meinen Namen missbrauchte, hielt sich nicht lange mit einer Vorrede auf. Die Studentin täte gut daran, möglichst unverzüglich das Haus zu verlassen, anderenfalls müsse sie damit rechnen, dass sie gewaltsam hinausgetrieben würde. „Du bist nirgendwo mehr sicher, solange du hier wohnst. Wir packen dich hier oder wir packen dich draußen. Du hast keine Chance. Wenn dir deine Gesundheit etwas wert ist, dann verschwinde sofort, oder du wirst es bereuen." Laut hatte ich den Drohbrief vorgelesen.

Mit zusammengekniffenen Lippen hatten die Studenten zugehört und sahen mich nun verbittert an.

„Ich nehme an, jeder von Ihnen hat einen gleich lautenden Brief bekommen?", fragte ich.

Bestätigend nickten einige der Hausbesetzer.

„Und jeder Brief war mit dem jeweiligen Namen eines Hausbewohners individuell verschickt worden?" Wieder bestätigten die Studenten stumm.

„Jeder hat einen Brief erhalten? Wirklich jeder?", fragte ich, obwohl diese Frage überflüssig war. Selbstverständlich hatte jeder einen Drohbrief erhalten.

„Was sollen wir machen, Herr Grundler?", fragte mich Müller. „Wir werden garantiert nicht freiwillig das Feld räumen. Sollen wir Strafanzeige erstatten und Polizeischutz beantragen?"

Ich schüttelte den Kopf. „Die Polizei wird sich nicht darum kümmern", sagte ich. Den Zusatz, sie würde damit ein illegales Verhalten sichern, unterließ ich geflissentlich. Mir kam eine Idee.

„Erstatten Sie ruhig Strafanzeigen wegen Nötigung gegen Unbekannt. Bitte nicht gegen mich", fügte ich mit einem verlegenen Lächeln zu. „Sie können mir ruhig glauben, dass diese Briefe nicht von mir sind. Ich werde ebenfalls Strafanzeige erstatten wegen Urkundenfälschung oder so."

„Können Sie nicht unsere Interessen vertreten?", meldete sich eine junge, schwangere Frau zu Wort.

Aber ich winkte bedauernd ab. „Das geht verständlicherweise nicht. Es sei denn, mein Mandant, Ihr Kontrahent, steckt hinter dieser Sauerei. Dann können Sie sicher sein, dass Sie meine uneingeschränkte Unterstützung bekommen." Ich könne allenfalls in ihrem Namen die Strafanzeige wegen Nötigung erstatten. „Ich muss wegen meiner eigenen Anzeige ohnehin ins Polizeipräsidium. Das ist dann ein Abwasch."

Die Studenten nahmen mein Angebot sofort an. Ich war überrascht, dass sie mir vorbehaltlos vertrauten. Hoffentlich musste ich ihr Vertrauen nicht enttäuschen.

Nachdem ich mit Böhnke für den Nachmittag einen Termin in seinem Büro ausgemacht hatte, rief ich Brandmann an. Zuvor hatte ich ihm eine Kopie des Drohbriefs, den mir Müller mitgegeben hatte, zugefaxt.

„Was soll diese Schweinerei?", schimpfte mein Mandant sofort los. „Erst werde ich verdächtigt und jetzt sind Sie an der Reihe." Brandmann nahm mir den Wind aus dem Segel, bevor ich überhaupt zum Zuge kommen konnte. „Ich will wissen, wer dahinter steckt. Oder glauben Sie etwa, ich operiere mit derartigen perfiden Machenschaften?" Sein Tonfall war schneidend und bedrohlich.

Was sollte ich Brandmann antworten? Auch wenn ich ihm vielleicht jede Dreckigkeit zutrauen würde, konnte ich es ihm nicht sagen. Notgedrungen heuchelte ich. „Warum sollten Sie zu solchen Methoden greifen, wo Sie doch eindeutig das Gesetz auf Ihrer Seite haben und Ihr Ziel auf jeden Fall rechtzeitig erreichen?", antwortete ich mit einer Gegenfrage, die mir nur schwer über die Lippen ging.

„Eben", kommentierte Brandmann. „Wir leben in einem Rechtsstaat und müssen uns an die juristischen Spielregeln halten." Ich solle ruhig die Polizei einschalten, das wäre auch in seinem Sinne. „Ich mache Ihnen einen Vorschlag", fuhr er fort. „Ich bin noch nie in meinem Leben in Aachen gewesen, ich komme zu Ihnen und wir versuchen gemeinsam, die Nuss zu knacken."

Welche Nuss er meinte, ließ Brandmann offen. Mir stand allerdings auch nicht der Sinn danach nachzufragen.

Er würde sich beizeiten bei mir melden, ich solle ihm ein Hotelzimmer besorgen, kommandierte Brandmann. „Am besten mit Blick auf mein Haus."

‚Da bliebe ja nur der Quellenhof', dachte ich mir und sagte Brandmann wider besseren Wissens, ich würde mich sehr freuen, ihn persönlich kennenzulernen. Eigentlich legte ich auf die Begegnung keinen großen Wert, aber er war immerhin mein Mandant.

„Irgendwo muss halt das Geld herkommen, damit ich dich zum Essen einladen kann", merkte mein Chef nur an, als ich ihn im Degraa am Theater beim Mittagstisch unterrichtete. Er betrachtete die Angelegenheit mit dem notwendigen Abstand, den die berufliche Erfahrung mit sich brachte und den ich mir einfach nicht angewöhnen wollte. „Keine Sorge", meinte Dieter gelassen, „das kommt mit der Zeit automatisch."

Die Bemerkung ging mir noch lange durch den Kopf, als ich mich auf den Fußmarsch zum Polizeipräsidium in der Soers machte. Am Tivoli schielte ich nur kurz zum Eingang der Geschäftsstelle, um den greulichen Briefkasten zu entdecken. Am Reitstadion beobachtete ich interessiert die ersten Vorbereitungen der Polizei für den Tag der Karlspreisverleihung. Dort würden wahrscheinlich wieder einige der Gäste mit dem Hubschrauber landen. Momentan wurden etliche Absperrgitter von einem Lastwagen abgeladen.

Für Böhnke war die Vorbereitung auf den politischen Festtag total normal. „Wir müssen frühzeitig mit den Sicherheitsmaßnahmen beginnen", sagte der Kommissar zu mir in seinem Büro, während er Kaffee einschenkte. Ich hatte es mir in seiner Besucherecke bequem gemacht, und mit großer Freude festgestellt, dass Böhnke mich sehr herzlich begrüßte.

Der graumelierte Mittfünfziger erinnerte mich immer mehr an einen Kommissar aus Düren, mit dem ich vor Jahren schon einmal zu tun hatte. Zwischen den beiden musste eine Seelenverwandtschaft herrschen. Sie waren zuvorkommend, engagiert und ließen vielleicht auch ab und zu Fünf gerade sein. Der große, schlanke Mann gab sich fast immer ruhig und bedächtig. Nur seine flink umherblickenden Augen verrieten die Aufmerksamkeit, mit der er seine Umgebung beobachtete. Es war bestimmt nicht einfach, ihn zu überlisten. Böhnke tat zwar harmlos, für mich war das aber nur eine trügerische Verkleidung, mit der er von sich ablenken wollte. Er wusste genau, was er tat und was er wollte.

„Wir müssen auf so viele Dinge achten, damit ist einer allein total überfordert", sprach Böhnke weiter. Er ließ sich nicht davon beirren, dass ich ihn musterte.

„Dann gibt es doch bestimmt eine Sonderkommission bei der Polizei und bewährte Einsatzpläne?", fragte ich. „Oder hängen Ihre Bemühen etwa vom jeweiligen Karlspreisempfänger ab?"

„Natürlich nicht", beeilte sich Böhnke zu antworten. „Wir haben unsere Erfahrungswerte aus den Vorjahren mit allen Verbesserungen, die wir jedes Mal noch vornehmen können, und wir haben eine außerordentlich erfahrene Einsatzleitung", sagte er schmunzelnd.

Warum er schmunzelte, wurde mir sofort klar.

„Ich, sagt der Jeck, ich bin der Chef vom Ganzen", sagte Böhnke lapidar, als wäre er zum Bewacher eines Ameisenhaufens ernannt worden. In erster Linie sei er zwar Leiter der Abteilung für Tötungsdelikte, aber für den Karlspreis würde er zum Chef der Soko ernannt, um eilig hinzuzufügen: „Und selbstverständlich thront über allem unser ehrenwerter Polizeipräsident, dessen Weisungen ich treu und gehorsam Folge leisten soll."

„Haben Sie denn irgendwelche Anzeichen, dass es in diesem Jahr Komplikationen geben könnte?", hakte ich nach, „oder verläuft die Vorarbeit wie alle Jahre wieder? Immerhin gehört ja der britische Premier fast schon in eine, jedenfalls für Europa, extrem linke Ecke." In der Anfangsära des Karlspreises wäre ein derartiger Politiker garantiert nicht in den Genuss der respektablen Auszeichnung gekommen, vermutete ich für mich, während ich Böhnke beobachtete. Ich glaubte, in seinen Augen ein kurzes Flackern bemerkt zu haben, doch reagierte er gewohnt souverän.

114

„Es gibt bislang keine Probleme und wenn es welche geben sollte, werden wir sie rechtzeitig lösen. So einfach ist mein Job." Böhnke nahm einen Schluck aus seiner Kaffeetasse und sah mir ins Gesicht. „Drohungen und Hinweise auf ein geplantes Attentat hat es in all den Jahren, in denen ich mit den Sicherheitsmaßnahmen betraut bin, immer wieder gegeben. Das gehört fast schon zum alljährlichen Ritual. Aber die Drohungen sind nur heiße Luft, die sich sehr schnell abkühlt." Er musterte mich intensiv. „Wie kommen Sie überhaupt zu dieser Frage, Herr Grundler?"

Ich winkte ab. „Ach, das war nur so gefragt." Ich lächelte schwach. „Sie wissen doch, dass ich das Verbrechen magisch anziehe."

„Mit der Konsequenz, dass es in diesem Jahr ein Attentat geben wird, weil Sie daran denken", unterbrach der Kommissar mich ironisch.

Ich nahm Böhnke die Ironie nicht übel. „Vielleicht habe ich aber ein tatsächliches Verbrechen für Sie", wechselte ich das Thema. Aus meiner Lederjacke holte ich eine Kopie des Drohbriefes und reichte sie ihm über den kleinen Tisch. „Das sieht nach Nötigung, Betrug oder wer weiß was aus und ist im Zusammenhang mit einer Sachbeschädigung zu sehen."

Der Kommissar nickte verständnisvoll mit dem Kopf und las interessiert das Schreiben. Wieder schien es mir, als hätte ich ein leichtes Flackern in seinen Augen erkannt.

„Das ist ja der Gipfel", kommentierte er. Ob er die Kopie behalten dürfe, bat er mich und legte das Blatt auf seinem Schreibtisch ab. „Sie wollen wahrscheinlich Strafanzeige erstatten?"

„Ich, die Studenten und obendrein der Hauseigentümer", bestätigte ich.

„Bringt das denn etwas?" Wie ich schon vermutet hatte, sah Böhnke wenige Anhaltspunkte für eine erfolgversprechende Ermittlung. Zwar werde er seine zuständigen Kollegen auf den Fall ansetzen, aber viel werde nicht zu erreichen sein.

„Das ist wohl bedauerlicherweise wahr", pflichtete ich ihm bei. Mir käme es aber unabhängig von einem Erfolg auch auf die psychologische Wirkung der Strafanzeige an. Vielleicht ließen sich die Unbekannten einschüchtern. Ein anderer Effekt war mir allerdings viel wichtiger. „Hier zeigen die Studenten und Brandmann eine unbeabsichtigte, aber doch erforderliche Solidarität. Das kann eventuell die Lage zwischen den beiden Parteien etwas entkrampfen."

Böhnke erhob sich mit einem leichten Lächeln und ging zum Fenster. Nachdenklich blickte er hinaus in die Soers, lange blieb er stumm.

„Was ist?" Derart abwesend kannte ich den Kommissar bislang nicht.

„Ach, nichts." Böhnke drehte sich um und kam zurück in die gemütliche Besucherecke. „Mir kam gerade ein Gedanke, kein angenehmer, aber garantiert einer, der falsch ist."

„Hat das etwas mit mir zu tun?", fragte ich neugierig.

„Ich weiß nicht so recht", antwortete der Kommissar bedächtig. „Es hat vielleicht etwas damit zu tun, dass Sie tatsächlich das Verbrechen anziehen wie der Kerzenschein die Mücken, Herr Grundler."

„Zur Sache bitte." Ich verstand nicht, was Böhnke mir damit sagen wollte.

„Brauchen Sie auch nicht, mein Freund. Das war bloß eine fixe Idee von mir. Die ist wieder abgehakt."

Es würde mich schon interessieren, welche Idee er habe, bohrte ich nach.

Doch blieb Böhnke stur. „Dazu gibt es nichts mehr zu sagen", sagte er entschlossen und erhob sich erneut. Deutlicher hätte der Kommissar mir das Ende unseres Gesprächs nicht klarmachen können.

„Sie wissen, wo Sie mich finden können", sagte ich mit leichtem Unmut und verabschiedete mich mit einem flüchtigen Handschlag.

Im Marschschritt stieg ich die Krefelder Straße hinauf und eilte quer durch die Stadt zur Kanzlei. Zuvor machte ich noch einen Abstecher in verschiedene Buchhandlungen und deckte mich mit einigen Regionalkrimis aus Aachen ein. Meine Vorfreude auf Sabine wurde getrübt, als ich später als erwartet ankam. Die Kanzleiräume waren gähnend leer. Mein Anruf bei ihr verhallte ungehört. Auf meinem Schreibtisch fand ich einen Notizzettel, den unser neuer Bürovorsteher hinterlassen hatte. Ich solle unbedingt heute noch Böhnke anrufen. Er sei auch nach Feierabend in seinem Büro.

‚Wollte der Kommissar sich etwa für sein ungewöhnliches, schroffes Verhalten entschuldigen?', fragte ich mich, als ich die Rufnummer ins Telefon eintippte.

Böhnke machte es kurz. Ohne auf das Thema einzugehen wollte er wissen, ob er sich am Abend mit mir zu einem vertraulichen Gespräch unter vier Augen treffen könne.

„Wo und wann?"

„Schlagen Sie etwas vor, Herr Grundler."

Ich überlegte nicht lange. „20 Uhr im Knossos am Templergraben."

„Okay", bestätigte der Kommissar kurz und legte auf. Sein Verhalten kam mir immer ungewöhnlicher vor. Bislang war ich gut mit dem Kriminalpolizisten ausgekommen unter Einhaltung der offiziellen und dienstlichen Regeln. ‚Was trieb den Mann dazu, sich auf ein vertrauliches Gespräch mit mir einzulassen? Es musste etwas mit dem Nachmittag zu tun haben', dachte ich mir auf meinem Heimweg.

In meiner kleinen Wohnung hockte ich mich an meinen Arbeitsplatz, blätterte kurz über die unerfreuliche Post, die aus Rechnungen bestand, und starrte auf die Unterlagen. Mit wenigen Stichworten notierte ich mir die Ereignisse des Tages. Ich war gespannt, ob überhaupt und was sich aus meiner Stichwortsammlung entwickeln würde.

Erfreut vernahm ich das Öffnen meiner Wohnungstür. Das konnte nur Sabine sein; nur wir beide besaßen einen Schlüssel zu meinem bescheidenen Reich, das mehr einer unaufgeräumten Studentenbude glich als der repräsentativen Wohnung eines angehenden Prominentenanwalts.

„Ich wollte nur einmal spüren, wie du dich anfühlst", sagte meine Liebste, als sie mich umarmte. „Ich möchte einfach nur in deiner Nähe sein."

Meine Verabredung mit Böhnke konnte ihre Freude nicht trüben. Sie würde auf mich warten, versicherte sie, als ich mich auf den kurzen Weg ins Restaurant machte.

Ich setzte mich an einen leeren Tisch, eine freundliche Bedienung brachte mir unaufgefordert ein Glas Mineralwasser; man kannte mich halt.

Punkt 20 Uhr betrat Böhnke das Lokal. Seine skeptische Miene hellte sich sofort auf, als er mich erkannte. Schnell kam er auf mich zu. Er sah ungewohnt aus. In Jeans, Hemd und Pulli hatte ich ihn noch nicht gesehen. Ich kannte ihn bisher nur korrekt in Anzug und Schlips.

„Ich habe auch ein Privatleben, Herr Grundler, ob Sie's glauben oder nicht", bemerkte der Kommissar froh gelaunt und bestellte sich ein Bier.

„Dann treffen wir uns jetzt also rein privat, wenn auch vertraulich?" Hoffentlich bot er mir nicht das Du an. Das wäre mir dann doch zu weit gegangen.

„Ich sehe es so", sagte Böhnke übertrieben förmlich.

„Warum?"

„Weil ich Ihnen als Privatmann weitaus mehr sagen kann, als ich Ihnen in Ihrer Funktion als Mitglied einer Anwaltskanzlei und in meiner Funktion als Kriminalbeamter sagen dürfte."

So weit war es zwar nicht, weil ich längst noch nicht Rechtsanwalt war, aber ich wusste, was der Kommissar meinte.

„Wir haben also nie miteinander gesprochen?"

Böhnke lächelte kurz. „Unser Gespräch lässt sich nicht verheimlichen", entgegnete er mit einem Rundblick durch die gut gefüllte Gaststätte. „Nur über den Inhalt des Gesprächs haben wir selbstverständlich nie gesprochen."

„Selbstverständlich", bestätigte ich. Ich schob sofort die zwingende Frage nach: „Hat unser Treffen etwas mit heute Nachmittag zu tun?"

Böhnke schien froh, dass ich das Thema anschnitt.

„In der Tat, Herr Grundler." Er nahm einen kräftigen Schluck aus seinem Bierglas. „Ich fange am besten

120

mit dem Ergebnis an", sagte er. „Der Drohbrief, den Sie mir als Kopie gegeben haben, ist offensichtlich auf demselben Papier und mit demselben Drucker hergestellt wie ein Schreiben, dass bei dem toten, vermeintlichen Fußballfan in Kerkrade gefunden wurde. Ich vermute, dass beide Schreiben auf einem Computer verfasst wurden."

Ich stutzte. Braute sich da etwas zusammen, von dem ich bisher nichts geahnt hatte? War der AZ-Reporter doch besser im Bilde, als ich es ihm zutraute? Nachdenklich rieb ich an meinem linken Ohrläppchen.

„Den Computer haben Sie aber noch nicht gefunden?"

„Der Computer befand sich nicht in der Wohnung des Niederländers", bestätigte der Kommissar. Er wirkte auskunftsfreudig, was ich ausnutzen wollte.

„Was steht denn in dem Schreiben aus Kerkrade?" Ich war gespannt, wie viel der Schreiberling tatsächlich gewusst hatte und was seiner Phantasie entsprungen war.

„Das Schreiben ist etwas wirr formuliert", antwortete Böhnke, „in Deutsch geschrieben, stammt offenkundig von einem Sympathisanten oder Mitglied der Neonazis und lässt sich dahingehend interpretieren, als sei ein Attentat im Zusammenhang mit der Karlspreisverleihung geplant."

‚Also doch', dachte ich mir. Endlich hatte der Kommissar die Katze aus dem Sack gelassen.

„Ich hätte es Ihnen nicht gesagt, wenn es nicht die auffälligen Parallelitäten zu dem Drohbrief gegeben hätte, Herr Grundler", betonte Böhnke. „Aber anscheinend besteht tatsächlich ein Zusammenhang zwischen diesem rechtsradikalen Schwachsinn und dem Brief an die Studenten." Er sah mich ernst an. „Sie haben mich heute in meinem Büro verdammt auf dem falschen Fuß erwischt, als Sie von eventuellen Attentaten sprachen. Wieso sind Sie überhaupt darauf gekommen?"

Ich lächelte ihn verlegen an. „Ach, nur so", wiegelte ich ab, „das war aus dem Bauch heraus gefragt." Schnell wechselte ich das Thema.

„Wie ernst sind die Briefe zu bewerten?"

„Ich weiß es nicht. Ich hoffe, dass es bei diesen verbalen Attacken bleibt, zumindest habe ich noch keine Anhaltspunkte auf Taten bekommen", antwortete Böhnke.

„Aber Sie sehen hier schon eine andere Dimension als bei früheren Attentatsdrohungen, eben wegen der Parallelitäten?"

Böhnke zögerte mit seiner Antwort. „Ich kann sicherlich nicht leichtfertig mit dieser Angelegenheit umgehen. Eine konzentrierte Beobachtung der Lage ist gewiss angebracht", sagte er floskelhaft. „Aber ich will auch nicht gleich in einen übertriebenen Aktionismus verfallen."

122

„Mit anderen Worten: Sie hoffen, dass sich die heikle Geschichte in Wohlgefallen auflöst?", fragte ich provokant.

„Das wäre mir sicherlich am liebsten, aber ich werde bestimmt nicht den Kopf in den Sand stecken." Böhnke leerte das Bierglas und orderte ein neues Getränk. Er kramte in seiner Hosentasche und gab mir ein zusammengefaltetes Blatt Papier. „Das haben Sie nie von mir bekommen und ich bitte Sie eindringlich, niemandem dieses Papier zu zeigen, Herr Grundler." Aufgeregt überflog ich das eng beschriebene Blatt, dessen Gestaltung und Schrifttypen auf den ersten Blick tatsächlich mit denen des Drohbriefes übereinstimmten. Das konnte zwar Zufall sein, musste aber nicht. Dagegen sprach vor allem, dass beide Schreiben schon nach den bescheuerten Regeln der Rechtschreibreform verfasst waren, an die wir uns in der Kanzlei und inzwischen auch schon viele Behörden sich hielten. Den Inhalt des Blattes verstand ich nicht auf Anhieb, das war konfuses Zeug. Verschachtelte Sätze, die zum Teil nicht schlüssig beendet wurden, enthielten platte Parolen. Ständig wurde zu irgendeinem Kampf aufgerufen, der Höhepunkt aller Aktionen werde der Karlspreis sein.

Ich sah Böhnke schließlich fragend an: „Und daraus schließen Sie, dass es dort ein Attentat gibt?"

„Nein", korrigierte mich der Kommissar, „daraus schließe ich, dass ein Attentatsversuch beim Karlspreis nicht unbedingt auszuschließen ist."

Ich konnte seine Vorsicht verstehen und dankte ihm, dass er mich ins Vertrauen gezogen hatte.

„Das geschieht nicht ganz uneigennützig", gestand Böhnke freimütig ein, „wie Sie sich denken können."

„Ist mir sonnenklar", knurrte ich. „Aber dann ist es ein Geschäft auf Gegenseitigkeit. Ich schaue, ob ich über die Studenten an die Briefeschreiber komme, und Sie halten die Augen in der angeblichen oder tatsächlichen rechten Szene offen." Ich sah den Kommissar mit festem Blick an. „Es ist wohl selbstverständlich, dass wir alle Informationen austauschen."

Böhnke hielt meinem Blick stand. Er prostete mir zu und sagte: „Selbstverständlich, Herr Grundler."

Ich blickte durch das Lokal, in dem vornehmlich junge Menschen aßen, tranken, redeten und zu meinem Leidwesen auch größtenteils rauchten. Sie schienen uns keine Bedeutung beizumessen wie auch wir ihnen keine Beachtung schenkten.

„Wie ist der anonyme Schreiber eigentlich an die Namen der Studenten gekommen?", fragte mich Böhnke.

„Gute Frage", antwortete ich und zuckte mit den Schultern. „Keine Antwort, Ersatzfrage bitte!"

Der Kommissar musste grinsen. „Und wie kommt Ihre Unterschrift auf das Papier?"

„Nichts ist leichter als das." Meine Erklärung war anscheinend so plausibel, dass sogar Böhnke sie auf Anhieb verstand. Ich wunderte mich selbst, dass ich die technischen Informationen der Studenten so gut in Erinnerung behalten hatte und weitergeben konnte. Böhnke stand auf. „Es wird Zeit für mich zu gehen. Meine Freundin wartet auf mich." Er reichte mir die Hand. „Was sind Sie nur für ein Mensch, Herr Grundler? Sie ziehen tatsächlich das Verbrechen an."

Ich winkte müde ab. Ich wollte nur noch schnell in meine Wohnung, zu Sabine und in ihren Armen vergessen, was Böhnke mir berichtet hatte. Und vor allem wollte ich vergessen, dass ich mich immer tiefer in eine Angelegenheit verstrickte, mit der ich nichts zu tun haben wollte.

Sie könne mich nicht bedauern, meinte meine Liebste. „Du steckst überall ungefragt deine Nase hinein und wunderst dich dann über die Probleme, die sich auftun."

So sei es nun gerade nicht, widersprach ich. Ich fände es aber unerträglich, wenn jemand meinen Namen missbrauche. „Wenn ich mir vorstelle, dass vielleicht die Typen, die die Studenten aufmischen wollen, auch die sind, die an den Krawallen an der Grenze beteiligt waren, dann wird mir verdammt übel." Da könne ich mich nicht zurückhalten.

„Ich muss wissen, was dahintersteckt."

Barrikaden

Wenige Tage nach dem Gespräch mit Böhnke erhielt ich in der Kanzlei eine Mitteilung des Amtsgerichts, in der eine Zwangsräumung des Hauses in der Monheimsallee für rechtens erklärt und die Räumung angeordnet wurde.

„Was bedeutet das?" Schnarrend fragte mich Brandmann, der am Morgen mit dem Zug nach Aachen gekommen war. Jetzt saß er selbstsicher vor mir in meinem Büro und hatte aufmerksam das Schriftstück gelesen.

Ich hatte den Mann derweil kritisch gemustert. Brandmann war vielleicht Mitte Fünfzig, drahtig, breitschultrig, hatte einen entschlossenen, fast schon furchterregend bösen Blick und trug sein graues Haar zu kurz geschoren. Seine klaren Augen huschten unentwegt umher. ‚Der beobachtet alles', dachte ich mir in meinem Vorurteil. Ich konnte nicht anders. Für mich war der ehemalige Offizier ein absolutes Arschloch. Der Typ gefiel mir einfach nicht. Der war bestimmt aalglatt und ging kompromisslos vor, um sein Ziel zu erreichen, unterstellte ich ihm.

„Das bedeutet", antwortete ich betont ruhig, „dass Sie nunmehr zu jeder Tages- oder Nachtzeit die Studenten aus Ihrem Haus herauschmeißen lassen dürfen. Wenn's sein muss, sogar mit polizeilicher Gewalt."

„Immer langsam mit den jungen Pferden." Brandmann hatte beschwichtigend die Hände gehoben.
„Wir wollen es zunächst auf die gütliche Art versuchen." Er sei gerne bereit, zu den Studenten zu gehen und mit ihnen zu verhandeln, verkündete er zu
meinem Erstaunen. „Es gibt nur einen einzigen
Punkt, an dem wir nicht rütteln können. Am Freitag,
dem 15. Mai, muss die Hütte leer werden." Wegen
der Bauarbeiter, wie er fast schon entschuldigend
hinzufügte.
Energisch sprang mein Mandant auf und streckte mir
die Hand entgegen. „Heute Abend will ich Sie um 20
Uhr im Quellenhof sehen, dann gehen wir gemeinsam zu unseren Freunden." Meine Bestätigung wartete er nicht einmal ab, zackig drehte sich Brandmann auf den Absätzen um und schritt aus meinem
Büro.
„Ich wüsste nicht, was ich lieber täte", flüsterte ich
verärgert vor mich hin und blätterte in der Termin-
mappe. Aber ich hatte Pech, für den Abend war
nichts vermerkt und auch Sabine würde mich nicht
abholen. Für sie stand der gemeinsame Theater-
abend mit Do auf dem Programm. Wieder einmal
hatte das Aachener Stadttheater den Versuch einer
Hamlet-Inszenierung unternommen, dem die beiden
Frauen unbedingt beiwohnen wollten.
Sollte ich die Studenten vorwarnen oder Böhnke einweihen? Nach kurzer Überlegung entschied ich mich
dagegen. So wichtig war das Gespräch auch nicht, als

dass der Kommissar Bescheid wissen musste. Bei den Studenten war der Überraschungseffekt vielleicht eher angebracht als eine Voranmeldung, dachte ich mir; zumal die Tatsache und die rechtliche Würdigung eindeutig war. Sie mussten das Haus verlassen, freiwillig oder mit Gewalt.

Beim Studium der Akten auf meinem Schreibtisch war ich schnell in meine Paragraphenwelt abgetaucht und vergaß alles um mich herum. Das waren die Augenblicke, die ich im Juristenberuf genoss; wenn es nur noch das Problem und seine Bewältigung mittels der Paragraphen gab und sonst nichts. Das war spannend, zugleich machte das konzentrierte Arbeiten den Kopf frei.

Sabine kannte diesen Zustand meiner geistigen Abwesenheit zu Genüge und sorgte meistens dafür, dass ich nicht gestört wurde. Es mussten schon sehr wichtige Gründe vorliegen, wenn sie mich abrupt in die reale Welt zurückholen wollte. Und der Grund, mit dem sie mich jetzt weckte, war wichtig: „Feierabend, mein Schatz!", rief sie in der Tür stehend laut in mein Büro hinein. „Ich gehe und warte in einer Stunde mit dem Essen auf dich."

Entspannt brachte ich die Gesetzessammlungen und Kommentare in unsere Bibliothek zurück, sorgfältig sortierte ich die Aktenberge vor mir und überflog noch einmal die Notizzettel mit den Anmerkungen.

Sie reichten aus, um Sabine am nächsten Tag die fälligen Schreiben an Gerichte, Mandanten oder Rechtsanwälte zu diktieren.

Ich hatte mich gerade vom Schreibtisch abgewandt und zur Lederjacke gelangt, als das Telefon klingelte.

„Grundler", bellte ich mürrisch in den Hörer.

„Schön, dass Sie noch da sind", klang es mir gehetzt entgegen. Der AZ-Reporter war an der Leitung und hielt sich nicht lange mit der Begrüßung auf. „Ich wollte Sie nur über einen Anschlag in Bonn informieren", sagte er. „Vor dem Privathaus des britischen Botschafters in Ringsdorf-Mehlem ist eine Autobombe hochgegangen."

„Na, und?" Ich wusste nicht, was ich mit dieser Information anfangen sollte, zumal ich davon ausgegangen war, dass der Botschafter schon längst in die neue, alte Hauptstadt umgezogen war.

„Die Privatwohnung in der Übergangshauptstadt gibt es aber dennoch", klärte mich der Schreiberling auf. „Interessant ist der Hinweis, dass dieser harmlose Anschlag nur ein kleiner Vorgeschmack auf weitere sein werde. IRA-Terroristen, so wird jedenfalls vermutet, haben der Deutschen Presseagentur ein Schreiben zukommen lassen, in dem das geschrieben steht", redete der Journalist aufgeregt auf mich ein.

„Na, und?" Verständnislos wiederholte ich meine Frage.

„Na, und, na, und!", äffte der Schreiberling nach. „Für mich ist dieses Attentat ein weiterer Hinweis auf ein Attentat beim Karlspreis. Erst das Schreiben bei dem Toten in Kerkrade, jetzt das Schreiben an die dpa. Das passt garantiert zusammen."

Ich hielt diese Kombination für sehr gewagt. „Erstens ist Ihr angeblicher Hinweis nur ein Gerücht", entgegnete ich wider besseres Wissens, „und zweitens ist es wohl abwegig zu behaupten, die IRA würde in Aachen zuschlagen wollen." Nach meiner angelesenen Erkenntnis blieben die irischen Terroristen immer unter ihresgleichen. „Alles, was nicht britisch ist, bleibt ungeschoren. Das wäre das erste Mal." Ich könne ihm nicht glauben. „Man kann alles übertreiben, und Sie übertreiben gewaltig", warf ich dem Journalisten vor.

„Sie sind keinen Deut besser als Böhnke", stöhnte der AZ-Reporter enttäuscht auf. „Der hat fast dasselbe gesagt." Er berichtete mir in wenigen Sätzen, dass er schon mit dem Kommissar über seinen Verdacht geredet habe, aber ebenfalls eine Abfuhr einstecken musste. „Der wollte vielmehr von mir Ross und Reiter wissen, woher meine angeblichen Kenntnisse von einem Attentat in Aachen stammen. Das sei eine abstruse Annahme, hat Böhnke mir gesagt."

„Er hat ja Recht", unterstützte ich den Kommissar. „Ein Attentat wird es nicht allein deswegen geben, nur weil Sie es sich einreden."

„Was soll ich denn machen?"

„Nichts, lassen Sie die Finger von ungelegten Eiern." Insgeheim atmete ich auf, dass sich der Schreiberling offenbar so schnell ausschalten ließ. Vielleicht stimmte ja seine Vermutung sogar, aber das brauchte ich ihm nicht zu sagen.

Der Journalist blieb lange stumm.

„Ich habe etwas für Sie, falls Sie daran interessiert sind", fuhr ich fort. „Ich kann Ihnen den heißen Tipp geben, heute um 20 Uhr an der Monheimsallee zu sein."

„Was soll ich da?" Der Schreiberling hörte sich lustlos und enttäuscht an.

„Was wohl? Mit den Studenten und mir reden. Die Hausbesetzer dürften heute als Gemeinschaft vom Amtsgericht die Durchschrift eines Schreibens bekommen haben, in dem die Räumung angeordnet worden ist." Mit der Bitte, mich nicht als Informanten zu verraten, beendete ich das Telefonat.

Ich hastete zum Adalbertsteinweg und kam einige Minuten zu spät. Sabine hatte bereits geduscht und stand in der Küche am Herd.

Pünktlich kam ich an der Rezeption im Quellenhof an. Misstrauisch wurde ich vom Türsteher und auch vom Personal hinter dem Tresen beäugt. Mit Jeans und Sweatshirt war ich trotz der inzwischen gelockerten Kleiderordnung immer noch nicht angemessen gekleidet, schienen sie mir sagen zu wollen. Ich kümmerte mich nicht um ihre Blicke, lungerte mich in einen Sessel und beobachtete den Aufzug. Hoffentlich lässt Brandmann nicht zu lange auf sich warten, sagte ich mir. Zwei Stunden hatte ich mir als Zeitvorgabe gesetzt, dann wollte ich mich mit Sabine, Do und Dieter in einer Kneipe am Markt treffen.

Zu den soldatischen Eigenschaften schien Pünktlichkeit nicht zu zählen, oder Brandmann hatte sie mit dem Ende seiner Dienstzeit gemeinsam mit der Uniform abgelegt. Jedenfalls ließ er mich fast eine Viertelstunde warten, ehe er endlich kam.

Für eine Entschuldigung hatte er keine Zeit, vielmehr drängte er mich sofort hinaus auf die Straße. „Lassen Sie uns die missliche Angelegenheit über die Bühne bringen. Ich habe keine Lust auf lange Diskussionen."

Der Quellenhof sei wohl das letzte Hotel, beschwerte er sich, während wir die Monheimsallee überquerten. „Die erwarten tatsächlich von mir, dass ich nicht länger als drei Tage bleibe. Danach sei das Hotel für das Publikum gesperrt." Brandmann schnaubte wütend. „Und das alles wegen so einer politischen Scheiße!"

Ob er etwa den internationalen Karlspreis meine, fragte ich vorsichtig.

„Nennen Sie den Quatsch, wie Sie wollen. Für mich ist das ausgemachter Humbug." Das sei alles scheinheiliges Gehabe. „In diesem Jahr ist ein Linker an der Reihe, demnächst gibt es wieder einen Rechten, dann folgt irgendein König und wenn niemand zu finden ist, nimmt man einfach ein komplettes Volk."

Viel hielt Brandmann offensichtlich nicht von der

größten europäischen Auszeichnung für politische Leistungen. „Dafür kann ich mir nichts kaufen", polterte er weiter. „Das ist ein Spielzeug für Politiker, und Sie und ich, wir spielen nicht mit. Wir dürfen nur als gaffende Statisten Beifall klatschen." Eigentlich sei ihm der Karlspreis einerlei, lenkte er ein. „Aber ich ärgere mich darüber, dass ich deswegen in meinem Hotelaufenthalt reglementiert werde. Ich habe vorgehabt, in Aachen zu bleiben, bis das Haus geräumt ist und die Bauarbeiten begonnen haben." Das könne er sich von der Backe schmieren, sagte er verärgert. „Politiker sind denen in Aachen wichtiger als Leute, die hier Geld investieren", schimpfte er. „Sämtliche Hotels in Aachen und Umgebung sind bereits jetzt für die Zeit der Karlspreisverleihung komplett belegt."

Ich hätte meinem Mandanten sicherlich widersprechen könne. Aber ich hatte keine Lust dazu, ihn darauf hinzuweisen, dass die Karlspreisverleihung mit einem großen Rahmenprogramm für die Bürger verbunden war. Der pensionierte Soldat hätte garantiert auch diesen Aspekt negativ beurteilt.

Zielstrebig steuerte Brandmann sein Haus an. „Ich habe heute schon eine Ortsbesichtigung vorgenommen", sagte er mir, während er die Haustür aufdrückte.

Es war überraschend ruhig in dem Haus. Nur aus dem hinteren, großen Zimmer war ein Stimmengemurmel zu hören, was Brandmann zum Anlass nahm, rasch dorthin zu gehen. Ich folgte ihm, als er entschlossen eintrat.

Fast alle Studenten hatten sich versammelt, auch der AZ-Reporter saß in ihrem Kreis. Er fiel nicht sonderlich auf und machte keinerlei Anstalten, sich Brandmann gegenüber als Außenstehender erkennen zu geben.

Neugierig starrten die jungen Leute Brandmann an, der forsch das Gespräch an sich zog. Er verzichtete sogar auf seine Vorstellung, sondern sagte sofort: „Ich möchte Sie bitten, mein Haus zu verlassen, da es umgebaut werden muss."

„Wie kommen Sie dazu, hier einzudringen?", rief ihm eine Studentin wütend zu. „Lassen Sie uns doch in Ruhe!"

Brandmann überhörte den Einwand. „Tatsache ist, dass das Haus in zwei Wochen leer sein muss. Ich gebe Ihnen eine Frist von sieben Tagen, um mein Eigentum zu verlassen." Das empörte Raunen in der Runde konnte ihn nicht beeinflussen. „Ich biete allen Interessenten eine Ersatzwohnung zu günstigen Mietpreisen an. Wer möchte, kann sich in den nächsten beiden Tagen mit mir treffen. Sie finden mich im Quellenhof."

Brandmann hatte bei seiner Rede ruhig und entspannt mitten im Raum gestanden. Er machte einen souveränen und dynamischen Eindruck. „Ich will keine Eskalation und ich will keine Gewalt. Ich will mein Eigentum und biete Ihnen allen eine legale Alternative zu Ihrer jetzigen illegalen Wohnung. Mehr können Sie nicht von mir erwarten und mehr kann ich Ihnen nicht an Zugeständnissen machen." Er griff in seine Sakkotasche und zog einen Zettel heraus. „Quellenhof, Zimmer 274, für alle, die es nicht im Kopf behalten können", sagte er und legte das Papier auf den Tisch. „Das wär's von mir."

Die Studenten wirkten für einige Augenblicke ratlos. „Momentchen, so geht es nicht", meldete sich schließlich einer zu Wort. „Wir fordern . . ."

„Sie haben überhaupt nichts zu fordern!" Barsch unterbrach Brandmann ihn. „Sie haben dafür zu sorgen, dass der rechtlose Zustand endlich beendet wird. Sie müssen raus!" Streng musterte er den Studenten, der nervös mit seinem Unterkiefer zuckte. „Wer will, bekommt von mir eine andere Bleibe angeboten, wer nicht will, muss sehen, wo er bleibt." Brandmann drehte sich zackig auf der Stelle um, rief im Fortgehen noch ein kurzes „Gute Nacht" und forderte mich im Befehlston auf, ihm zu folgen.

„Sie können hier nichts tun, Herr Grundler."

Ich fühlte mich unbehaglich. Solch eine Kaltschnäuzigkeit und Entschlossenheit hatte ich nicht oft erlebt. Brandmann war mir nicht geheuer.

„Ich muss Entscheidungen treffen, weil ich Verantwortung trage", sagte Brandmann, während ich neben ihm her zum Quellenhof trottete. „Daran krankt doch unsere Gesellschaft, dass niemand mehr gewillt ist, aus seiner Verantwortung heraus zu entscheiden. Schauen Sie sich nur unsere Politiker an. Das sind alles nur machtbesessene Schaumschläger." Im Hotel reichte er mir die Hand. „Schlafen Sie gut, bis morgen", sagte er knapp und trat in den Aufzug.

Ziemlich allein gelassen und überflüssig kam ich mir vor. Ich schlich zurück zu den Studenten, die lautstark diskutierten, als ich das Haus betrat. Gerne hätte ich mit ihnen gemeinsam nach Möglichkeiten gesucht, um ihre Interessen zu unterstützen, doch es gab objektiv keine Möglichkeiten. Aber offensichtlich wollten die Studenten sich ihre Situation nicht eingestehen und ich war nicht in der Lage, ihnen die Situation darzulegen.

„Machen Sie, dass Sie weg kommen!", fauchte mich eine Schönheit an. „Sie stehen nicht auf unserer Seite. Sie sind scheinheilig, Herr Grundler."

Ich schüttelte stumm den Kopf. ‚Was konnte ich erreichen, wenn ich mich in eine Diskussion einließ?', fragte ich mich. Die Studenten würden nicht auf mich hören, die Interessen von Brandmann waren eindeutig artikuliert und hatten die gerichtliche Unterstützung. Die Studenten würden diese Schlacht verlieren. Es war sinnlos, sie überhaupt zu beginnen.

„Verschwinde, Grundler!", brüllte mich ein grobschlächtiger Riese wütend an. „Verschwinde auf der Stelle oder ich prügele dich hinaus!"

Ich zog es vor, der massiven Aufforderung unverzüglich nachzukommen, zumal ich als Einzelkämpfer allein auf breiter Front stand. Der AZ-Reporter war verschwunden. Es gab wohl niemand in der Runde, der mich vielleicht unterstützen würde. Schweigend verließ ich den Raum und stolperte durch den dämmrigen Hausflur hinaus auf die Straße. Bloß weg von hier, sagte ich mir und ging in Richtung Normaluhr.

Mit meinen Gedanken war ich noch bei Brandmanns kurzer, aber deutlichen Rede, als ich an einer Kreuzung vom Gehweg auf die Fahrbahn treten wollte. Anscheinend hatte ich im diffusen Licht meine Schrittlänge falsch taxiert. Ich rutschte an der Bordsteinkante ab und knickte mit dem Fußgelenk um. Ich glaubte, einen Knall zu hören und verspürte im linken Knöchel einen stechenden Schmerz. Schon lag ich der Länge lang auf dem Kopfsteinpflaster. Ich wollte mich aufrappeln, konnte aber nicht auftreten. Der Schmerz trieb mir die Tränen ins Gesicht, als ich auf einem Bein zum nächstgelegenen Hauseingang humpelte und den Klingelknopf drückte.

Einen Bänderriss, einen schönen, glatten Bänderriss diagnostizierte der Notarzt, der mich vor Ort untersuchte. „Am besten sofort ins Krankenhaus und morgen unters Messer. Dann haben Sie es wenigstens hinter sich."

Der Rettungswagen brachte mich ins Luisenhospital, wo ich in einem Einzelzimmer abgelegt wurde.

Meine Bitte nach einem Telefon blieb erfolglos. Doch versprach mir die Nachtschwester, ständig bei meiner Freundin anzurufen.

Noch am Abend brachte mir Sabine die notwendige Nachtkleidung und eine Zahnbürste. Ich hatte Mühe, sie wieder nach Hause zu schicken. Am liebsten wäre Sabine in der Nacht bei mir geblieben und auch bei der Operation am nächsten Morgen.

Ich war froh, als sie kurz nach Mitternacht endlich ging und ich die Augen schließen konnte.

Die Operation verlief reibungslos. Schon nach wenigen Tagen könnte ich nach Hause, versprach mir der Orthopäde.

„Viel Bettruhe und nur das Allernötigste auf Gehhilfen erledigen", gab er mir als medizinische Verhaltensregel mit auf den Weg, als Sabine mich endlich abholen konnte.

Von Ruhe und Zurückhaltung konnte jedoch keine Rede sein. Dafür passierten zu viele haarsträubende Dinge in meiner Umgebung, die ich nicht in der von mir gewünschten Art und Weise beeinflussen konnte. Mehr als einmal verfluchte ich die Krücken, deren Handhabung fast schon eine Wissenschaft für sich war.

Die unangenehmen Überraschungen fingen schon am Tag nach der Operation an, als ich die Tageszeitungen aufschlug, die mir Sabine am Morgen ans Krankenbett gebracht hatte.

In Brandmanns Haus hatte es einen erneuten Zwischenfall gegeben. Haarscharf seien die Studenten an einer Katastrophe vorbeigeschrammt, so schrieb die AZ über eine gefährliche Manipulation an der Gasleitung. Im Keller war die Zuleitung durchtrennt worden. Glücklicherweise hatte die Studenten das ausströmende Gas noch rechtzeitig bemerkt.

„Das war ein glatter Mordversuch", lautete ein Zitat in der AN. Ein Student, der nach Mitternacht zur Monheimsallee gekommen sei, habe jemanden beobachtet, der mit einem Werkzeugkoffer in der Hand aus dem Haus getreten und in einen wartenden Lieferwagen gestiegen sei. Eine nähere Personenbeschreibung war dem Studenten nicht möglich. Misstrauisch habe er das Haus durchsucht und sei dann im Keller auf die defekte Gasleitung gestoßen, aus der leise das Gas ausströmte.

Wie die STAWAG in der Presse erklärte, hätte es leicht zu einer gewaltigen Explosion kommen können, wenn sich am Morgen genügend Gas im Keller gesammelt hätte und irgendwo im Haus ein Funke gezündet worden wäre. „Das Haus wäre wahrscheinlich komplett in die Luft geflogen", stellte ein STAWAG-Mitarbeiter fest.

Dem AZ-Reporter war es gelungen, Brandmann zu befragen. Der Immobilienmakler äußerte seine Betroffenheit und versicherte einmal mehr, dass derartige Anschläge nicht in seinem Sinne seien. Nach wie vor bestehe er allerdings darauf, dass die Hausbesetzer sein Eigentum räumten, Mitleid sei insofern fehl am Platze. „Ich werde mein Recht mit rechtsstaatlichen Mitteln durchsetzen", sagte er in dem Zeitungsinterview, in dem er zugleich sein Angebot bekräftigte, den Studenten neue Wohnungen zu vermitteln. „Heute ist der letzte Tag, an dem mein Angebot gilt", meinte Brandmann abschließend.

Ich war gespannt, ob und welche Studenten auf ihn zugehen würden.

Niemals, so hatten sie zuvor in einem Rundfunkgespräch getönt, würden sie sich darauf einlassen. Das Angebot sei doch ein durchsichtiges Täuschungsmanöver, um ihre Solidarität zu untergraben.

Mit ihrer studentischen Geschlossenheit schien es aber nicht allzu weit her zu sein, wie ich am nächsten Tag von Brandmann erfuhr. Er rief mich aus seinem Hotelzimmer an, um sich zu verabschieden.

„Ich habe Ihnen die Arbeit erleichtert, Herr Grundler", sagte er überraschend friedlich. „Fünf Studenten ziehen aus, um die brauchen Sie sich nicht mehr zu kümmern. Bei den anderen wird es garantiert so sein wie bei den zehn kleinen Negerlein. Irgendwann sind die alle fort."

Ob sie ihm eine Erklärung für ihr Ausscheiden aus der Einheitsfront gegeben hätten, wollte ich von ihm wissen.

Aber Brandmann wusste es nicht. „Das ist mir auch egal, warum und wieso. Hauptsache ist, die sind raus aus dem Bau." Dass die Studenten nicht auf eine von ihm angebotene Wohnung zurückgegriffen hatten, kümmerte ihn nicht sonderlich. „Wohin die sich verziehen, ist deren Bier."

„Und die anderen?"

„Das ist Ihr Problem, Herr Grundler!" Mit einem Mal war Brandmanns Stimme wieder schnarrend und befehlend. „Das können Sie auch mit Krücken regeln." Er sei morgen wieder in seinem Büro in Gerolstein zu erreichen, sagte er zum abrupten Abschied.

Mir reichten Brandmanns Informationen nicht, zumal er mir noch nicht einmal Namen oder Beweggründe der Studenten genannt hatte. Ich hoffte, vom AZ-Reporter mehr zu erfahren, als ich zum Telefonhörer griff.

„Das muss Gedankenübertragung sein", sagte er zur Begrüßung. „Ich versuche seit Tagen, Sie zu erreichen, aber ich höre stets nur in der Kanzlei, Sie seien nicht zu sprechen. Ich hatte schon vermutet, Sie seien nach dem missglückten Anschlag mit der Gasleitung endgültig untergetaucht", glaubte er zu scherzen.

Ich hätte ein spitzenmäßiges Alibi, entgegnete ich trocken. Ich würde ihm eine Krücke über den Schädel ziehen, wenn er weiterhin solchen Stuss verzapfen würde. Er könne mich zu jeder Tages- und Nachtzeit an meinem Krankenbett erreichen, bot ich ihm an, „aber nur, wenn Sie vernünftige Informationen für mich haben."

„Was wollen Sie?"

„Ich will wissen, warum die fünf Studenten das besetzte Haus verlassen haben. Geschah es tatsächlich als Folge der Drohungen oder aufgrund Brandmanns Angebot?"

„Blödsinn", antwortete der Journalist schnell. „Das waren rein persönliche und nachvollziehbare Gründe, die von der Wohngemeinschaft einhellig akzeptiert wurden. Ein Paar zieht um nach Huppenbroich, einem Dorf in der Eifel, weil es bald Nachwuchs erwartet und die Mutter bei der Geburt nicht mit der Situation an der Monheimsallee belastet werden will. Die junge Mutter hat schlichtweg Angst um ihr Baby. Zwei Studenten haben vor einem Monat ihre Examen bestanden und irgendwo in diesem unserem Lande erstaunlicherweise einen Job gefunden. Der fünfte im Bunde steht schließlich unmittelbar vor seiner Abschlussprüfung und fühlt sich durch die Hektik in seiner Vorbereitung gestört. Der soll bei einem Kommilitonen Unterschlupf gefunden haben."

„Kennen Sie die Namen?"

„Natürlich. Aber sie werden Ihnen nicht viel sagen." Der Schreiberling nannte mir die Namen, doch nur bei Müller horchte ich auf.

„Ist das nicht einer der Sprecher gewesen? Der war bei mir in der Kanzlei, wenn ich mich nicht täusche."

„Richtig", bestätigte der Reporter. „Der steht vor dem Examen und hat die einmalige Chance auf ein Stipendium für ein Ergänzungsstudium in Amerika, wenn er eine Spitzennote erreicht." Er dachte kurz nach. „Ist doch wohl verständlich, dass die Fünf gegangen sind, oder?"

„Warum haben sie das Brandmann nicht gesagt?", fragte ich nachdenklich zurück. „Das sind durchgängig plausible Gründe."

„Warum sollten sie?", erwiderte der Schreiberling. „Brandmann ist für die Studenten kein Thema. Die ausgezogenen Freunde überlegen vielmehr, wie sie von draußen den Kampf um das Verbleiben der anderen im Haus unterstützen können."

Auf diese vage Absichtserklärung gab ich nichts. Die Fünf würden ihre Kommilitonen bald abgehakt haben, da war ich mir aus meiner eigenen Erfahrung vollkommen sicher.

„Was macht denn der Rest der Bagage?" Vielleicht war es mir möglich, etwas von dem Schreiberling zu erfahren.

Doch er ließ mich zappeln. „Das können Sie morgen alles im Blättchen lesen, Herr Grundler."

„Wollen die Studenten etwa ausziehen?"

„Kein Kommentar", antwortete der Journalist geheimnisvoll.

‚Na, dann eben nicht', knurrte ich in mich hinein. Ich würde noch rechtzeitig erfahren, was die Studenten im Schilde führten. Es würde ihnen alles nichts nützen. Es war nur noch eine Frage der Zeit, bis die Polizei sie aus dem Haus treiben würde. „Besser wäre es für die Jungs, wenn sie freiwillig abziehen würden", sagte ich dem AZ-Reporter.

Er lachte auf. „Können sie doch nicht mehr, nachdem sie das Angebot von Brandmann nicht angenommen haben. Jetzt müssen sie bis zum bitteren Ende auf Widerstand machen, um ihren Stolz zu behalten."

„Also wollen sie nicht ausziehen?"

Doch wieder erhielt ich die unbefriedigende Antwort: „Kein Kommentar."

„Keine Ahnung", sagte hingegen Böhnke, als ich ihn wenig später auf die Situation der Hausbesetzer ansprach. „Um diesen Kinderkram kann ich mich nicht auch noch kümmern", meinte er trocken. Er hatte einen freien Tag tatsächlich genutzt, um mich zu besuchen, und hatte sogar eine Flasche roten Traubensaft mitgebracht.

„Haben Sie nichts Besseres zu tun, als Ihre Freizeit am Bett eines Invaliden zu verbringen?", neckte ich ihn.

„Ein Polizist ist immer im Dienst, auch wenn er frei hat", antwortete Böhnke ernst. „Ich weiß langsam nicht mehr, woran ich bin." Er reichte mir ein Blatt

Papier. „Das Flugblatt wird seit gestern in der TH gestreut."

Wie ich las, wurden alle Aachener Studenten aufgefordert, die Hausbesetzer an der Monheimsallee zu unterstützen. Dann wurde wieder polemisch auf der Kapitalistenschiene herumgeritten und der Kampf für die berechtigten Interessen der Unterdrückten glorifiziert.

„Reine Hetze und Stimmungsmache", kommentierte ich den Wisch, der noch nicht einmal konkrete Aktionen oder Zeiten mitteilte. Auch gab es statt eines Absenders ein substanzloses „SSS", das weder Böhnke noch mir bekannt war.

Eine Gruppe dieses Namens war bisher in Aachen nicht aufgetreten.

„Ich wage sogar zu bezweifeln, dass es diese Gruppe überhaupt gibt", sagte der Kommissar bestimmend. „Aber das ist nicht der Grund, weshalb ich Ihnen das Pamphlet mitgebracht habe."

Ich unterbrach ihn, damit mir meine Zwischenfrage nicht verloren ging. „Woher haben Sie überhaupt das Flugblatt, Herr Kommissar?"

„Woher wohl?" Böhnke sah mir tief in die Augen. „Wir haben unsere Leute in der TH und der FH, die uns über alles informieren. Jedes Flugblatt mit politischem Inhalt landet damit auch im Polizeipräsidium. Im Vorfeld der Karlspreisverleihung bekomme ich zwangsläufig Kenntnis davon."

Diese Antwort hatte ich erwartet. Sie bestätigte mir, dass Böhnke es ehrlich mit mir meinte.

„Warum haben Sie mir denn das Blatt mitgebracht, Herr Kommissar?"

Er pustete durch, stand auf und schritt zum Fenster, aus dem er lange und stumm hinausschaute.

Die Situation in seinem Büro kam mir in Erinnerung. Was gab es jetzt wieder?

„Wir gehen davon aus", sagte Böhnke langsam, „dass dieses Schreiben von dem Unbekannten verfasst wurde, der auch den Drohbrief an die Studenten und den Brief, den wir in Kerkrade gefunden haben, geschrieben hat."

„Wie bitte?" Ich musste mich verhört haben.

Bereitwillig wiederholte sich Böhnke, während er immer noch aus dem Fenster blickte. Erst danach drehte er sich müde um. „Das gibt zwar auf den ersten Blick keinen Sinn, aber es ist mit größter Wahrscheinlichkeit so. Schrifttypen und Druckerbild sind identisch. Es gibt einen ganz markanten Hinweis, oder besser gesagt, sogar zwei." Böhnke kramte aus seiner Tasche Kopien der beiden anderen Schreiben.

„Schauen Sie hier", sagte er zu mir und deutete auf markierte Stellen. „In der fünften Zeile von oben und in der achten Zeile vom unteren Blattrand gerechnet sind jeweils die ersten Buchstaben geringfügig schwächer gedruckt. Da hat der Drucker offensichtlich eine kleine technische Macke." Es müsse schon ein verdammt großer Zufall sein, wenn eine solche

Macke an zwei verschiedenen Geräten auftreten sollte. „Ich gehe jedenfalls, wie unsere Experten auch, im Zweifelsfall davon aus, dass der Schreiber und Hersteller dieser drei Schriftstücke identisch ist." Böhnke kratzte sich sein kurzes Haar. „Das ist für mich der größte anzunehmende Problemfall."

Mir war das immer noch zu hoch, meine mangelnde Auffassungsgabe konnte allerdings auch an der Bettlägrigkeit liegen, entschuldigte ich mich selbst. „Ist da ein Rechter zum Linken mutiert, oder was?"

Böhnke lächelte schwach. „Oder macht sich jemand nur einen Spaß und wir alle fallen darauf herein?"

Für einen derben Spaß seien aber schon zu viele Scherben zerbrochen worden, wandte ich ein. Der tote Neonazi sei dabei der makabre Höhepunkt. „Und ich kann mir nicht vorstellen, dass der verkappte Schriftsteller nur ein Trittbrettfahrer ist, der die Aktionen anderer kommentiert. Dafür hat er zu viele Kenntnisse, die andere nicht haben."

„Das ist eine harte Nuss, mein Freund", bestätigte mir der Kommissar. „Ich hoffe nur, dass sie wirklich nichts mit dem Karlspreis zu tun hat."

„Warum sollte sie?"

„Ich weiß es nicht", antwortete Böhnke. „Ich weiß nur, dass Sie garantiert mit mir als Nussknacker tätig werden." Er machte bereitwillig das Zimmer frei für Sabine, die eingetreten war. Rücksichtsvoll, wie er war, wollte er unsere Zweisamkeit nicht stören.

Weniger rücksichtsvoll war hingegen mein Chef. Als mich Sabine am Morgen am Templergraben abholte und ich an Krücken in die Kanzlei gehumpelt kam, sagte er nur: „Wird höchste Zeit, dass du dich hier mal wieder blicken lässt. Du glaubst wohl auch, dass du dein Geld fürs Nichtstun bekommst."

Ich hätte doch auf Sabine und den Arzt hören sollen, anstatt mich in der Kanzlei von dem Schnösel anraunzen zu lassen. Es ist halt schön, gute Freunde zu haben, versuchte ich es mit positivem Denken. Bestimmt würde sich auch einmal für mich die Gelegenheit ergeben, Schulz eins auszuwischen. So humpelte ich wortlos in mein Büro, sehnte mich nach meinem Bett und hockte mich ächzend in den Sessel.

Mein Chef war mir gefolgt. „Damit es nicht zu anspruchsvoll für dich wird, habe ich dir leichte Kost mitgebracht", sagte er ironisch und warf mir die Tageszeitungen auf den Schreibtisch. „Mit was für einer Brut beschäftigst du dich eigentlich? Warst du als Student etwa auch so renitent?"

„Wieso?"

„Dann schau' mal in die Zeitungen", gab Dieter mir zur Antwort.

Neugierig schlug ich die AN auf. „Studenten verschanzen sich", las ich dort. „Barrikaden sollen vor Räumung schützen." Die AZ hatte ähnliche Überschriften. „Mit Brettern gegen Zwangsräumung", hatte der Reporter getitelt. Die Studenten hätten sich in dem besetzten Haus an der Monheimsallee eingebunkert. Auch ohne Strom, Wasser und Gas wollten sie ihre Bleibe nicht aufgeben. „Wir lassen uns nicht in die Obdachlosigkeit vertreiben", sagte eine Studentin. Sie hoffe mit ihren Freunden auf öffentliche Unterstützung und ein Einlenken des Hauseigentümers.

‚Warum sollte er?', dachte ich mir. Brandmann hatte überhaupt nichts zu verlieren, brauchte sich nicht um seinen Ruf in der Kaiserstadt zu sorgen und hatte zudem das Recht auf seiner Seite.

Warum die Zeitungen so wohlwollend über die Hausbesetzer schrieben, konnte ich mir nur damit erklären, dass sie sich als Vertreter Aachener Interessen sahen. Brandmann würde garantiert keines der Blätter abonnieren, die Studenten hingegen waren Leser, potentielle Käufer, eventuelle Abonnenten.

„Mit dieser Ansicht gehst du wohl etwas zu weit", bremste mich Sabine. „Ich finde es gut, wenn sich die Studenten für ihre Stadt einsetzen. Immerhin geht es um ein typisches Aachener Haus, wie sie früher überall auf dem Alleenring gestanden haben. Davon werden immer noch viel zu viele abgerissen."

Ich musste unwillkürlich schmunzeln. Da machte sich bei Sabine wieder der Öcher Patriotismus breit, der mir als Nicht-Aachener völlig abging. Wenn es nach ihrem Geschmacksempfinden ginge, sähe die Aachener Innenstadt noch so aus wie zu Kaiser Karls Zeiten und würde das Trinkwasser aus Brunnen geschöpft.

„Warum kann der Typ nicht die Fassade stehen lassen und nur das Innere sanieren?", fragte Sabine.

„Warum sollte er?", hielt ich dagegen. „Der Schuppen ist inzwischen abrissreif. Der ist nur noch Schrott." Das war nur ein Argument, dem ich rasch ein zweites hinterher schob. „Und wir müssen auch Platz schaffen für eine neue Architektur. Wenn wir schon in Aachen Architekturstudenten am Fließband ausbilden, dürfen wir nicht auf dem Alten beharren. Wir können uns dem Neuen nicht verwehren."

„Ich bin dagegen, dass dein Mandant die Studenten vertreibt und das Haus radikal verändert", blieb Sabine beharrlich bei ihrer Meinung. „Daran solltest du arbeiten, mein Liebster."

„Ist das deine Auffassung oder steckt dein Schwager dahinter?", fragte ich argwöhnisch. Ich traute meinem besten Freund ein derartiges Vorschieben von Sabine durchaus zu. Wir hatten uns unlängst einmal über die Fassadengestaltung eines unserer Altbauten gestritten. Er hatte sich durchgesetzt, weil er halt der Chef und Hauptfinanzier war, und auf Putz anstelle von Glas beharrt hatte.

„Dieter hat damit überhaupt nichts zu tun. Ich bin Frau genug, um eine eigene Ansicht zu haben", sagte Sabine schnippisch, „auch wenn du alter Macho das nicht einsehen willst."

Ich schwieg, weil ich wusste, was kommen würde, wenn ich konterte. „Das ist typisch für dich, du musst immer das letzte Wort haben", würde Sabine mit absoluter Sicherheit sagen.

Also schwieg ich lieber von vornherein und machte mir stattdessen meine Gedanken über das verbarrikadierte Haus und die entschlossenen Studenten.

Brandstifter

Meinen Vorsatz, mich in den eigenen vier Wänden auszukurieren, hielt ich nicht lange durch. Ob ich nun daheim herumhumpelte und lustlos an meinem Schreibtisch werkelte oder in der Kanzlei meine Umgebung nervte, machte für mich keinen allzu großen Unterschied; jedenfalls redete ich es mir in meiner Langeweile ein.

„Du hast bloß Angst, irgendetwas zu verpassen", lästerte hingegen Dieter, als ich im Büro auftauchte. „Du glaubst wohl, ohne dich ginge das Leben hier nicht weiter."

Ich ließ meinen Freund dumm schwätzen, weil ich wusste, dass er insgeheim froh war, mich in seiner Nähe zu haben. Meinem engagierten, aber unerfahrenen Nachfolger waren einige kleine Fehler unterlaufen, die ich rechtzeitig ausbügeln konnte, ohne dass uns ein nennenswerter Schaden entstanden wäre.

„Ich kann viel von Ihnen lernen, Herr Grundler", sagte Jerusalem durchaus dankbar und wissbegierig.

In einer kniffligen Rechtsfrage hatte mich Dieter um Rat gebeten und so hatte ich ausreichend zu tun, um die Zeit sinnvoll auszunutzen. Ich hatte mir lediglich ausbedungen, von Telefonanrufen verschont zu bleiben; immerhin war ich offiziell krankgeschrieben.

Die Konsequenz, mit der unser Rezeptionsdrachen Fräulein Schmitz und meine Sekretärin Sabine die Anrufer abwiesen, war schon übertrieben. Ich empfand es beinahe als Schikane, dass der Apparat vor mir die ganze Zeit über stumm blieb. Umso mehr zuckte ich zusammen, als er sich plötzlich doch meldete.

Sabine konnte nicht anders. „Da ist eine in Tränen aufgelöste Frau Loogen in der Leitung. Es muss etwas Schlimmes mit ihrem Sohn passiert sein."

„Ist er etwa wieder verhaftet worden?"

„Ich weiß es nicht. Sie hat mir nichts gesagt. Sie will nur mit dir sprechen. Die Frau ist am Ende, Tobias."

Vorsichtig meldete ich mich, nachdem mir Sabine das Gespräch übergeben hatte, und erschrak, als ich Loogens Mutter laut schluchzen hörte.

„Was ist mit Franz?", fragte ich sie besorgt.

Ich wollte im ersten Moment meinen Ohren nicht trauen, als die Frau mit weinerlicher Stimme mühsam herausbrachte: „Franz liegt im Sterben. Die Ärzte haben keine Hoffnung mehr."

Das war kein Gespräch fürs Telefon, entschied ich und erkundigte mich bei der Frau, wo ich sie finden könne.

Eine Minute später saß ich schon in Sabines Polo und ließ mich zum Klinikum bringen.

Maritta Loogen hockte erschöpft auf einem Stuhl vor einem verschlossenen Operationstrakt, den ich nach mehrmaligem Fragen endlich gefunden hatte. Sie blickte nur kurz auf, als sie mich auf sie zu humpeln sah. Ich legte ihr die Hand auf die Schulter. Die Frau weinte nicht mehr.

„Sie kommen zu spät, Herr Grundler, Franz ist vor fünf Minuten gestorben." Maritta Loogen erhob sich mühsam, schlurfte langsam in Richtung Fahrstuhl und brach zusammen.

Ein von mir aus dem OP-Bereich alarmierter Pfleger und ein Arzt packten die zierliche Person und legten sie auf eine schmale Liege.

„Die kommt bald wieder", sagte der Mediziner nach einer kurzen Untersuchung, „das war auch verdammt viel für sie."

„Was ist denn überhaupt passiert?", fragte ich ungeduldig.

Der Arzt zögerte mit einer Antwort, berichtete mir aber, nachdem ich mich als Rechtsbeistand der Loogens zu erkennen gegeben hatte. „Als Frau Loogen heute Mittag nach Hause kam, fand sie ihren Sohn blutüberströmt und leblos in der Küche auf dem Boden liegen. Sein Gesicht war nahezu zerfetzt, beide Hände waren von den Armen abgerissen. Es hat den Anschein, als sei etwas in seiner unmittelbaren Nähe explodiert. Wir haben hier nichts mehr für ihn tun können." Der Arzt schüttelte den Kopf. „So unbefriedigend, wie es sich vielleicht anhören mag, aber es ist das Beste für den Jungen, dass er tot ist. Der hätte kein lebenswertes Leben mehr gehabt."

„Was sagt die Polizei?" Ich war verwirrt.

Aber der Arzt konnte mir nicht helfen. „Keine Ahnung."

Ich betrachtete die kleine Frau, die mir auf der Liege noch kleiner vorkam. Ob sie mir später etwas sagen könnte?, fragte ich den Arzt, doch er verneinte. „Wir werden sie zunächst einmal ruhig stellen. Schlaf ist für sie jetzt die beste Medizin. Am besten versuchen Sie Ihr Glück direkt bei der Polizei."

„Kannst du mich nach Bardenberg fahren?", bat ich Sabine, die in der Cafeteria gewartet hatte. Sie hatte keine große Lust verspürt, mit mir durch das Klinikum zu laufen. Sie blieb still, als ich ihr von Loogens Sterben berichtete und sie blieb auch still, als wir uns zu der Wohnung an der Grindelstraße aufmachten. Die Adresse hatte sie sich per Telefon von Jerusalem aus der Akte in der Kanzlei geben lassen, derweil ich verunsichert zu ihrem Polo humpelte.

Erschüttert schwiegen wir vor uns hin, als wir uns durch den dichten Straßenverkehr zwängten. Schließlich schaltete Sabine das Autoradio an, um die nervende Stille zwischen uns zu übertönen. Sie hatte gerade eine Nachrichtensendung erwischt, die im Wesentlichen aus einer Nachricht bestand: Auf das britische Honorarkonsulat in Düsseldorf war am Mittag ein Attentat verübt worden. Unbekannte hatten einen Molotow-Cocktail durch das Fenster in einen Büroraum geschleudert. Papiere und Mobiliar hatten sofort Feuer gefangen, die Mitarbeiter konnten sich unverletzt retten. Der Brand hatte rasch gelöscht werden können. Schon wenige Minuten nach dem Brandanschlag war bei der Landesredaktion der Deutschen Presseagentur in Düsseldorf ein Bekennerbrief gefunden worden, in dem selbsternannte Sympathisanten der IRA die Verantwortung für die Tat übernahmen. Drohend verkündeten sie, dass dieser Anschlag nicht ihre letzte Aktion gewesen sei. ‚Ein Unglück kommt selten allein', dachte ich mir zornig. Ich hatte das Kinn auf der Hand abgestützt und stierte nachdenklich durch die Windschutzscheibe. Einen Zusammenhang zwischen dem gewaltsamen Tod von Franz Loogen und dem Anschlag in Düsseldorf herzustellen, erschien mir zwar abwegig, aber ich wollte ihn nicht grundsätzlich von vornherein ausschließen. Mir stellten sich andere Fragen, die mir hoffentlich bei unserer Ankunft in Bardenberg beantwortet werden konnten.

Wieder kam ich etwas zu spät. Als Sabine den Wagen auf dem Parkstreifen gegenüber der Kirche parkte, verließen die Ermittlungsbeamten gerade das Haus. Sie hätten die Wohnungstür versiegelt und verspürten wenig Lust, meinetwegen die Türe wieder zu öffnen, machten sie mir deutlich, als ich sie ansprach.

„Sie finden ohnehin nichts mehr da oben vor außer einer eingetrockneten Blutlache und diversen Kreidestrichen, Herr Grundler", erklärte mir ein Beamter. „Hier ist die Arbeit getan, den überwiegenden Rest müssen wir im Präsidium und in den Labors erledigen."

Vielleicht könne er mir wenigstens sagen, was überhaupt passiert sei, bat ich den Mann, der aber ablehnte.

„Hier stehen zu viele Mithörer herum", meinte er mit einem Blick in die Reihen der Schaulustigen. „Wer weiß, was morgen alles erzählt wird und in der Presse steht." Ich könne ins Polizeipräsidium kommen, bot er mir an. „Da gibt es in einer Stunde eine Pressekonferenz meines Chefs. Wenn für Sie dann noch Fragen offen bleiben, können wir sie danach klären. Einverstanden?" Ohne auf meine Antwort zu warten, stiefelte er zu seinem Dienstwagen.

Meinen Versuch, bei den Neugierigen im Hausflur oder von den Gaffern auf dem Gehweg verwertbare Informationen zu erhalten, konnte ich schnell abhaken. Vom explodierenden Gameboy bis zur Handgranate reichte das Spektrum der Knallkörper, vom abgerissenen Kopf bis zur leichten Platzwunde das Ausmaß der Verletzung. Mancher vermeintliche Zeuge wusste zu berichten, dass Franz Loogen alleine in der Wohnung war, als das Unglück geschah, andere wollten jeden Eid schwören, dass nach dem infernalischen Knall wahrscheinlich drei, aber mindestens zwei vermummte Gestalten fluchtartig das Haus verlassen hätten.

Da schien mir die Pressekonferenz bei der Kriminalpolizei der bessere Weg zu verlässlichen Informationen. Ich nahm mir vor, die feigen Mörder von Franz Loogen zu finden. Ich sah es als meine Pflicht an, als einen letzten Dienst, den ich dem armen Kerl erweisen konnte. Der hinterhältige Anschlag auf einen unbedarften Jungen, der zu Unrecht des Mordes bezichtigt worden war, machte mich wütend. Dafür sollten seine Mörder büßen, schwor ich mir.

Sabine zögerte nicht. Kurz entschlossen steuerte sie von Bardenberg zur Soers. In einem Versammlungsraum im Polizeipräsidium saßen schon etliche Journalisten, die erstaunt aufschauten, als die blonde Schönheit mit einem an Krücken gefesselten Kerl eintrat.

Ich hatte mich längst daran gewöhnt, dass die meisten Männer sofort in die Rolle eines Gockels verfielen, wenn sie Sabine erblickten. Dafür hatte ich nicht einmal mehr ein müdes Lächeln, geschweige denn einen Funken Eifersucht übrig.

Der AZ-Reporter staunte mich an und wechselte an meine Seite, nachdem ich mich gesetzt hatte.

„Wieso sind Sie hier, Herr Grundler?" Ich sei doch kein Journalist und außerdem krank, sagte er fast vorwurfsvoll.

Ob es nicht vielmehr so sei, dass man krank sein musste, um Journalist zu sein, lag mir als böse Bemerkung auf der Zunge. Aber ich hielt mich vornehm zurück. „Wenn Sie wissen, worüber die Polizei Sie informieren will, dann werden Sie schnell erkennen, warum ich hier bin", antwortete ich.

„Welches Thema hat man Ihnen überhaupt angekündigt?"

Der Schreiberling lächelte schwach und kaute am Bügel seiner zu kleinen Intellektuellenbrille. „Es soll sich um einen mysteriösen Todesfall in Bardenberg handeln. Mehr wurde uns offiziell nicht mitgeteilt."

„Aber Sie wissen mehr?"

Der AZ-Reporter hielt sich bedeckt. „Vielleicht. Das kann ich Ihnen nach der Plauderstunde sagen", antwortete er.

Er blickte zur Eingangstür, in der drei Männer erschienen, offensichtlich Beamte der Kriminalpolizei, die am Kopfende der Tischreihe Platz nahmen.

Den nur zum Teil auskunftsfreudigen Mann aus Bardenberg erkannte ich wieder, seine beiden Begleiter hingegen waren mir fremd.

158

„Das sind die Herren Scholz und Steiner von der Mordkommission", klärte mich der AZ-Freund bereitwillig auf. „Dann scheint das ja doch eine größere Sache zu werden", vermutete er und griff zu Kugelschreiber und Block.

Scholz räusperte sich kurz und verschaffte sich damit die gewünschte Aufmerksamkeit. „In einer Wohnung in Bardenberg haben wir heute kurz vor Mittag einen 17-jährigen Jugendlichen schwer verletzt aufgefunden. Der Verletzte wurde ins Klinikum verbracht, wo er trotz aller ärztlicher Bemühungen im Laufe des Nachmittags verstarb." Der Kommissar sah in die Runde der Journalisten, die die Informationen notierten, und wartete, bis sie ihm wieder alle zuhörten. „Wir haben Grund zu der Annahme, dass der Jugendliche Opfer eines Gewaltverbrechens wurde. Wir gehen von einem vorsätzlichen Tötungsdelikt, Mord oder Totschlag, aus."

Ein Raunen ging durch den Raum, der AZ-Reporter sah mich nachdenklich an.

„Wahrscheinlich wurde der Jugendliche von einem Explosionskörper, der in seinen Händen hochging, verletzt und schließlich getötet", fuhr Scholz fort. „Wir vermuten, dass es sich um eine Briefbombe gehandelt hat. Nähere Angaben dazu sind allerdings erst nach der Laboruntersuchung der Fundstücke und der Obduktion des Opfers möglich."

Der Kommissar hatte seinen Vortrag kaum beendet, da schossen auch schon aus allen Ecken des Raumes die Fragen auf ihn zu.

Unmittelbare Tatzeugen gab es keine, antwortete er, Tatverdächtige sind nicht gesehen worden, die Mutter hatte nach der Rückkehr von ihrer Arbeit den Jungen gefunden. Den Namen wollte Scholz aus Pietätsgründen nicht nennen.

Der AZ-Reporter meldete sich zu Wort und sofort verstummten alle Gespräche.

Offenbar, so stellte ich erstaunt fest, genoss er in diesem Kreis gehörigen Respekt.

„Auch wenn Sie aus verständlichen Gründen den Namen des Opfers nicht nennen wollen, so können wir doch davon ausgehen, dass es sich bei dem Jugendlichen um denjenigen handelt, den die Polizei erst vor wenigen Tagen an der deutsch-niederländischen Grenze festgenommen und in Untersuchungshaft gesteckt hat?"

„So ist es", lautete die knappe Antwort des Kommissars, mit der sich der Schreiberling zufrieden gab.

Ich war froh, dass er nicht die nächste, auf der Hand liegende Frage, stellte.

„Ich bin doch nicht blöd. Diese Frage stelle ich später unter vier Augen", flüsterte er mir leise auf meinen Einwand zu. „Da kann ich ja allen Kollegen gleich den Artikel schreiben." Außerdem dürfe man nicht seine Munition mit einem Mal verschießen. „Für heute habe ich genug." Er betrachtete mich.

„Was macht eigentlich die Mutter von Franz Loogen?"

„Keine Ahnung", antwortete ich. „Wissen Sie, wo ich sie finde?"

„Wenn ich das wüsste, hätte ich Sie garantiert nicht gefragt", knurrte der Journalist zurück.

„Wissen Sie denn wenigstens etwas über ein IRA-Attentat in Düsseldorf?" Die Gelegenheit schien mir geeignet, den Schreiberling auf ein anderes Thema zu lenken. „Sehen Sie darin etwa wieder eine Verbindung zur Verleihung des Karlspreises?"

Der Reporter sah mich irritiert an. Vielleicht glaubte er, ich wollte ihn hänseln. Vielleicht nahm er aber auch an, ich würde inzwischen seine Vermutung teilen. „Keine Ahnung", gab er mir als Retourkutsche zurück. „Ich kenne bisher nur die Agenturmeldung und habe keine Zeit, mich darum zu kümmern. Loogens gewaltsamer Tod steht unseren Lesern wesentlich näher als ein harmloser Brandanschlag in der fernen Landeshauptstadt."

Ich war überrascht, wie schnell die Pressekonferenz vorbei und die Medienvertreter verschwunden waren.

„Die Journalisten müssen halt wieder zurück in die Stadt, die haben's immer eilig", klärte mich der Kripobeamte auf, den ich in Bardenberg angesprochen hatte. Er schmunzelte. „Das ist auch ein Grund, warum wir die Pressekonferenzen möglichst spät am

Tag kurz vor Dienstschluss machen. Dann bleiben unseren Freunden von der schreibenden und sprechenden Zunft nicht mehr viele Möglichkeiten zur Recherche."

Ob ich mit der Information zufrieden sei, fragte er mich.

„Ja und nein", bekannte ich. „Als feststehende Tatsache gibt es nur eine Explosion und den Tod des Jungen."

„Und das Objekt", fiel mir der Beamte ins Wort. „Es ist ziemlich sicher, dass es sich um eine Briefbombe gehandelt haben muss. Nach unserer Rekonstruktion ist der Junge nach Hause gekommen, hat den Briefkasten im Hausflur geleert und sich mit der Post an den Küchentisch gesetzt. Wahrscheinlich hat er den an ihn adressierten Brief öffnen wollen und ...", er schwieg betreten. Mehr aus Verlegenheit fuhr er fort. „Die restliche Post ist durch die Küche geflogen." Der Junge habe schrecklich ausgesehen. „Es ist besser für ihn, dass er nicht weiterleben muss", meinte der Polizist.

„Was ich vermisse, das ist der Hintergrund, ein Motiv. Haben Sie dafür irgendwelche Anhaltspunkte?", fragte ich.

Der Kriminalbeamte schüttelte bedauernd den Kopf. „Am Tatort haben wir zwar prüfbares Material gefunden, aber nichts, das auf ein Motiv hindeutet." Aus angesengten Briefumschlägen oder Papierschnipseln ließe sich schlecht ein Motiv ableiten.

162

‚Warum eigentlich nicht?', fragte ich mich, aber ich konnte mir keine Antwort geben.

Sabine drängte zum Aufbruch. Ich hätte zwar gerne noch bei Böhnke vorbeigeschaut, doch fand ich für meinen Wunsch keine Zustimmung. „Ich bin die Chauffeuse und bestimme die Abfahrtzeit", sagte meine Sekretärin energisch. Außerdem warte im Büro noch Arbeit auf sie. „Ein Referendar hat mir heute wieder viel zu viele Briefe in den Stenoblock diktiert, die ich alle noch schreiben muss", stöhnte sie.

„Darf denn der Referendar zuschauen, wenn du arbeitest?", fragte ich bescheiden und kassierte als Antwort einen kräftigen Stoß in die Rippen.

Entgegenkommend, wie meine charmante Sekretärin nun einmal ist, fuhr sie auf dem Rückweg zur Theaterstraße auf mein Bitten an der Monheimsallee entlang. Im besetzten Haus schien es friedlich zu sein. Es war ruhig auf der Straße. Allenfalls der hellblaue Bulli mit der Aufschrift einer Baufirma aus Gerolstein, der in der Nähe geparkt war, trübte die Aachener Harmonie.

Der offizielle Status, arbeitsunfähig zu sein, hatte einen unschätzbaren Vorteil. Mein Chef konnte mir nicht verbieten, während der Arbeitszeit das Weite zu suchen, was ich allerdings auch ohne gelben Urlaubsschein trotz Verbot gemacht hätte. So ließ ich mich von Sabine ins Klinikum bringen, nachdem mir

Maritta Loogen am Telefon erklärt hatte, ich könne sie gerne besuchen.

„Die Kripo war auch schon hier", berichtete sie mir, als ich an ihrem Bett saß. „Von der Zeitung wollte mich auch einer sprechen, aber den habe ich abgewimmelt. Er wollte alles das wissen, was die Polizei mich schon gefragt hatte."

Loogens Mutter machte auf mich einen ausgeruhten und entspannten Eindruck. Anscheinend hatten die Ärzte sie mit Medikamenten ruhig gestellt.

„Was haben Sie der Polizei gesagt?, fragte ich höflich.

„Wie ich Franz gefunden habe und was ich dann gemacht habe", antwortete sie knapp. „Mehr nicht."

Die Frau zierte sich für einen Moment, als traue sie sich nicht, mir mehr zu verraten. Ich sei der Anwalt ihres Sohnes, rief ich ihr in Erinnerung, da müsse sie schon mit offenen Karten spielen.

Maritta Loogen rieb sich die Augen und sah an mir vorbei aus dem Fenster. „Ich habe der Polizei noch gesagt, dass Franz am Tag vor seinem Tod auf der Straße angesprochen worden war. Zwei Männer wollten von ihm wissen, wie es in der Untersuchungshaft gewesen war. Außerdem wollten sie wissen, was damals bei dem Fußballspiel in Kerkrade an der Grenze passiert war. Ob er jemand erkannt hatte, haben sie Franz gefragt, und ob die Polizei weiter gegen ihn ermitteln würde."

164

„Hat Ihnen Franz denn nicht gesagt, wer die Männer waren oder wie sie ausgesehen haben?"

„Nein. Er hat mir von dem Gespräch nur kurz vor dem Schlafengehen berichtet. Sie wissen ja selbst, wie naiv er manchmal war." Die Frau lehnte sich in ihr Kopfkissen zurück und starrte zur Decke. „Es ist besser, wenn Sie jetzt wieder gehen, Herr Grundler. Ich bin müde."

In der belebten Eingangshalle des Klinikums stand ich unschlüssig vor einer Telefonzelle. Dann verzichtete ich doch auf meinen Anruf bei Sabine und rief stattdessen Böhnke an.

Gerne, so versicherte er mir, erwarte er meinen Besuch. „Das war Gedankenübertragung", meinte er zu meinem Anruf.

Die Einladung beschränkte sich allerdings lediglich auf eine Tasse Kaffee und beinhaltete nicht die Übernahme der Taxikosten vom Klinikum zur Soers. Ich verfluchte meine Krücken, als ich vor dem Polizeipräsidium den Fahrer auszahlte. Ein Spaziergang wäre mir allemal lieber gewesen, zumal ich dabei hätte nachdenken können. So aber hatte ich tatenlos in einem Auto gesessen und musste mir von dem Fahrer den letzten Tratsch über die angeblich wieder einmal fast bankrotte Alemannia anhören.

Böhnke wartete schon in seinem Büro auf mich. Er saß in der Besucherecke und machte einen angespannten und erschöpften Eindruck.

„Etwa Stress mit der Freundin?", fragte ich ihn höflich.

Er lächelte schwach, während er mir die Kaffeetasse füllte. „Wenn's das bloß wäre, ginge es mir wahrscheinlich besser."

„Was ist denn sonst?" Rasch wies ich darauf hin, dass ich nicht im Dienst und unsere Unterhaltung damit inoffiziell sei. „Hat das etwas mit Loogen zu tun?"

„Auch, aber nicht nur mit dem toten Jungen." Böhnke hievte sich schwerfällig aus dem Sessel und schritt durch das Zimmer. „Langsam bekomme ich den Eindruck, als wolle alle Welt etwas von mir. Alle Ermittlungen laufen auf sonderbare Weise irgendwie bei mir zusammen. Das macht mich ein wenig nervös, mein Freund."

Ich nippte am Kaffee und beobachtete den Kommissar, der am Fenster stehen geblieben war.

„Ich habe mir deswegen schon einen Termin beim Polizeipräsidenten geholt", fuhr er leise fort. „Ich bin gespannt, was er meint."

„Wozu?"

„Wir hängen irgendwie am Fliegenfänger", gab mir Böhnke ausweichend zur Antwort. „Es passt vieles zusammen und gibt doch keinen Sinn." Er nahm seinen Gang durch das Zimmer wieder auf. „Wir haben inzwischen ermittelt, dass der Bekennerbrief zum Anschlag in Düsseldorf wahrscheinlich aus der uns schon bekannten, unbekannten Quelle stammt. Aus angeschmorten Papierschnipseln, die wir in der

Wohnung der Loogens sichergestellt haben, glauben wir herausgefunden zu haben, dass sie ebenfalls unserem Unbekannten zuzuordnen sind."

Ich wollte Böhnke unterbrechen, doch er winkte ab.

„Es kommt noch schlimmer. Der Plastiksprengstoff, der sich in der Briefbombe befand, ist identisch mit dem Zeug, mit dem die IRA operiert."

Dann steckt die auch dahinter, schoss es mir durch den Kopf.

Aber Böhnke schwächte ab. „Muss nicht sein, kann aber sein. Wir wissen von unseren Nachrichtendiensten, dass es einige Deutsche gibt, die als Sympathisanten der IRA in Großbritannien waren. Die könnten auch dahinter stehen. Oder aber gänzlich andere Täter, die zufällig die gleiche Bezugsquelle für das Teufelszeug haben. Ich habe das ungute Gefühl, da braut sich etwas zusammen."

„Was wollen Sie tun?"

„Den Chef informieren und die Sicherheitsmaßnahmen intensivieren."

Böhnke bot sich an, mich zurück in die Stadt zu bringen. Zu Fuß wäre es etwas umständlich, meinte er, als ich mit ihm zum Parkplatz humpelte.

„Wie hoch schätzen Sie die Wahrscheinlichkeit ein, dass die Zwischenfälle im Zusammenhang mit der Karlspreisverleihung stehen könnten?", fragte ich, während der Kommissar den Wagen auf die Krefelder Straße lenkte.

„Kann ich nicht sagen", bekannte er. „Was haben wir denn an konkreten Anhaltspunkten, die uns Gewissheit geben könnten? Keinen einzigen, um ehrlich zu sein." Er sah mich kurz an und richtete den Rückspiegel. „Das ist nur eine Ahnung."

Es war an mir, zu bilanzieren. „Da haben wir ein verdächtiges Schreiben bei einem ermordeten Niederländer gefunden, entdecken bei Briefen an Hausbesetzer und auf einem Flugblatt in der TH sowie Bekennerschreiben eine gemeinsame Quelle und müssen feststellen, dass der Sprengstoff, durch den Loogen getötet wurde, identisch ist mit dem in Düsseldorf verwendeten."

Böhnke nickte bestätigend. „Wo würden Sie ansetzen, Herr Grundler?"

„Bei den uns bekannten Personen natürlich."

Wieder nickte der Kommissar. „Der Niederländer ist tot und hat keine Hinweise auf eventuelle Hintermänner oder seine Mörder hinterlassen. Der fällt aus."

„Dann haben wir Franz Loogen."

„Der bedauerlicherweise, und für mich unerklärlich, sterben musste", sagte Böhnke.

„Ich hätte gerne gewusst, wer die beiden Typen sind, die ihn angesprochen haben", hakte ich nach.

„Ich auch", pflichtete mir Böhnke bei. „Wissen Sie, was ich glaube, auch wenn es vielleicht absurd klingt? Der Junge hat einfach Pech gehabt, der hatte nichts mit Neonazis oder Attentätern zu tun. Loogen

168

ist jemandem in die Quere gekommen, der den Niederländer schon in Kerkrade erledigen wollte."

„Das hat nicht geklappt", mischte ich mich ein, „und der oder die gescheiterten Unbekannten haben befürchtet, Loogen hätte in seiner Vernehmung etwas über sie ausplaudern können. Deshalb wohl das Gespräch."

„Und deshalb auch die Briefbombe." Böhnke nahm den Faden wieder auf. „Die haben Loogen umgebracht, um auf Nummer sicher zu gehen."

Ich dachte nach. Sind das nun Rechtsradikale oder nicht? Was würde es für einen Sinn machen, wenn Neonazis einen der ihrigen umbringen? „Wer steckt dahinter?"

„Ich weiß es nicht", antwortete der Kommissar, „und ich weiß nicht, wie es weitergeht."

Lange grübelte ich vor mich hin. Loogens Tod, den ich aufklären wollte, die Briefschreiber, die meine Unterschrift missbraucht hatten, das machte mir schwer zu schaffen. Ich würde nicht eher ruhen können, bis ich die Idioten dingfest gemacht hatte.

Am Hauptgebäude der RWTH am Templergraben, fast schon in Sichtweite meiner Wohnung, bat ich Böhnke, mich abzusetzen.

„Was ist eigentlich mit dem Film, der angeblich von der Polizei bei der Keilerei an der Grenze aufgenommen worden ist?", fragte ich beiläufig, während ich mich mühsam aus dem Beifahrersitz schälte.

„Es gibt den Film und wir haben ihn mehrmals abgespielt", antwortete Böhnke, „mit einiger Phantasie kann man glauben, dass Loogen tatsächlich einen Baseballschläger schwingt. Aber genauso gut kann es jemand sein, der in der Menge neben ihm stand."

„Andere Auffälligkeiten, bekannte Gesichter oder so?"

„Fehlanzeige, da gibt es nichts. Es gibt mehr Gaffer und normale Zeitgenossen auf dem Film als uns bekannte Gesichter." Böhnke bedauerte. „Der Film bringt uns nicht weiter. Wir haben ihn den niederländischen Kollegen überlassen. Vielleicht entdecken sie einen ihrer Kunden." Mit einem freundlichen Winken grüßte er mich und fädelte sich in den Verkehr ein.

Ich kam mir unbehaglich und deplatziert vor mit meinen Krücken direkt vor dem Unigebäude, vor dem viele Studenten umherliefen. Langsam machte ich mich auf den Weg zum beampelten Fußgängerüberweg. In der Schar der Wartenden erkannte ich Müller, der erfreut aufblickte, als er mich sah.

Freundlich grüßte er und erkundigte sich nach meinem Wohlergehen. Er selbst sei eben noch in seiner ehemaligen Wohngemeinschaft gewesen.

„Dort ist die Anspannung spürbar", sagte er, „es knistert im Gebälk. Alle warten auf das Räumkommando."

170

Wo er wohne, wollte ich wissen, während wir gemeinsam über die Straße trotteten, und was sein Examen mache.

Er sei bei einem Freund in Kornelimünster untergekommen, berichtete mir der Student bereitwillig. „Aber nur für ein paar Tage. Wenn alles klappt, habe ich nächste Woche das Examen in der Tasche und dann geht's mit dem Flieger über den großen Teich." Müller machte einen zufriedenen Eindruck. „Von Maastricht nach Amsterdam und weiter nach New York."

Ich wünschte ihm viel Glück bei seinem beruflichen Werdegang, als ich mich an der Haustür verabschiedete.

Kaum hatte ich die Tür zu meiner Wohnung geöffnet, da klingelte auch schon das Telefon.

„Wo bleibst du?", wollte Sabine von mir wissen. „Brandmann ist hier und wartet auf dich."

„Was will er?"

„Er will das Haus räumen lassen, was denn sonst?" Es sei wohl angebracht, wenn ich noch einmal in die Kanzlei käme, meinte meine Sekretärin. Sie wollte ein Taxi ordern, das mich in zehn Minuten abholen sollte.

Brandmann hockte geduldig im Wartezimmer, als ich ankam, und las in einem Aachener Krimi. „Ich wusste gar nicht, dass es so viel kriminelle Energie in der Euregio gibt", meinte er zur Begrüßung, während er mich in mein Büro begleitete, wo er unaufgefordert vor meinem Schreibtisch Platz nahm. „Aber wir wollen ja dazu beitragen, dass diese Energie weniger wird. Nicht wahr, Herr Grundler?"

„Kein Problem", antwortete ich nüchtern. „Wir brauchen nur die Polizei zu alarmieren, und sie räumt Ihr Haus. Wann soll's denn geschehen?"

„So schnell wie möglich." Brandmann drängte zur Eile. „Nächsten Montag sollen die ersten Vorarbeiten beginnen." Ob ich das vergessen hätte?, fragte er mich. „Die Studenten müssen raus, entweder noch heute Abend oder morgen Früh." Bei den lauen Maitemperaturen würden die Studenten garantiert nicht erfrieren.

„Veranlassen Sie bitte unverzüglich die Räumung, Herr Grundler!" Brandmann erhob sich und reichte mir die Hand. „Ich bin nur auf der Durchreise und fahre jetzt zurück nach Gerolstein. Dort können Sie mir morgen Mittag Vollzug melden."

Ich war überrascht, wie schnell die Räumungsaktion organisiert war. Um fünf Uhr wollte die Polizei die Studenten aus dem Haus treiben. Das sei mit 20 Leuten leicht zu schaffen, behauptete der Einsatzleiter, der vom Polizeipräsidenten beauftragt worden war, zuversichtlich. Die gerichtliche Verfügung war bei der Polizei längst bekannt.

„Wir warten schon seit Tagen auf unseren Einsatz. Wenn Sie noch lange gewartet hätten, wäre es zeitlich etwas eng geworden. In der nächsten Woche sind wir nämlich wegen des Karlspreisfestes zeitlich bis zum Stehkragen vollgepackt. Morgen ist zunächst der letzte Zeitpunkt. Sonst hätten Sie bis übernächste Woche warten müssen." Ich solle mir keine Sorgen machen, am Mittag sei das Haus garantiert leer.

Nur ungern ließ sich Sabine überreden, den Radiowecker auf vier Uhr einzustellen. „Immer, wenn's am Schönsten ist, willst du gehen", schmollte sie, als wir uns schlafen legten.

Einige Minuten vor dem angegebenen Räumungszeitpunkt kamen wir an der Monheimsallee an. Wir waren beileibe nicht allein auf weiter Flur. In der Nähe des Hauses hatten sich mehrere Kamerateams postiert, auch fehlte der AZ-Reporter nicht.

„Woher wissen die Journalisten bloß von dem Termin?", fragte mich Sabine, als wir neben dem Schreiberling standen.

„Das liegt doch auf der Hand", antwortete er an meiner Stelle. „Die Studenten haben eine Kopie des Räumungsbescheids verteilt. Wer eins und eins zusammenzählen kann, der kann sich auch ausrechnen, dass heute der letzte Termin ist." Er lächelte Sabine gewinnend an. „Dazu kommt noch, dass seit gestern

Abend ein reger Funkverkehr zwischen Polizei, Feuerwehr und Rettungsdiensten wegen dieser Räumung herrscht. Kurzum: Alle wissen Bescheid. Wir, die Studenten und unsere Freunde ganz in Grün." Er deutete zur Monheimsallee hinauf, auf der zwei grüne Omnibusse angefahren kamen. Ihnen folgten ein Kleintransporter, ein Einsatzwagen der Feuerwehr und ein Krankenwagen.

„Jetzt geht's los." Zufrieden rieb der Reporter sich die Hände. „Das gibt bestimmt 'ne tolle Story."

Die Polizisten ließen es gemächlich angehen, als wollten sie den Schlaf der Bürger nicht ungebührlich stören. Gelassen stiegen sie aus den Bussen, zurrten ihre Helme fest und überprüften den Sitz von Gummiknüppel und Handschellen. Es hatte den Anschein, als rechneten sie nicht mit allzu großem Widerstand. Ich musste schmunzeln, als einer der Beamten versuchte, die schwere Eingangstür des besetzten Hauses zu öffnen. So leicht hatten es die Studenten der Ordnungsmacht nun doch nicht gemacht. Der Polizist ließ sich jedoch nicht aus der Ruhe bringen, er griff zu einem Stemmeisen und setzte routiniert an. Mit einem lauten Knacken war das einfache Schloss zerstört.

Immer noch blieb der Zugang versperrt. Die Studenten hatten die Tür von innen blockiert.

Nach einer kurzen Beratung schleppte ein Polizist ein stabiles Tau heran, das am Holz befestigt wurde. Das andere Ende lag am Haken des Kleinlasters, der langsam anfuhr und die Tür lärmend aus den Angeln riss. Urplötzlich begann das Blitzen und Donnern, das uns zusammenzucken ließ. Erschrocken griff Sabine nach meinem Arm.

Als hätten sie nur darauf gewartet, ließen die Studenten aus allen Fenstern des Obergeschosses und auch durch den Hausflur Feuerwerkskörper auf die Straße krachen und bengalische Feuer abfackeln. Aus Lautsprechern erklang ohrenschmerzend die Internationale, dass in 100 Metern Umkreis jedermann aus dem Schlaf gerissen werden musste.

Sofort schaltete die Polizei auf eine härtere Gangart um. Über Megaphone wurden die Studenten zum Verlassen des Hauses aufgefordert. Gleichzeitig machten sich Uniformierte daran, ungeachtet der Knaller in den Hausflur zu gelangen. Das Vorhaben musste misslingen. Wie ich erkennen konnte, hatten die Hausbesetzer den Flur ungeordnet mit Kanthölzern und Brettern verkeilt, die eine massive Sperre bildeten. Stück für Stück musste das Holz zeitaufwändig in Handarbeit von den Polizisten entfernt werden, dauerhaft begleitet von der Internationalen und dem Feuerwerk.

Ein ohrenbetäubendes Knallen weckte auch den letzten Schläfer an der Monheimsallee. Selbst die Polizisten verharrten verblüfft für einen Augenblick.

„Feuer! Feuer!", rief jemand durch ein Megaphon. „Alle Mann sofort zurück! Es brennt im Obergeschoss!"

Tatsächlich flackerten in der ersten Etage Flammen auf. Sie würden in den Holzdecken und in der Einrichtung reichlich Nahrung finden.

„Die brennen das Haus ab", staunte Sabine erschrocken. „Sind die etwa noch da drin?"

Ich wollte es für die Studenten nicht hoffen. So dumm konnten sie nicht sein, dass sie wegen dieser Hausräumung ihr Leben aufs Spiel setzten.

„Das glaube ich auch nicht", meldete sich der ebenfalls verunsicherte AZ-Reporter zu Wort. „Die sind bestimmt hinten herum aus dem Haus über die Gärten abgehauen." Er stieß mich böse an. „Da haben Sie ja Ihr Ziel erreicht, Herr Grundler", sagte er ironisch und funkelte mich an. „Sie brauchen sich noch nicht einmal mehr um den Abriss zu kümmern. Das wird den asozialen Herrn Brandmann bestimmt freuen."

„Asozial ist das, was die Studenten machen", ereiferte ich mich über diesen Blödsinn. „Was passiert, wenn das Feuer auf die Nachbarhäuser übergreift? Das kann Verletzte und enorme Schäden geben, für die jemand aufkommen muss. Das ist ein unverantwortliches Verhalten, mein Herr!" Brüsk wandte ich mich ab und humpelte davon, um von einer anderen Stelle aus die Löscharbeiten zu beobachten.

Ich war erleichtert, als endlich die Berufsfeuerwehr erschien und aus mehreren Rohren das Haus mit Wasser eindeckte. Über die Drehleiter bekämpfte die Wehr auch das Feuer von oben. Anscheinend hatte sie zumindest einen Erfolg. Wie ich mitbekam, blieben die Nachbarhäuser unversehrt.

Es schien mir, als würde ich Enttäuschung in den Gesichtern vieler der Schaulustigen erkennen, die sich inzwischen an der Monheimsallee eingefunden hatten und auf dem begrünten Mittelstreifen herumstanden.

Sabine war längst ins Büro gefahren, auch die meisten Journalisten hatten den Schauplatz verlassen, selbst die Schar der Gaffer verlief sich wieder. Nur ich saß noch auf einer Bank und beobachtete die Feuerwehr, die mit Routine ihre Schläuche einrollte und die Geräte verstaute. Zwei Experten hatten sich in das Innere des Hauses begeben und waren nach einigen Minuten kopfschüttelnd wieder ins Freie getreten. Sie sprachen mit einem Polizisten, der mit dem Finger in meine Richtung zeigte. Sofort wandten sich die beiden mir zu.

Ob ich etwas mit dem Haus zu tun hätte, fragten sie mich. Der Polizist hätte gemeint, ich sei der Anwalt, der den Hauseigentümer vertrete.

Ich sah keinen Anlass, ihnen zu widersprechen, wenngleich es mich verwunderte, dass mich der Polizist erkannt hatte. ‚Wer weiß, wo er mich schon einmal gesehen hatte‘, dachte ich mir. Gerne überreichte ich den beiden Männern eine zerknitterte Visitenkarte, die ich in meiner Lederjacke gefunden hatte.

Die beiden stellten sich als Mitarbeiter des städtischen Bauamtes und der Feuerwehr vor. Das Haus dürfe nicht mehr betreten werden, es bestehe im Inneren Einsturzgefahr. Das Haus sei ein Fall für die Abbruchbirne. Ich solle dafür Sorge tragen, dass die Ruine abgesichert werde, damit keine Gefahr für die Umgebung ausgeht. „Die Rechnung für den Einsatz werden wir Ihnen selbstverständlich zukommen lassen. Sie wissen ja.“

Ich winkte ab. Die Behörden würden sich die Arbeit bezahlen lassen, entweder vom Verursacher des Schadens, eben den verschwundenen Studenten, oder vom Eigentümer des Hauses, eben Brandmann.

„Ich werde meinen Mandanten informieren“, sagte ich knapp und beobachtete, wie Polizei und Feuerwehr abrückten.

Was mich allerdings überraschte, war das sofortige Vorfahren des blauen Bullis aus Gerolstein. Fünf Bauarbeiter stiegen aus und betraten vorsichtig das demolierte Haus.

Humpelnd folgte ich ihnen. Was sie hier wollten, fragte ich sie verärgert.

Nachdem er mich lange gemustert hatte, antwortete einer der Männer: „Herr Brandmann hat uns hierher geschickt, wir sollen die Hütte verbrettern und einige Arbeiten erledigen, bis der Abriss losgeht. Sie müssen Grundler sein, nicht wahr? Unser Chef hat Sie uns beschrieben."

‚Brandmann war wirklich flott und vorausplanend', dachte ich anerkennend. Er hatte schon rechtzeitig alles für die Zeit nach der Räumung in die Wege geleitet.

„Und uns sogar noch einige ruhige, aber gut bezahlte Tage verschafft", sagte der Bauarbeiter grinsend. Er griff zu einem Handy. „Wenn Sie wollen, können Sie mit Brandmann sprechen."

Wenngleich ich Handys verfluchte, nahm ich das Angebot an. Der Mann war mir behilflich, das Gerät überhaupt in Gang zu setzten und Brandmann anzuwählen.

Mein Mandant schien schon auf meinen Anruf gewartet zu haben. „Alles klar in Aachen?"

„Alles klar in Aachen", bestätigte ich.

Damit sei mein Auftrag für ihn beendet, meinte er lapidar. Ich solle ihm eine Rechnung über meine Kosten zukommen lassen, die Rechnung für den Räumungseinsatz solle ich beifügen, fügte Brandmann generös hinzu. Auch verzichte er auf eine Strafanzeige gegen die Studenten. „Die Penner haben sowieso kein Geld", schnarrte er. Er sei froh, dass er endlich in Aachen loslegen könne.

Brandmann sah es noch nicht einmal für erforderlich an, sich von mir zu verabschieden. „Geben Sie mir meinen Polier!", kommandierte er vielmehr.

Schulterzuckend reichte ich das Gerät zurück und bekam mit, wie der Bauarbeiter Brandmann über den Umfang des Schadens informierte. „Das Beste wird es sein, wenn wir die Fenster im Erdgeschoss mit Bretter vernageln, die angebrannte Holztreppe nach oben herausreißen und den Vorder- und Hintereingang mit Bautüren und Vorhangschlössern versehen", schlug er als Sicherungsmaßnahmen vor. „Das müsste reichen, bis wir mit dem Abriss beginnen können."

„Wann soll das sein?", fragte ich interessiert. Vielleicht hatte sich am Zeitplan etwas geändert.

„Es bleibt bei Montag in einer Woche", antwortete der Bauarbeiter bereitwillig. „Nächste Woche gehe nicht, hat uns die Stadtverwaltung erklärt. Da muss die Straße wegen irgendeiner Veranstaltung zweispurig freibleiben. Wir müssen aber für einige Tage den Bauzaun auf der rechten Fahrspur aufstellen."

Mir sollte Brandmanns Bauaktivität gleichgültig sein. Für mich war der Fall erledigt. Richtig wohl fühlte ich mich jedoch nicht in meiner Haut. ‚Aber so läuft es halt manchmal', redete ich mir ein, während ich mich auf den Gewaltmarsch zur Theaterstraße machte. Warum mir der Arzt die Krücken verpasst hatte, verstand ich nicht. Ich ertappte mich immer häufiger dabei, mit dem operierten Fuß wie gewohnt aufzutreten.

Chinaböller

Die Räumung des besetzten Hauses fand am Samstag erstaunlicherweise nur eine geringe Resonanz in der Presse. Sie wurde gemeldet und mit dem Hinweis versehen, die geflüchteten Studenten hätten es riskiert, dass bei ihrer Verzweiflungstat Unbeteiligte zu Schaden kommen konnten. Nunmehr wurde erwartet, dass der Hauseigentümer möglichst schnell den Schandfleck an der Monheimsallee beseitige und eine attraktive Bebauung schaffe.

Mehr Platz nahm in den Lokalteilen das bevorstehende Karlspreisfest in Anspruch. Der Oberbürgermeister hatte in einer Pressekonferenz noch einmal die politischen Leistungen des neuen Preisträgers gewürdigt und das umfangreiche Rahmenprogramm rund um den Festakt für die Bevölkerung detailliert vorgestellt. „Das ist kein Fest für wenige geladene Gäste, das ist das Fest aller Aachener", hatte er gesagt. Die Bürger der Stadt sollen den britischen Premierminister, aber auch seine Vorgänger und die vielen Gäste aus aller Welt, die zur Verleihung kämen, freundlich aufnehmen und mit ihnen feiern. Stolz war der Oberbürgermeister darauf, dass für die Bundesrepublik die beiden höchsten Repräsentanten, der Bundespräsident und der Bundeskanzler, an der Feier teilnehmen würden.

Es hätten sich viele Regierungschefs aus Europa angekündigt und viel Prominenz. Auch lägen die Akkreditierungen von zahlreichen Pressevertretern aus dem In- und Ausland vor. Konkrete Teilnehmerzahlen wollte der Oberbürgermeister nicht nennen, bei den Namen hielt er sich geflissentlich zurück. Die Besucher der Stadt würden sich im Verlaufe des Mittwochs im Quellenhof einfinden, am Abend gebe es im Eurogress den großen Empfang der Stadt Aachen, verkündete er, nach dem Gottesdienst im Dom an Christi Himmelfahrt fände der Festakt im Krönungssaal des Rathauses statt. Selbstverständlich würden die Freunde der Stadt zu Fuß den kurzen Weg vom Dom zum Rathaus zurücklegen. „Wir suchen alle den Kontakt und das Gespräch mit der Bevölkerung", sagte der Erste Bürger, „auf dem Markt wird ausreichend Platz für die Öcher sein." Er sei überzeugt, dass seine Aachener in großer Zahl mitfeiern würden, „wie immer."

Als leidiges, wenn auch nicht unwesentliches Thema erachtete der Oberbürgermeister die Sicherheitsvorkehrungen für das Fest. „Es gibt überall Chaoten, dagegen sind wir leider nicht gefeit." Aber die Wahrscheinlichkeit, dass ein Chaot das Fest als Bühne für seine Zwecke missbraucht, sei sehr gering. „In den vielen Jahren der Karlspreisverleihung hat es niemals bemerkenswerte Ausfälle gegeben und es wird sie auch dieses Jahr nicht gegeben." Mit gelegentlichen Demonstrationen und Protestaktionen am Rande könne man gut leben. „Sie gehören zu einer guten Demokratie dazu. Die Demonstranten sind nicht die gewalttätigen Krawallmacher, die ich meine." Die tumben Eierwerfer und Tomatenschmeißer würden nur einem nützen: dem Verkäufer der Lebensmittel. „Aber auch das sind nicht die von mir angesprochenen Chaoten."

Für Verunsicherung sorgte bei mir ein zweiter Artikel in der AZ: „Droht ein Attentat?", hatte der Autor getitelt. Es gebe Indizien dafür, dass Unbekannte beim Karlspreisfest ein Attentat planten, stand geschrieben. Die Polizei hätte Hinweise auf eine rechtsradikale Gruppe, die die Karlspreisverleihung stören und für ihre Zwecke missbrauchen wollte. Im Polizeipräsidium nähme man diese Hinweise äußerst Ernst, das eigens für das Fest eingerichtete Sonderkommando unter der Leitung eines erfahrenen Kommissars sei verstärkt worden, der Bundesgrenzschutz stehe in Alarmbereitschaft.

„So ein Blödsinn", schnaubte Böhnke, den ich am Telefon mit dem Artikel konfrontierte. „Der Autor vermischt altbewährte Vorgehensweisen mit unbegründeten Verdachtsmomenten. Der BGS ist immer beim Karlspreis in Aachen zugegen. Der schützt die Noch-Bonner und Schon-Berliner Politiker. Alleine würden wir mit unserem Personal den Personenschutz und die Kontrollaufgaben gar nicht schaffen."

Es stimme allerdings, so räumte Böhnke ein, dass ihm der Polizeipräsident zwei Helfer zur Seite gestellt habe, die ihn bei der Einsatzleitung unterstützen sollen. „Mein Chef ist zwar überzeugt, dass ich mit meiner Besorgnis gewaltig übertreibe, aber auch er will auf Nummer sicher gehen."

„Wie kommt die Zeitung bloß an die Informationen?" Mich hatte erstaunt, dass der Bericht mit einem mir nicht bekannten Kürzel versehen war. Üblicherweise ließ sich mein AZ-Freund die gesellschaftlichen Großereignisse nicht aus der Hand nehmen. Er hatte auch den Bericht über die Pressekonferenz des Oberbürgermeisters verfasst.

„Woher soll ich das wissen?" Böhnke gab sich gelassen. „Aber es ist mir auch schnurzpiepegal. Vielleicht hat die Veröffentlichung sogar noch einen Vorteil für uns. Sie macht die Öffentlichkeit aufmerksam und schreckt dadurch potenzielle Störenfriede ab." Er glaube nicht daran, dass durch die Berichterstattung schlafende Hunde geweckt würden. „Dazu sind die Öcher viel zu brav."

Mir war eine Vermutung in den Sinn gekommen, und ich bat Böhnke um die Namen seiner beiden Assistenten.

Für einen Augenblick zögerte der Kommissar, dann gab er mir Auskunft. „Warum wollen Sie sie wissen, Herr Grundler?", fragte er nach.

„Nur so, es könnte ja sein, dass ich Ihre Kollegen kenne", wiegelte ich ab.

Böhnke schmunzelte. „Und das soll ich Ihnen glauben? Ich dachte, wir spielen mit offenen Karten."

Es sei wirklich nichts Wichtiges, beteuerte ich. „Die beiden Kollegen sind bestimmt integer."

Daran hatte der Kommissar keinerlei Zweifel. Er kam auf einen anderen Punkt zu sprechen: „Ich habe übrigens etwas für Sie. Besitzen Sie einen Videorecorder?"

„Nein", musste ich zugeben, „weder Videorecorder noch Fernseher. Ich gehöre wahrscheinlich zu einer aussterbenden Rasse." Die letzte Glotze hatte ich an mein Patenkind verschenkt.

Ich solle mir die Geräte ausleihen, empfahl Böhnke. „Ich lasse Ihnen gleich eine Videokassette über den Polizeieinsatz an der Grenze in die Kanzlei bringen. Vielleicht entdecken Sie etwas, das wir und unsere niederländischen Kollegen übersehen haben. Oder ist heute niemand an Bord?"

‚Warum nicht?', fragte ich mich, ehe mir einfiel, dass wir schon Samstag hatten.

„Einer wird bestimmt im Büro sein", antwortete ich, „wahrscheinlich macht unsere Arbeitsbiene Jerusalem wieder unbezahlte Überstunden." Anderenfalls solle er Sabine bitten, zur Theaterstraße zu fahren, schlug ich dem Kommissar vor.

„Kennen Sie diese Namen?" Mit einem Überra-
schungsangriff versuchte ich mein Glück bei dem AZ-
Reporter. „Ist einer der beiden Kriminalbeamten Ihr
Verwandter?"

Der Journalist blieb zu lange stumm. „Wie kommen
Sie darauf?", fragte er endlich vorsichtig zurück.

„Also ja", folgerte ich. „Ist auch nicht weiter schlimm
und bleibt unser Geheimnis." Ich würde ihn nicht
verraten, beruhigte ich ihn. „Es ist nur gut zu wissen,
wer auf welcher Seite steht. Alle, die auf unserer
Seite stehen, sind in Ordnung." Ihn und die beiden
Ordnungshüter würde ich unbesehen dazuzählen.

„Ich kann mir wirklich nicht vorstellen, dass Sie mit
den Neonazis sympathisieren."

Der Schreiberling schien verschreckt. Aber diese Retourkutsche hatte er sich allemal verdient. Ich würde
nicht so schnell vergessen, dass er mich und unsere
Kanzlei zwischen den Zeilen madig gemacht hatte.

„Keine Bange", fügte ich schnell hinzu, „ich stecke Sie
und Ihren Verwandten nicht in die rechte Ecke."

Wenn sie tatsächlich dort stünden, hätte das Leben
ohnehin keinen Sinn mehr in dieser Stadt, die im
Dritten Reich eine Hochburg des politischen Wider-
stands gegen die Braunen gewesen war, dachte ich
mir. Nicht zuletzt aus dieser demokratischen Überzeugung heraus war der Karlspreis als friedensschaf-
fendes Instrument nach dem Krieg ins Leben gerufen
worden. So viel historisches Wissen über die Kaiserstadt hatte ich schon, auch wenn ich niemals die

höheren Weihen eines anerkannten Öchers bekommen würde.

„Warum haben Sie heute den Artikel über den vermuteten Attentatsversuch geschrieben oder schreiben lassen?", fragte ich.

Wieder blieb der Schreiberling stumm. „Soll ich etwa warten, bis eine andere Zeitung die Geschichte bringt?", fragte er endlich zurück. „Jetzt kann sich die Öffentlichkeit jedenfalls auf die Situation einstellen. Die Situation ist doch nicht falsch dargestellt, oder?"

Im Prinzip hatte der Mann Recht, musste ich eingestehen.

„Herr Grundler, ich sage es Ihnen, da braut sich etwas zusammen. Ich habe ein verdammt ungutes Gefühl."

„Wie kommen Sie darauf?"

Ich war einigermaßen erstaunt, wie geschickt der AZ-Reporter die einzelnen Bausteine, die er kannte, zusammengefügt hatte. Loogen, die Prügelei an der Grenze, der tote Niederländer im Zug, die Anschläge in Bonn und Düsseldorf hatte er in seiner Analyse verarbeitet und war dabei zu dem Schluss gekommen: „Hier will augenscheinlich jemand das Karlspreisfest torpedieren. Da hat es jemand auf den Premier abgesehen."

Ich konnte dem Journalisten nicht widersprechen und zog es vor, zu schweigen.

„Wir haben übrigens in der Redaktion einen anonymen Anruf bekommen", fuhr der Reporter nach einer kurzen Pause fort. „Heute soll es Bombenanschläge im Hauptbahnhof und in der Elisen-Galerie geben. In einer Stunde, um zwölf Uhr, würden die Dinger hochgehen. Wir sollen die Polizei alarmieren."

„Und? Haben Sie es getan?"

„In diesem Fall schon", erhielt ich zur Antwort. „Üblicherweise reagieren wir auf anonyme Anrufer nicht. Aber in Anbetracht der heiklen Situation und wenige Tage vor der Karlspreisverleihung haben wir eine Ausnahme gemacht."

„Vielleicht haben Sie durch Ihren Artikel Trittbrettfahrer motiviert, die die von Ihnen geschürte Furcht ausnutzen", gab ich zu bedenken.

Aber der Schreiberling hörte über den Vorwurf hinweg. „Wir haben die Polizei alarmiert und damit unsere Pflicht erfüllt."

Ständig im Kampf mit den Krücken verwickelt, dauerte es etwas länger als gewöhnlich, ehe ich von der Theaterstraße zur Elisen-Galerie gelangt war. Ich geriet gehörig ins Schwitzen, zumal die Maisonne fast schon sommerlich warm schien.

Polizisten versperrten am Friedrich-Wilhelm-Platz den Zugang zur neuen, attraktiven Einkaufspassage. Die Passanten nahmen die Absperrung mit Gleichmut hin und liefen einen anderen Weg.

Der gewaltige Knall ließ nicht nur mich zusammenzucken. Einige Frauen kreischten, Kinder hielten sich erschrocken die Ohren zu. Exakt zum Glockenschlag der Kirchturmuhr hatte es in der Galerie eine Explosion gegeben.

Sofort stürzten etliche Polizisten in das Gebäude, hinter denen sich die gläsernen Flügeltüren wieder schlossen.

Ich konnte nichts erkennen und ärgerte mich über den Nachhall, der immer noch in meinen Gehörgängen umherkreiste. Geduldig wartete ich ab, es konnte nicht viel passiert sein, dachte ich mir. Weder Feuerwehr noch Sanitäter waren erschienen, auch legten die Polizisten keine übertriebene Eile an den Tag.

Nach einer Viertelstunde erblickte ich den AZ-Reporter, der mit einem Fotografen im Schlepptau heranstürmte.

„Was ist passiert?", fragte er keuchend.

„Wir haben hier draußen nur einen fürchterlichen Knall gehört, sonst nichts", antwortete ich bereitwillig. „Die Presse erfährt garantiert mehr. Darf ich mitkommen?"

Der Schreiberling akzeptierte. Gemeinsam näherten wir uns einem Polizisten, der uns in die Passage eintreten ließ, nachdem ihm der Journalist einen Presseausweis unter die Nase gehalten hatte.

In dem modernen Gebäude war es befremdend leer. Die Geschäfte hatten geschlossen, hinter einigen gläsernen Türen lugten Verkäuferinnen neugierig auf uns. Lediglich in einer Ecke unter der mächtigen Kuppel gegenüber dem Louisiana am Zugang zum Grenzlandtheater standen einige Männer, die der Journalist freundlich grüßte.

„Das ist der Tatort", sagte einer von ihnen und zeigte auf einen stabilen Papierkorb aus Metall mit Aschenbecher und einem Bügel, der die Aufschrift „Elisen-Galerie" trug. „Darin hat ein etwas größerer Knallkörper gelegen, der sich um zwölf entzündet hat. Laut, aber ansonsten harmlos."

„Genau wie im Bahnhof", kommentierte der Fotograf, der zur Kamera gegriffen hatte, „da war es genauso. Da ist auf einem Bahnsteig in einem Abfalleimer der Böller losgegangen." Schaden hätte es quasi keinen gegeben. „Nur Verspätungen bei der Bundesbahn, weil die sofort den Bahnhof für alle Züge gesperrt hat."

Erleichtert über den doch glimpflichen Ausgang der angekündigten Anschläge wollte ich zurück zur Kanzlei humpeln. Der Schreiberling bot sich an, mich in seinem Wagen mitzunehmen.

„Sie kennen wohl auch keine Fünf-Tage-Woche", meinte er während der Fahrt.

Woher sollte ich sie kennen, gab ich zurück, ich sei arbeitsunfähig und hätte zwangsläufig nie Zeit.

„Sie etwa?", fragte ich, „Sie turnen ja auch an Ihrem freien Samstag durch die Gegend."

Das sei wohl das Los der Junggesellen, antwortete der Reporter. „Ich wüsste, was ich lieber täte."

Aber ich glaubte ihm das halbherzige Wehklagen nicht, er war viel zu sehr Journalist, um Dienst nach Zeitplan zu schieben.

Meine Einladung, in der Kanzlei eine Tasse Kaffee zu trinken, lehnte er ab. So kletterte ich allein ins Büro und stellte erfreut fest, dass ich mich nicht getäuscht hatte. Es gab tatsächlich einen Menschen, der heute noch zur Förderung des Reichtums von Schulz arbeitete.

Mein Nachfolger als Bürovorsteher blätterte intensiv in Papieren.

„Ich muss noch einiges erledigen vor meinem Urlaub", erklärte Jerusalem mir. „Sie wissen doch, dass ich jetzt für zwei Wochen wegfahre?"

Ich wusste es nicht, aber das lag bestimmt daran, dass ich mich um die Urlaubsplanung und einige wenige andere organisatorische Dinge nicht mehr kümmerte.

„Es ist übrigens von der Polizei ein Paket für Sie abgegeben worden, Herr Grundler." Jerusalem zeigte auf die Rezeptionstheke, auf der ein stabiler Umschlag lag. „Mit den besten Grüßen von Kommissar Böhnke. Ich soll Ihnen ausrichten, dass er das Video gerne am Montag zurück haben möchte."

Ich klemmte mir den Umschlag unter den Arm und zog mich in mein Zimmer zurück. Kaum hatte ich mich im Sessel niedergelassen, da klingelte auch schon das Telefon.

„Herr Grundler, der Teufel ist los!", meldete sich der AZ-Reporter aufgeregt. „Ich habe gerade einen Brief in die Hand bekommen, in dem die Absage der Karlspreisverleihung gefordert wird. Die beiden heutigen Anschläge seien im Prinzip nur Chinaböller gewesen, ein richtiger Kracher würde am Himmelfahrtstag folgen, wenn der Karlspreis verliehen werde." Das Original des Briefes hatte der Journalist sofort der Polizei zukommen lassen, eine Kopie wollte er mir als Fax in die Kanzlei schicken.

„Ich glaube", so hörte er sich beinahe schon triumphierend an, „mit unserer Attentatsdrohung liegt meine Zeitung gar nicht so schlecht."

Ich wartete das Fax nicht ab, sondern rief unverzüglich Böhnke an. „Es ist wohl hierzulande üblich, dass Junggesellen samstags arbeiten müssen", flachste ich zur Begrüßung.

„Unser Büro ist halt unser Zuhause", flachste er zurück.

„Was wollen wir wetten, dass das anonyme Schreiben an die AZ aus der Feder unseres bekannten Unbekannten stammt?", fragte ich.

„Die Wette gehe ich nicht ein", entgegnete der Kommissar, „ich nehme es ebenfalls an. Die Merkmale

192

sind jedenfalls nach meinem ersten Eindruck typisch."

„Welche Konsequenzen ziehen Sie aus den Anschlägen und dem Bekennerschreiben?"

Böhnke atmete tief durch. „Ich werde noch gezielter bei unserer Arbeit vorgehen und die Sicherheitsmaßnahmen noch intensiver kontrollieren."

„Wer steckt hinter diesem Schwachsinn?"

„Das kann ich nicht definitiv sagen." Böhnke erweckte den Eindruck, als wolle er momentan dieses Problem nicht besprechen. „Vielleicht weiß ich Montag oder Dienstag mehr."

Ob das Video angekommen sei, wollte er wissen. Er bat mich, ihn ruhig privat anzurufen, falls mir etwas auffallen würde. Böhnkes Nummer kritzelte ich schnell auf einen Notizblock.

Sabine holte mich am Nachmittag im Büro ab. Ich wollte zunächst in meine Bude und anschließend mit ihr zu Do und Dieter. Mein Freund würde sich bestimmt gerne mit mir das Video ansehen, dachte ich mir. In seinem Haus an der Gulpener Straße hatte er sämtlichen technischen Schnickschnack, auf den ich zu verzichten glaubte und der mir niemals in die Wohnung kommen würde.

Sabine sprang schon die Treppe hinauf zu meiner Wohnung, während ich im Hausflur den Briefkasten öffnete. Ein einziges flaches Kuvert lag darin, mit meiner maschinengeschriebenen Anschrift und einem mir nicht bekannten Absender Werner Scholz auch Aachen. Solche Post von Unbekannten war gar nicht so selten, es waren meistens Menschen, die meine in einem Aachener Verlag erschienene Sammlung von Kurzgeschichten gelesen hatten und mir nun ihre Meinung dazu mitteilten.

Der Brief fühlte sich ungewohnt an, elastischer als üblich, und mich beschlich ein unwohles Gefühl. Behutsam legte ich den Brief zurück und eilte in meine Wohnung. Schnell griff ich zum Telefon und versuchte, Böhnke im Präsidium zu erreichen.

Doch er nahm nicht ab. Mehr Glück hatte ich mit der Privatnummer, unter der sich eine angenehme Frauenstimme meldete. Bereitwillig gab sie das Gespräch an den Kommissar weiter.

„Ich habe ein Problem", sagte ich ein wenig atemlos. „Ich glaube, jemand hat mir eine Briefbombe nach Hause geschickt." Ob er sich darum kümmern könne, fragte ich nervös. „Ich packe das Ding nicht an."

„Ruhig bleiben, mein Freund", empfahl Böhnke aus sicherer Entfernung. „Die Sache ist schon so gut wie erledigt."

Tatsächlich fuhren wenige Minuten später zwei Polizeiwagen am Templergraben vor und hielten vor dem Haus.

Schnell hatte ich den Beamten die Sachlage erklärt. Konzentriert kleidete sich ein Polizist mit schwerer

Schutzkleidung, Helm und Handschuhen an, öffnete den Briefkasten und nahm den mysteriösen Umschlag heraus. Vorsichtig legte er ihn in einen gepolsterten Stahlbehälter, den er sorgfältig verriegelte.

„Da kann nichts mehr passieren", sagte mir der Mann, nachdem er den Helm abgelegt hatte. Ruhe strahlte er aus, dass er dennoch unter Anspannung stand, machten die Schweißperlen deutlich, die ihm über die Stirn liefen. „Wir nehmen den Brief mit und lassen ihn heute noch analysieren. Böhnke sagt Ihnen Bescheid."

Der Beamte ließ sich von mir noch einmal den Fund schildern, machte sich einige Notizen und schüttelte ungläubig den Kopf, als er sich verabschiedete.

„Du glaubst wirklich, dass das eine Briefbombe war?", fragte mich Sabine zweifelnd.

„Ja", antwortete ich. „Ich kann dir nicht erklären, warum ich das glaube, aber es ist so."

Ich suchte das Telefonbuch in meiner alphabetisch geordneten Büchersammlung. Es gab tatsächlich einen Werner Scholz mit der angegebenen Adresse in Aachen. „Du kannst ihn ja anrufen", schlug ich Sabine vor, „und ihn nach meinem Namen fragen. Er wird ihn garantiert nicht kennen."

Sabine fackelte nicht lange und wählte die Rufnummer. Ich beobachtete sie während des Telefonats, bei dem ihre hübsche Stirn immer krauser wurde und das sie mit einem „Tut mir aufrichtig leid" beendete.

„Werner Scholz ist seit über einem Jahr tot. Seine Witwe hat die Eintragung im Telefonbuch nicht ändern wollen", berichtete sie mir unruhig. „Deinen Namen kennt die Frau natürlich nicht."

Sabine nahm mich in die Arme. „Wollen die etwa dir ans Leder?", fragte sie besorgt. „Du hast doch überhaupt nichts getan." Sie gab sich Mühe, ihre Tränen zu unterdrücken.

„Lass' uns für eine Weile verschwinden, Tobias!", schlug sie vor.

Aber ich widersprach. „Hier ist etwas Ungeheuerliches im Gange, das wir aufklären müssen." Ich glaube nicht, so behauptete ich mit Unbehagen, dass man einen zweiten Versuch unternehmen würde, mich auszuschalten.

„Warum haben die das gemacht?" Sabine sah mich mit ängstlichen Augen an. „Was weißt du, Tobias?"

„Nichts", musste ich zugeben. Ich setzte mich an meinen Arbeitsplatz und griff zu den Notizblättern. Noch einmal rekapitulierte ich mit ihrer Hilfe die Geschehnisse der letzten Tage. Aber der Inhalt der Zettel war mehr eine Aufzeichnung für ein Tagebuch, als eine Sammlung von Fakten, die auf ein Verbrechen hinwiesen, so musste ich mir eingestehen. Wahrscheinlich war es noch zu früh, um aus den verschiedenen und so unterschiedlichen Komponenten ein stabiles Gebilde zu bauen. Vielleicht bewertete ich diverse Dinge falsch, waren die vermeintlich unwichtigen Hinweise eventuell sogar entscheidend und die angeblich wichtigen nur belanglose Randaspekte.

Sabine wurde jedenfalls aus meiner Zettelsammlung, die inzwischen meinem Lieblingsschriftsteller Arno Schmidt zur Ehre gereicht hätte, nicht schlau. Aber damit war sie auch nicht dümmer als ich.

Das lärmende Telefon beendete unsere unergiebige Diskussion. Böhnke gratulierte mir zu meinem heutigen Geburtstag und meinem Instinkt.

„Da haben Sie verdammt viel Schwein gehabt", sagte er, „der Brief war in der Tat hochexplosiv. Wenn Sie den geöffnet hätten ..."

„Wie bei Loogen?" Ich gab mich kühl und souverän, obwohl mein Herz bis in den Hals pochte.

„Wahrscheinlich. Unsere Fachleute werden das Zeug noch genauer unter die Lupe nehmen. Werner Scholz ist übrigens nicht der Absender."

„Ich weiß", entgegnete ich, „wer denn sonst?"

Doch auf diese Frage musste mir der Kommissar die Antwort schuldig bleiben.

„Morgen Mittag weiß ich mehr", tröstete er sich und mich.

Dann könnte ich ihm auch meine Bewertung des Videofilms geben, schlug ich vor. Ich stutzte.

„Wieso morgen, wieso am Sonntag? Fahren Sie etwa Nachtschicht?"

Böhnke lachte bitter auf. „Ich habe keine Zeit zu verlieren. Ich will die Sache so schnell wie möglich aufklären. Christi Himmelfahrt ist bald."

„Also doch Befürchtungen wegen des Karlspreises?"

„Ich schließe Ärger jedenfalls nicht mehr aus", blieb der Kommissar vage. Er habe vielmehr ein anderes Problem. „Wer will Ihnen weswegen an den Kragen, Herr Grundler?"

„Jemand, dem ich offenbar im Wege bin", antwortete ich. „Ich weiß nur nicht, wer und warum." Aber auch dieses Problem würde ich lösen, das lag schon in meinem eigenen, existenziellen Interesse.

Die Freude über unser Erscheinen war nicht ungeteilt im Hause Schulz. Do war froh, mich unversehrt und nach langer Zeit endlich wieder einmal zu sehen, und Tobias junior fand es toll, mit den Krücken seines Patenonkels herumlaufen zu können. Dieter dagegen schmollte unübersehbar, weil wir ausgerechnet in dem Moment mit großem Getöse ins Wohnzimmer einfielen, als im Fernseher ein Bericht über ein Fußballspiel der Alemannia gezeigt wurde. Wir sollen gefälligst die Klappe halten, raunzte er und verkroch sich in seinen Fernsehsessel.

Wer so seinen Freund begrüßt, der gerade dem Tod knapp entgangen ist, dem gehörte eigentlich etwas aufs Maul, meinte ich zu Do, die mich fest an sich drückte. „Dieter ist genauso froh wie ich, dass dir nichts passiert ist. Der war wütend wie selten, dass er dir nicht helfen konnte. Ich glaube, der hätte eigenhändig den Mistkerl umgebracht, der die Briefbombe gebastelt hat, wenn dir etwas passiert wäre. Dieter will dir nur nicht zeigen, wie sehr er sich Sorgen gemacht hat, Tobias."

Augenblicklich machten ihm offensichtlich die Alemannen Sorgen, die sich schon nach kurzer Spielzeit einen Gegentreffer eingefangen hatten und nun vergeblich auf den Ausgleich drängten. Der promovierte Alemannen-Fan litt immer noch mit den Kickern. Dieter würde sein Leben lang schwarz-gelb träumen.

Bei diesen Farben würden wir bleiben, wenn wir das Video betrachteten, sagte ich ihm freundlich.

„Roda hat doch auch schwarz-gelb, oder?", fragte ich, derweil Dieter die Kassette einschob und verschiedene Knöpfe an der Fernbedienung drückte.

„Sei still", brummte er einsilbig und starrte auf die Mattscheibe, auf der eine Menschenmenge erkennbar wurde.

Schlachtgesänge wurden gegrölt, auf beiden Seiten standen Fanatiker, die größtenteils in den Vereinsfarben von Kerkrade oder Mönchengladbach gekleidet waren und sich gegenseitig beschimpften. Mehr und mehr Maskierte bevölkerten die Szene, sie trugen allesamt schwarze Sturmmützen mit Augenschlitzen und waren zum großen Teil mit Ketten und Schlägern bewaffnet. Es war erkennbar, wie die Stimmung aggressiver wurde. Wie auf ein Kommando hin stürmten beide Gruppen von den Straßenrändern auf die Mitte und gegeneinander zu. Die Kamera hatte Mühe, dem undurchsichtigen Geschehen zu folgen, schnell wechselten die Motive, manchmal änderten sich schon nach wenigen Augenblicken die Einstellungen, kamen wieder andere Gestalten ins Bild.

Nur verschwommen konnte ich erkennen, wie jemand einen Baseballschläger schwang und niedersausen ließ.

„Stopp!", rief ich Dieter zu. „Das soll die Szene mit Loogen gewesen sein."

Schulz hantierte mit der Fernbedienung, ließ den Film einige Sequenzen zurücklaufen, um dann Bild für Bild einzeln vorwärts springen zu lassen. An der richtigen Stelle hielt er die Aufzeichnung an.

Undeutlich war Loogen zu erkennen, unmittelbar hinter dem Schläger.

„Auf den ersten Blick könnte man tatsächlich meinen, der Junge habe zugeschlagen", sagte Sabine.

„Aber nur auf den ersten Blick." Denn schon das nächste Bild zeigte, wie Loogen den Kopf zur Seite drehte, während sich der Schläger senkte.

„Der sieht ganz woanders hin", meinte Do. Das würde er garantiert nicht tun, wenn er zuschlagen wollte.

„Der Film entlastet Loogen eher, als dass er ihn belastet", folgerte Dieter. „Ob das der Grund ist, weshalb die Polizei den Streifen zurückgehalten hat?"

Ich zuckte ahnungslos mit den Schultern. „Das muss einen anderen Grund haben. Aber welchen?" Ich schloss die Augen und dachte nach. „Vielleicht, so vermute ich einmal, zeigt das Video Personen, die die Polizei nicht gerne in der Öffentlichkeit zeigen will. Informanten vielleicht oder so", sagte ich.

Dieter hatte den Film in der Zwischenzeit mit normaler Geschwindigkeit weiter laufen lassen. Bald erschienen von beiden Seiten der Grenze Polizisten und rissen die prügelnde Schar auseinander.

„Das war's dann", meinte Dieter trocken, „außer Spesen nichts gewesen und ich kann endlich 'Wetten, dass...' gucken." Er blickte um Zustimmung bittend in unsere Runde.

Auch ich sah mich um und erkannte, dass Sabine sich unruhig auf die Unterlippe biss.

„Was ist?", fragte ich meine Freundin verwundert.

„Nichts", antwortete sie. „Ich habe nur geglaubt, auf dem Video kurz einen Menschen erkannt zu haben, der schon einmal bei uns in der Kanzlei gewesen ist. Soweit ich mich erinnern kann, wollte er zu dir, Tobias."

„Wo hast du ihn gesehen?" Dieter ließ übertrieben beflissen die Kassette zurücklaufen.

„Kurz nach der Szene mit Loogen, da ist der Mann für einen Moment durch das Bild gehuscht."

Wieder ließ Schulz, beginnend mit dem Abschnitt, der Loogen zeigte, das Video Bild für Bild vorwärts laufen. Es kam die Passage, bei der ich nachdenklich die Augen geschlossen hatte.

„Stopp!" Diesmal war Sabine an der Reihe. „Da war er!"

Ich hatte nicht erkannt, was oder wen sie meinte.

Dieter fuhr den Film einige Bilder zurück und blieb an einer Stelle stehen, an der das seitliche Profil eines Mannes zu erkennen war.

„Das ist er", behauptete Sabine.

Mir stockte der Atem und eine Gänsehaut jagte mir über den Rücken, nachdem ich das Bild erkannt hatte. Sabine hatte tatsächlich Recht.

Der Typ, der auf diesem einen Bild eingefangen war, war auch mir bekannt. Es war Müller, der Student, der vor der Hausräumung die Wohngemeinschaft verlassen hatte.

Was machte er bloß bei dieser Keilerei?

„Es sieht so aus, als zeige er irgendwo hin", behauptete Do. „Der kommt mir fast wie ein Regisseur vor."

Gedanken schwirrten mir durch den Kopf. Warum trieb sich Müller bei einer solchen Prügelei herum? Das passte doch nicht zu ihm? Oder handelte es sich vielleicht nur um eine Verwechslung? Diese Möglichkeit hielt ich für wahrscheinlich. Ich behielt meine Vermutung aber für mich, um Sabine nicht den Triumph zu vermiesen.

Dennoch ließ mich die Filmszene nicht in Ruhe. Müller, Student im Examen, vor dem Sprung über den großen Teich, vor einer großen beruflichen Zukunft;

Müller, der sich für seine Wohngemeinschaft eingesetzt hatte, der ruhig und besonnen nach Lösungen
suchte, mit dem ich mich am Templergraben so nett
unterhalten hatte; Müller, der jetzt bei einem Freund
in Kornelimünster wohnte.

Ich musste mit Böhnke darüber reden, er konnte den
Studenten bestimmt ausfindig machen; so groß war
Kornelimünster nun auch nicht.

„Tobias!" Sabine weckte mich aus meinen Gedanken. „Wo wollen wir schlafen, hier, bei dir oder bei
mir?"

Abgetaucht

Selbstverständlich blieben wir bei Schulz an der Gulpener Straße. In meinen eigenen vier Wänden hätte
ich mich nach dem Erlebnis am Nachmittag bei wei-
tem nicht so wohl gefühlt, und um mitten in der
Nacht zum Adalbertsteinweg zu fahren und dort einen Parkplatz zu suchen, danach stand mir auch
nicht der Sinn. So machten Sabine und ich es uns im
Gästezimmer bequem, was allerdings mit der unver-
meidlichen Konsequenz verbunden war, dass uns unser Patenkind Tobias junior schon am frühen Morgen
aus den Federn riss.

„Ich wollte ohnehin in die Kanzlei", tröstete mich Dieter beim Frühstück, „kommst du mit?"

Warum eigentlich nicht, sagte ich mir. Dort würde ich bestimmt die Ruhe finden, alle Fakten zusammenzuschnüren und mit Böhnke zu telefonieren.

„Wer spielt jetzt unseren Bürovorsteher?", fragte ich meinen Freund während der Fahrt in die Stadt.

Er grinste mich kurz an. „Ich glaube, du bist mit Abstand die beste Urlaubsvertretung für deinen Nachfolger. Wenn ich mich richtig erinnere, war das so ausgemacht."

An eine derartige Abmachung zu meinem Nachteil konnte ich mich zwar nicht erinnern, aber ich nahm das Schicksal hin.

„Du bist ein komischer Chef", maulte ich der Form halber, „du gibst meinem Nachfolger Urlaub und sagst seinem Vertreter vorab kein Wort."

„Ging auch nicht", konterte Schulz, „die Bitte nach Urlaub kam ziemlich plötzlich am Samstagmorgen. Da rief mich Jerusalem an und bat mich darum. Seine Mutter, die irgendwo im Sauerland wohnt, liegt im Sterben. Er ist der einzige Verwandte." Er blickte mich an.

„Hättest du den Urlaubswunsch etwa abgelehnt?"

„Natürlich nicht", antwortete ich.

Dieter wechselte das Thema. „Willst du mich eigentlich nicht einmal aufklären?", fragte er mich. „Ich

laufe ziemlich uninformiert durch die Weltge-
schichte."

Da gebe es aus meiner Arbeit nicht viel zu berichten,
antwortete ich.

„Unser Mandant Brandmann ist zufrieden, unser
Mandant Loogen tot, so sieht meine Erfolgsbilanz
der letzten Zeit aus", sagte ich zynisch, „und obendrein wollte mich ein Arschloch platt machen. Sonst
noch 'was?"

Kopfschüttelnd lenkte Dieter den Daimler in die Tiefgarage. „Und alle diese Ereignisse stehen im Zusammenhang mit der Karlspreisverleihung?"

„Nicht, dass ich wüsste. Zumindest besteht mit Sicherheit kein unmittelbarer Zusammenhang." Ich
wollte meine Überlegungen gleich zu Papier bringen,
dann konnte mein Chef lesen, was ich meinte.

Im Aufzug sah er mich streng an. Der Blick erinnerte
mich an den Moment vor etlichen Jahren, bevor er
sein Plädoyer in meinem damaligen Prozess hielt und
der mir deutlich machte, dass er unumstößlich an
meiner Seite stand. Dieter legte mir die Hand auf die
Schulter.

„Pass' bloß auf dich auf", bat er mich sorgenvoll, „wir
wollen doch zusammen in Pension gehen."

Er solle das Gesuse sein lassen und die Klappe halten,
brummte ich, als wir aus dem Aufzug in die Kanzlei
traten. „Mache lieber Kaffee!" Ich langte in mein
Fach an der Rezeptionstheke und ergriff einen dicken
Briefumschlag.

In meinem Zimmer herrschte die übliche Ordnung, durch die nur ich blickte, was andere ungebetene Gäste davon abhielt, in meinen Unterlagen zu schnüffeln.

In dem Briefumschlag fand ich die Anleitungen unseres Bürovorstehers für mich. Ordentlich und genau hatte er mir alles aufgeschrieben, was während der nächsten 14 Tage zu erledigen war. „Der Mann ist wirklich gut", bemerkte ich zu Dieter, der mit der Kaffeekanne eingetreten war. „Wir sollten versuchen, ihn zu behalten."

„Habe ich doch längst versucht. Aber Jerusalem will partout im Herbst in Köln sein Jurastudium beginnen", entgegnete mein Freund. Dieter setzte sich in den Besuchersessel. „Tobias, du weißt, dass ich dir jederzeit behilflich bin. Du musst mir nur sagen, was ich zu tun habe."

Ich sah ihn lächelnd an. „Du kannst eigentlich gar nichts tun. Du kannst allenfalls zuhören, wenn ich jetzt mit Böhnke telefoniere." Ich schaltete den Lautsprecher an und wählte Böhnkes Nummer im Polizeipräsidium.

Überraschend schnell hob der Kommissar ab. „Ja, was gibt's?", fragte er aufgeregt, ohne sich mit dem Namen zu melden.

„Ich bin's", antwortete ich. „Ich wollte meinen Brief abholen und das Video zurückbringen."

Böhnke musste lachen. „Den Brief behalten wir. Er ist sehr aufschlussreich. Wie Sie sich wahrscheinlich denken können, ist der Sprengstoff der gleiche, den wir in Düsseldorf und Bardenberg gefunden hatten und der in winzigsten Mengen am Hauptbahnhof und in der Elisen-Galerie eingesetzt wurde."

Ich pustete durch. „Dann handelt es sich also wahrscheinlich um ein und dieselbe Tätergruppe?"

„So sieht es aus", bestätigte der Kommissar. „Ich glaube, Sie haben Feinde in der rechten Szene, Herr Grundler."

„Wieso rechte Szene?" Ich war verwirrt, unschlüssig und wollte Böhnke nicht so recht glauben. „Dahinter kann doch ein lupenreiner krimineller Hintergrund stecken und nicht unbedingt ein krimineller politischer", versuchte ich einzuwenden, wobei ich allerdings meine eigenen Zweifel hatte, das Unwesen der Braunen als politisch zu bezeichnen.

Böhnke seufzte. „Ich will offenen mit Ihnen reden. Inzwischen haben wir erfahren, dass hier im Großraum Aachen einige Neonazis am Werke sind. Fragen Sie mich bitte nicht, woher ich mein Wissen habe, nehmen Sie es mir getrost ab und nehmen Sie die Gefährdung ernst", warnte er mich. „Es hat tatsächlich den Anschein, als wollten Rechtsradikale die Karlspreisverleihung torpedieren; natürlich nicht mit offenem Visier, sondern verdeckt. Wir glauben, dass hinter den Drohungen und Anschlägen eine neonationalistische Gruppe steckt, aber wir kommen nicht an sie ran. Jedenfalls noch nicht", fügte er grimmig hinzu.

„Was bezwecken die Idioten bloß mit der Randale?" Es fiel mir schwer, den politischen Hintergrund dieser kriminellen Handlungen zu verstehen.

„Die Idioten wollen politischen Profit", behauptete der Kommissar.

Ich musste eingestehen, dass ich diese Interpretation nicht nachvollziehen konnte. ‚Woher konnte ich meinen politischen Profit erreichen, wenn ich durch negative Schlagzeilen auffiel?', fragte ich mich.

„Wenn der Karlspreis in diesem Jahr abgesagt werden sollte, wird das sicherlich weltweit für Beachtung sorgen und dem Image unseres Landes nicht gerade gut zu Gesicht stehen", versuchte Böhnke, mir zu erklären. „Die Rechten werden dann auf die Propagandatrommeln hauen und unserer Bundesregierung Feigheit und Unfähigkeit vorwerfen. Eine eigene Beteiligung werden sie selbstverständlich entschieden und mit großer Empörung zurückweisen. Das sei nur eine durchsichtige Schutzbehauptung unserer unfähigen Ordnungsmacht." Böhnke legte eine Denkpause ein, die mir Gelegenheit gab, seine Überlegung zu verarbeiten. Ich bekam mit, wie er laut gähnte. Er habe halt die Nacht durchmachen müssen, entschuldigte er sich.

„Wenn es tatsächlich zu einem Attentat kommen sollte, sind die Rechten ebenfalls fein 'raus", fuhr er ironisch fort. „Dann heißt es, der Staat ist nicht in der

Lage, seine politischen Gäste zu schützen, der Staat ist schwach. Von der außenpolitischen Wirkung ganz zu schweigen. Ich glaube, hier ist ein ganz perfides Spiel im Gange."

Schulz reichte mir einen Zettel, auf den er etwas geschrieben hatte. ‚Was hat das mit dir zu tun?', hatte er notiert.

Ich reichte seine Frage gerne an den Kommissar weiter. „Was hat das mit mir zu tun?"

„Sie sind diesen Schwachköpfen zu nahe auf die Pelle gerückt, Herr Grundler", gab er uns zur unbefriedigenden Antwort. „Sie haben ja bei Loogen gesehen, dass sie versuchen, diejenigen aus dem Weg zu räumen, die etwas wissen könnten oder jemanden aus ihren Reihen kennen könnte."

Wen sollte ich schon kennen?

„Ich kenne nur einen Menschen, den ich auf dem Video von der Grenze entdeckt habe", sagte ich nachdenklich, „aber der hat garantiert nichts mit den Rechten im Sinn, eher mit der anderen Richtung. Das ist ein ehemaliges Mitglied der ehemaligen Wohngemeinschaft im ehemaligen Wohnhaus an der Monheimsallee." Ich könne mir einfach nicht vorstellen, dass Müller mit den Rechten paktiere.

„Ich verfolge jeden noch so kleinen Anhaltspunkt, Herr Grundler", sagte Böhnke. Er würde sich gerne mit mir noch einmal das Video ansehen. Ob er mich nach dem Mittagessen abholen dürfe.

Ich willigte ein und sagte ihm ebenfalls eine schriftliche Aufstellung meiner Überlegungen zu.

„Jetzt aber endlich zur Sache", sagte ich zu Dieter nach dem Telefonat und kramte aus meiner Lederjacke die vielen Notizzettel. Es hatte sich für mich schon mehrfach bezahlt gemacht, ständig mit diesen Zetteln zu operieren und parallel zu Hause und im Büro damit zu arbeiten.

„Blickst du da überhaupt noch durch?", fragte mich Dieter skeptisch. „Das sieht für mich eher nach einer ungeordneten Hieroglyphensammlung aus als nach schlüssigen Notizen."

Ich stimmte ihm unumwunden zu. Ich wusste nicht, wie und ob überhaupt meine Aufzeichnungen zusammenpassten.

Ich hatte zwei Zettel in die Hand genommen. „Oder weißt du, welcher Zusammenhang besteht zwischen einer Baugesellschaft aus Gerolstein, die ihren Wagen tagelang vor Brandmanns Haus an der Monheimsallee geparkt hat, und ...", ich musste den anderen Zettel umdrehen und schmunzelte nach dem Lesen, „und dem plötzlichen Urlaub unseres Bürovorstehers, weil dessen Mutter sterben will?"

„Du puzzelst jetzt Zettel mit Zettel zusammen und hoffst auf einen logischen Zusammenhang?" Dieter schüttelte den Kopf. „Was soll das bringen?"

Ich zuckte mit den Schultern. „Ab und zu eigene, ganz verwirrende oder gar amüsante Kombinationen." Ich griff mir zwei andere Zettel. „Was hat der Auszug von fünf Studenten aus dem besetzten Haus mit dem Chinaböller in der Elisen-Galerie zu tun?" Ich sah meinen Freund fragend an.

„Wahrscheinlich absolut nichts", antwortete ich mir selbst. „Aber es gibt bestimmt auch einige Dinge, die zusammenpassen", sagte ich zuversichtlich, „denke nur an die verschiedenen Briefe."

Ich las weitere Zettel durch und legte etliche beiseite. „Das passt doch schon, ich werde einmal eine Zusammenfassung versuchen", sagte ich zufrieden und schaltete den Computer ein. Mehrmals fluchte ich, bis ich endlich in ein Schreibprogramm angelangt war. Der Computer im Büro war anderes aufgebaut als mein PC am Templergraben, höchst selten griff ich in der Kanzlei selbst zu dem Gerät, da war es immer ein Glücksfall, wenn ich auf Anhieb die richtigen Tasten fand.

Dieter hatte sich leise zurückgezogen und ließ mich gewähren.

Die bekannten Fäden zu knüpfen, fiel mir nicht sonderlich schwer; einige Fakten passten hingegen überhaupt nicht in mein Bild der Dinge. Entweder gehörten sie einfach nicht dazu oder es fehlten Verbindungsstücke, dachte ich mir, als ich die Notiz über meine Urlaubsvertretung zerknüllt in den Papierkorb warf. Diese Information für mich gehörte garantiert nicht in mein Puzzle.

Das energische Klopfen an der Zimmertür unterbrach mich. Es war schon weit nach Mittag, wie mir die Computeruhr anzeigte.

Böhnke trat ein, gefolgt von Schulz. Der Kommissar hatte den Videofilm schon in der Hand und grüßte mich freundlich. Er sah müde aus, übernächtigt.

„Eine Nacht ohne Schlaf halte ich schon aus. Heute komme ich früh in die Federn", beruhigte er mich. Er lächelte schwach. „Es hängt jetzt von Ihnen ab, wenn Sie wollen, können wir fahren."

Ich bat um einen Moment Geduld und ließ meine Zusammenfassung dreimal über unseren Kanzleidrucker ausdrucken.

Interessiert nahmen Schulz und Böhnke ihre Leseexemplare an der Rezeptionstheke in die Hand.

„Das ist die richtige Gute-Nacht-Lektüre", schmunzelte Dieter, „ein typischer Grundler." Ich nahm ihm die Bemerkung nicht übel. Nicht zuletzt er hatte doch dafür gesorgt, dass vor Jahren einmal eine Geschichtensammlung von mir mit beachtlichem Erfolg veröffentlicht worden war.

Böhnke warf nur einen kurzen Blick auf das Geschriebene, ehe er es zusammenfaltete. Er bot Schulz an, uns zu begleiten, aber mein Freund lehnte bedauernd ab.

„Ich habe meinem Sohnemann versprochen, mit ihm ins Labyrinth am Dreiländereck zu fahren."

Böhnke hatte in seinem Büro die Filmvorführung bereits vorbereitet. Auch standen in der Besucherecke auf dem kleinen Tisch Kaffee und Kuchen bereit, und prompt begann mein Magen, laut zu knurren.

Bevor ich allerdings zu meinem Ersatzmittagessen kam, rief der Kommissar einen Beamten zu sich und gab ihm mit meiner Zustimmung meine Zusammenfassung mit der Bitte, sie mehrfach zu kopieren und zur Kenntnisnahme an alle für die Karlspreisverleihung vorgesehenen Kollegen zu verteilen.

„Die sollen ruhig wissen, was Nichtkriminalisten so denken", erklärte er mir.

Ob ich etwas dagegen hätte, wenn seine beiden Assistenten bei unserem Gespräch dabei wären, fragte er mich noch höflich und wiederum in der Erwartung, dass ich nicht widersprechen würde. Der Kommissar hatte erneut zum Telefon gegriffen, bevor ich etwas erwidern konnte.

Nur Augenblicke später traten zwei junge Männer in meinem Alter ein. Sie begrüßten uns ausgesprochen freundlich. Sie hätten schon viel von mir gehört, bemerkte einer von ihnen vielsagend.

„Ich hoffe, nur Gutes", entgegnete ich, während Böhnke die Kassette einlegte. „Und ich hoffe, dass nichts in der AZ darüber steht, dass ich heute mit der Kripo paktiert habe und mich auf Kosten des Steuerzahlers durchesse."

Wie ich erwarten musste, gab es keine Reaktion auf meine Bemerkung. Nur Böhnke konnte sich ein leichtes Schmunzeln nicht verkneifen.

Schweigend sahen wir uns den Film an.

„Na, nichts gefunden?", fragte ich anschließend lässig und biss kräftig in den schmackhaften Kirschstreusel.

Das allgemeine Kopfschütteln musste mir als Antwort genügen.

„Dann bitte nochmals zurück ab der Szene, in der Loogen zu erkennen ist. Ein paar Bilder weiter erkennen Sie vielleicht den Mann, der mir aufgefallen ist."

Langsam ließ Böhnke das Video bis zu der Stelle gleiten, an der Müller zu erkennen war.

„Das ist der Mann, den ich meine", erklärte ich.

„Der passt doch gar nicht in die rechte Szene", entfuhr es einem der Assistenten. „Der ist fehl am Platze."

„Würden Sie denn glauben, dass dieser Mann Sprecher einer renitenten studentischen Wohngemeinschaft war?", warf ich meine Trumpfkarte aus.

„So wirkt er auch nicht gerade", bekannte der Kriminalbeamte.

„So ist es aber. Müller heißt der Mann, Student im Examen mit Wohnsitz in Kornelimünster. Vielleicht ist es ratsam, ihn einmal zu befragen. Oder?" Ich sah Böhnke an.

„Ich kann mir zwar nicht vorstellen, dass er etwas mit den Rechten zu tun hat, aber wir müssen doch jedem noch so kleinen Hinweis nachgehen. Vielleicht hat er bei der Prügelei etwas entdeckt, das wir noch nicht wissen."

Der Kommissar nickte. „Wir werden uns morgen früh um den Mann kümmern." Er erhob sich und ging zu seinem Schreibtisch, auf dem das Telefon klingelte. Konzentriert hörte er zu, während er mich staunend betrachtete. Es schien mir, als wolle er das Gehörte nicht verstehen. „In Ordnung", sagte er abschließend und kehrte in unseren Kreis zurück. Nachdenklich rieb er sich das Kinn.

„Ich glaube, wir haben da ein weiteres Problem, Herr Grundler."

„Welches? Auf eines mehr kommt es auch nicht mehr an." Böhnke machte mich unsicher. „Ist was passiert?"

„So kann man es wohl sagen", antwortete er. „Ich glaube, Sie müssen Ihre Zusammenfassung gehörig verändern. Sie stimmt vorne und hinten nicht."

„Wieso?" Die Zweifel an meiner Kombinationsgabe störten mich.

„Meine Kollegen haben mir gerade mitgeteilt, dass Ihr Ausdruck dieselben Merkmale aufweist wie die diversen Drohbriefe und Bekennerschreiben."

Ich schüttelte mich.

„Mit anderen Worten: Aller Wahrscheinlichkeit nach wurden die Pamphlete auf dem Drucker in Ihrer Kanzlei hergestellt", fuhr Böhnke gelassen fort.

Der Rechtspfleger!, schoss es mir durch den Kopf. Das konnte nur Jerusalem gewesen sein. Wer sonst? Wo Jerusalem wohnte, konnte ich Böhnke beim besten Willen nicht aus dem Kopf sagen. Das wüsste vielleicht Sabine.

Aber mein Telefonat mit ihr endete ergebnislos.

„Ab in die Kanzlei!", kommandierte Böhnke. „Dort werden Sie wohl seine Anschrift haben."

In der Personalakte, die im Safe eingeschlossen war, fand ich endlich die Anschrift. Nicht weit von Sabine entfernt in Brand hatte der Kerl seine Wohnung.

Böhnke orderte per Funk Verstärkung, während wir über den Adalbertsteinweg stadtauswärts fuhren.

Ich war gespannt, wie Jerusalem reagieren würde, wenn wir vor ihm standen.

Aber es kam nicht dazu. Offensichtlich war der Vogel ausgeflogen, jedenfalls reagierte er weder auf die Klingelzeichen noch auf unser heftiges Klopfen gegen die Wohnungstür in dem schmucken Mietsblock an der Der.-Josef-Lamby-Straße mitten in Brand.

Böhnke gab sich entschlossen. „Aufmachen!", befahl er einem Schutzpolizisten.

Die Wohnung war leer und ordentlich aufgeräumt. Von Jerusalem gab es keine Spur. Es deutete nichts darauf hin, dass er die Räume fluchtartig verlassen hatte.

„Das sieht eher nach einer Urlaubsreise aus", meinte Böhnke, der im Bad vergeblich nach Rasierzeug gesucht hatte und nun vor dem geöffneten Kleiderschrank stand.

Ich beobachtete interessiert den Kommissar, wie er im Wohnzimmer eine Bücherwand und später ein Schreibpult durchsuchte. Er hatte die Bücher durchblättert und die Schubladen inspiziert. „Hier gibt es nichts, dass auf eine Sympathie von Jerusalem für die rechte Szene deuten lässt", sagte er bewertend. Aber diese Äußerlichkeiten hätten nicht allzu viel zu sagen. „Unter dem Auftreten des Biedermannes lässt es sich bekanntermaßen noch am sichersten mauscheln. Oder würden Sie in Jerusalem etwa einen Neonazi sehen, Herr Grundler?"

Nach den objektiven Kriterien zu beurteilen, fiele mir schwer, gab ich zu. „Aber Jerusalem muss Dreck am Stecken haben." Ich erinnerte mich an eine Notiz mit einer Bemerkung von Schulz.

„Ich glaube nicht, dass er plötzlich und unerwartet Urlaub genommen hat. Er hat ihn just in dem Moment bei Schulz angemeldet, nachdem er das für mich bestimmte Video in der Kanzlei entgegengenommen hat. Vielleicht befürchtete er, das Video könne mir Anhaltspunkte für etwas liefern, dass auf ihn hindeuten könnte. Und wenn es nur der Umstand ist, dass er befürchtete, Müller sei vielleicht zu erkennen."

Warum ich zu dieser Überlegung kam, konnte ich logisch nicht nachvollziehen. „Aber ich glaube, dass Jerusalem mit Müller unter einer Decke steckt", behauptete ich.

Das werde er auch noch herausbekommen, wenn es tatsächlich der Fall sein sollte, brummte Böhnke. „Aber nicht mehr heute, ich lege mich schlafen."

Meine Warnung hatte erfreulicherweise gefruchtet. Am Montag stand nichts über mein vertrauliches Gespräch mit Böhnke und der Untersuchung von Jerusalems Wohnung in den Zeitungen. Der Verwandte meines AZ-Freundes hatte tunlichst geschwiegen oder den Journalisten davon überzeugen können, nichts zu schreiben.

Aber auch ohne meine Erlebnisse und die Knalleffekte vom Samstag hatte der Reporter ausreichend Material für seine Ausgabe. Er hatte ein weiteres Schreiben veröffentlicht, das am Samstag um die Mittagszeit in der Geschäftsstelle der Zeitung an der Theaterstraße abgegeben worden war.

In dem Papier wurde noch einmal auf ein Attentat bei der Karlspreisverleihung hingewiesen und unverhohlen verlangt, die Verleihung habe zu unterbleiben. Das Karlspreis-Komitee müsse die Verantwortung übernehmen, wenn dem britischen Preisträger etwas zustoßen würde.

„Stoppt den Karlspreis!" hieß die Parole, die den Journalisten veranlasst hatte, am Sonntag mit dem

Polizeipräsidenten über die Sicherheitsvorkehrungen beim Karlspreisfest zu sprechen.

Wie nicht anders zu erwarten war, hatte der Chef der Aachener Polizei die massive Forderung als blanken Unsinn zurückgewiesen. Die Verleihung würde wie geplant vonstattengehen, für Ruhe und Ordnung werde die Polizei in gewohnter Manier sorgen, zumal auch die friedfertigen Bürger das Fest harmonisch mitgestalten und der Polizei keine Arbeit machen würden.

Selbstverständlich sei auch für die Sicherheit der Politprominenz gesorgt. „Unsere Sonderkommission arbeitet bestens", behauptete der Polizeipräsident. Außerdem sorge der Bundesgrenzschutz für das sichere Geleit der Staatsmänner aus aller Welt. „Wir sind gut gerüstet für das große Fest", gab sich der Mann zuversichtlich. „Uns kann niemand überraschen und uns wird niemand überraschen." Man dürfe die Attentatsdrohung nicht überbewerten. „Da will sich jemand nur wichtigmachen."

„Der hat der Zeitung ein Märchen erzählt", sagte mir Böhnke am Nachmittag, als ich ihn auf den AZ-Bericht ansprach.

Der Kommissar hatte mich in der Kanzlei abgeholt und wollte mit mir zum Maastricht-Aachen-Airport fahren, um sich dort mit niederländischen Kollegen zu treffen. „Sie werden schon sehen, warum, Herr

Grundler", hatte er auf meine entsprechende Frage geantwortet.

„Bei uns glühen die Drähte, der BGS ist in höchster Alarmbereitschaft, wir kontrollieren jeden Zentimeter Straße, über den einer der Karlspreis-Gäste unterwegs sein könnte", berichtete er mir während der Fahrt. „Sämtliche Wohnungen auf der Strecke vom Quellenhof bis zum Dom werden untersucht, jeden Tag gehen Streifenbeamte mehrmals den Weg ab. Das Hotel ist hermetisch abgeriegelt, da kommt nicht einmal eine Maus ohne Passierschein hinein."

Böhnke langte in eine Ablage und reichte mir ein Plastikkärtchen. „Ich war so frei", bemerkte er, als ich den Sonderausweis für mich musterte. „Fälschungssicher und, wie Sie sehen, mit Ihrem Passfoto. Ihre Sekretärin war so liebenswürdig."

„Warum?", fragte ich überrascht und wedelte mit dem Plastik.

„Weil Sie in meiner Nähe am sichersten sind, Herr Grundler", antwortete der Kommissar. „Haben Sie schon vergessen, dass jemand Sie ins Jenseits befördern wollte. Vielleicht versucht er es an Christi Himmelfahrt wieder."

Irritiert schaute ich ihn an. Meinte er das ernst oder machte er einen Spaß auf meine Kosten? Aber ich wurde aus Böhnkes Gesichtsausdruck nicht schlau.

Der Kommissar konzentrierte sich auf den Autobahnverkehr und fluchte über die Geschwindigkeitsbegrenzung auf 100 und 120 Stundenkilometer, an die sich anscheinend nur die deutschen Autofahrer hielten. Aus gutem Grund, wie ich aus eigenem kostspieligem Erleben wusste: Die deutschen Autofahrer waren gern gesehene Kunden der niederländischen Autobahnkontrolleure.

„Wie viele Männer haben Sie an Christi Himmelfahrt im Einsatz?", fragte ich Böhnke.

„Alle", antwortete er. „Ich kann Ihnen nicht einmal die genaue Zahl sagen, wie viele Kollegen aus Stadt und Land arbeiten müssen. Hinzu kommen noch die Kollegen aus diversen Sondereinsatzkommandos und der Polizeischule Linnich. Und nicht zu vergessen, die Stars vom BGS." Er lächelte vor sich hin. „Das sind auf jeden Fall wieder jede Menge Überstunden."

An Christi Himmelfahrt würden die Kollegen jeden Meter der Wegstrecke absichern. Auf dem Fußweg von Dom zum Rathaus über die Krämerstraße stecke quasi hinter jedem Fenster ein Polizist. „Da hat ein potenzieller Attentäter einfach keine Chance. Der zieht garantiert vorher den Schwanz ein."

„Wer behauptet denn, dass es ein Attentat bei der Verleihung geben wird? Es kann doch auch im Vorfeld geschehen", gab ich zu bedenken, „oder nachher."

Auch daran sei selbstverständlich gedacht worden. „An die Promis kommt vorher und nachher kein Normalsterblicher heran. Die haben Geleitschutz von der Ankunft in Deutschland bis zur Abreise." Kopfzer-brechen bereiteten nur die vielen Schaulustigen auf dem Markt. „In ihrer Eitelkeit wollen sich natürlich unser Kanzler und seine politischen Freunde aus aller Welt nicht das Bad in der Menge entgehen lassen. Dabei ist keine absolute Sicherheit mehr möglich. Wir können zwar vorher alle Menschen absuchen, die sich auf den Weg zum Markt machen, die Wahr-scheinlichkeit, dass wir dabei einen zu allem ent-schlossenen Attentäter erwischen, ist allerdings nicht gerade groß. Aber hier setzen wir auf die Men-schenmasse, die zwangsläufig die Bewegung eines einzelnen massiv einschränkt."

Ich schwieg und betrachtete aus dem Fenster die saf-tig grüne, leicht hügelige Landschaft. Nicht ohne Grund wurde dieses Fleckchen Erde gerne die nie-derländische Schweiz genannt. Hier ließ sich gut Rad fahren. Ich freute mich schon darauf, im Sommer Dieter mit dem Fahrrad über den Cauberg in Valken-burg zu scheuchen.

„Zwei andere Dinge möchte ich Ihnen noch sagen", fuhr Böhnke nach einer Denkpause fort. „Wie Sie sich denken können, hat uns die AZ selbstverständlich den anonymen Brief zukommen lassen." Er lächelte milde. „Manchmal sind verwandtschaftliche Verbin-dungen durchaus nützlich."

„Und? Was haben Sie herausgefunden?" Eigentlich hätte ich die Antwort selbst geben können.

„Wahrscheinlich hat Jerusalem dieses Pamphlet geschrieben. Auf jeden Fall hat er es aber in Ihrer Kanzlei ausdrucken lassen."

So dreist, wie der scheinheilige Kerl war, hatte er bestimmt daran gearbeitet, als ich nebenan in meinem Büro saß, ärgerte ich mich.

„Auf dem Weg nach Hause hat er es bei der AZ abgeliefert, klinisch rein, ohne Fingerabdrücke zu hinterlassen", schilderte Böhnke. „Aber die kleinen technischen Fehler beim Druckvorgang, die haben ihn überführt."

„Das nützt uns allerdings nichts", warf ich ein, „der Sausack ist doch über alle Berge."

„Oder auch nicht", entgegnete der Kommissar. „Das ist übrigens ein Grund, weswegen wir nach Maastricht fahren."

„Und der zweite Grund?"

„Der zweite Grund ist fast identisch mit dem zweiten Thema, über das ich Ihnen berichten wollte." Böhnke musste bremsen, weil sich beim Zusammenschluss der Autobahnen vor Maastricht wie immer ein Stau gebildet hatte. Der Flugplatz lag jetzt gewissermaßen schon in Sichtnähe, aber es würde wohl noch einige Zeit dauern, ehe wir ihn tatsächlich erreichen würden.

„Der zweite Grund ist nämlich Müller. Er hat Sie übrigens dreist an der Nase herumgeführt, Herr Grundler. Müller hat nicht, wie er behauptet hat, am Samstag sein Examen abgelegt, sondern schon vor einigen

Wochen. Das haben wir aus dem RWTH-Computer. Der Mann muss auf seinem Gebiet ein As sein, hat in Oxford und Aachen Biologie und Chemie studiert und in beiden Fächern mit ‚sehr gut' abgeschnitten. Seine Professoren haben ihm eine ausgezeichnete wissenschaftliche Karriere prophezeit."

„Im Knast", knurrte ich beleidigt. „Chemie, Oxford, das passt doch. Der steckt bestimmt hinter den Anschlägen."

„Das behaupten Sie, Herr Grundler, aber es gibt keine eindeutigen Beweise."

„Haben Sie ihn denn wenigstens besucht?", fragte ich, ohne eine positive Antwort erwarten zu können. Böhnke sah mich entschuldigend an. „Wo denn? In der Uni ist er unter der Anschrift seiner Eltern in Wassenberg gemeldet. Dort hat er sich seit Monaten jedoch nicht mehr blicken lassen."

„Aber er hat doch eine Bleibe in Kornelimünster", bemerkte ich und ahnte, dass ich damit garantiert aufs falsche Pferd gesetzt hatte.

„Entweder haben Sie nicht richtig zugehört oder er hat Ihnen einen Bären aufgebunden", erwiderte der Kommissar prompt. „Bei der Stadtverwaltung ist er nicht registriert. Für die Polizei und die Universität ist sein Wohnsitz Wassenberg."

„Das heißt für uns also, Müller ist untergetaucht, ebenso wie Jerusalem?"

Böhnke nickte. „Wenn wir davon ausgehen, dass Jerusalem tatsächlich nicht in Urlaub gefahren ist und

224

seine Mutter besucht." Aber das würde derzeit überprüft.

Endlich waren wir am Airport angelangt. Böhnke
steuerte den Dienstwagen auf den Parkplatz vor der
Polizeistation direkt unter dem Tower und wurde
freudestrahlend von einem Uniformierten in Empfang genommen. Böhnke stellte ihn mir als Kommissar Bloemen vor. Die beiden Männer schienen sich
prächtig zu verstehen, nur ich bekam nicht einmal
die Hälfte mit, als sie weder in Deutsch noch in Nie-
derländisch, sondern in einer Mischung aus Öcher
und limburgischen Platt miteinander sangen.
„Können Sie auch Englisch?", fragte ich schließlich
mit aller Bescheidenheit, als es mir zu blöd wurde.
Was konnte ich dafür, dass ich zu dem Teil der
Menschheit gehöre, der nicht in Aachen oder im gerade noch tolerierten Umfeld der einzigartigen Kaiserstadt geboren ist oder der nicht den Öcher Dialekt
beherrschte?
Mitleidsvoll lächelnd schalteten die beiden Gesetzes-
hüter auf Deutsch um. Er sei erfreut, mich endlich
persönlich kennenzulernen, meinte Bloemen höflich,
sein Freund Böhnke habe ihm schon viel über mich
erzählt.
„Natürlich nur das Beste", warf Böhnke schnell ein,
als ich ihn argwöhnisch ansah.
Bloemen führte uns in sein Büro, wo er schon Kaffee
und Riemchentorte aufgetragen hatte. An einem

Tisch saß vor einem Computer ein junger Polizist mit einem unaussprechlichen Namen, den ich sofort nach der Vorstellung wieder vergaß.

„Sie wollen also wissen, ob ein Müller aus Wassenberg am nächsten Donnerstag von Maastricht abfliegen wird?"

„Genauso ist es", bestätigte ich; es sei denn, der Mann ist längst schon über alle Berge abgehauen, fügte ich für mich hinzu. Interessiert beobachtete ich den Computerspezialisten, der flink mit den Fingern über die Tasten glitt. Gebannt blickte er auf den Bildschirm.

„In der Tat, so ist es", sagte er endlich zufrieden. „Am Donnerstag um 16 Uhr ab Maastricht mit einem Zubringerflug nach Amsterdam und von dort sofort weiter nach New York. Das Ticket hat er schon vor fast drei Monaten in einem Reisebüro in Roermond gebucht und bar bezahlt. Der Flugschein ist an die angegebene Adresse in Wassenberg geschickt worden."

„Sie gehen also davon aus, dass Müller am Donnerstag hier abfliegt?" Ich blieb skeptisch.

„Das weiß ich nicht. Ich weiß nur, dass ein Passagier mit dem Namen Müller ein Ticket für diese Flugverbindung besitzt. Ob er tatsächlich eincheckt, kann nur er Ihnen sagen."

Böhnke schob mich sanft beiseite. „Haben Sie auch Informationen über einen Fluggast namens Matthias Jerusalem aus Aachen?"

Erneut tanzten die Finger des jungen Mannes über die Tastatur. Gebannt warteten wir auf das Ergebnis seiner Suche.

„Da ist er ja", frohlockte der Computerspezialist schließlich, „am Donnerstag um 16 Uhr nach Amsterdam und weiter nach Kopenhagen. Gebucht und bezahlt in einem Reisebüro in Vaals. Das Ticket wurde an eine Adresse in Aachen verschickt."

„Dann sitzen Müller und Jerusalem in derselben Maschine?"

„So wird es sein", bestätigte der Polizist, „die fliegen zusammenn nach Amsterdam."

„Sind denn noch andere Deutsche mit an Bord?", fragte ich, und wieder spielte der Mann an seinem Computer.

„Die Maschine ist ausgebucht und mehr als die Hälfte der Passagiere scheint deutsch zu sein."

Meine Bitte, mir eine Liste der Namen, möglichst mit Adressenangabe, auszudrucken, lehnte er allerdings ebenso wie Bloemen ab. Da stehe der Datenschutz vor. Oder würde ich etwa glauben, es seien nur kriminelle Elemente an Bord?

Beschwichtigend hob ich die Hände.

Was er hier täte, sei ohnehin am Rande der Legalität, betonte der junge Polizist. Er habe uns nie etwas gesagt, auch habe er nie im Computersystem des Airports herumgeturnt. Er wisse gar nicht, was wir von ihm gewollt hätten.

Böhnke und ich hatten verstanden. Der Kommissar überreichte seinem Kollegen einen Briefumschlag. Darin finde er die Porträts von Müller und Jerusalem. „Ich wäre dir sehr verbunden, wenn ihr am Donnerstag darauf achten würdet, ob die beiden in die Maschine steigen."

Wie war Böhnke an das Bild von Müller gekommen?, fragte ich mich. Jerusalems Foto hatte ich aus dem Bewerbungsschreiben genommen.

„Das Bild habe ich von der RWTH, das lag bei den Antragsformularen zur Prüfung", antwortete der Kommissar bereitwillig, als ich ihn auf der Rückfahrt danach fragte. „Mehr können wir im Moment nicht tun", meinte er. „Wir haben unsere Aufgaben gemacht und hoffen, dass sie umsonst waren. Gar kein Attentat ist immer noch besser als ein verhindertes oder aufgeklärtes."

„Was ist mit Müller und Jerusalem? Wollen wir sie nicht suchen?"

„Warum?", fragte Böhnke zurück. „Wir haben allenfalls gegen Jerusalem einen Tatverdacht der Nötigung und gegen Müller eine Vermutung. Damit wird es mir im Vorfeld des großen Aachener Fest verdammt schwer fallen, eine gezielte Fahndung zu initiieren." Er lachte grimmig. „Ich lasse trotzdem, wenn auch nur auf Sparflamme, nach den beiden fahnden, wenngleich ich nicht an einen Erfolg glaube. Die sind abgetaucht und halten wahrscheinlich still bis Christ Himmelfahrt."

Eifel-Brand

Ob ich einen neuen Arbeitgeber gefunden habe, wollte Dieter von mir wissen, als ich mich am Morgen telefonisch abmeldete. Wahrscheinlich hätte er mich gerne bei der Arbeit in der Kanzlei gesehen. Nachdem ihm sein Bürovorsteher abhandengekommen war, ging ihm nun auch dessen Vorgänger und Vertreter verlustig.

Ich empfand es hingegen als ratsam, in den nächsten Tagen in Böhnkes Nähe zu bleiben. Nicht nur wegen meiner eigenen Sicherheit, viel mehr, um schneller handeln zu können, wenn wir Müller oder Jerusalem schnappen würden, behauptete ich.

Aber weder Sabine noch mein Freund wollten mir diese Begründung ernsthaft abnehmen.

„Sehe ich dich wenigstens abends?", fragte mich Sabine, als sie mich samt Gehhilfen zum Polizeipräsidium fuhr.

„Ich denke schon. Ich kann mir nicht vorstellen, dass Böhnke mich bei seiner Freundin übernachten lässt", antwortete ich und genoss den Stoß in die Rippen, den mir Sabine versetzte.

„Pass' bloß auf dich auf", bat sie mich besorgt, als sich mich in der Soers absetzte.

Böhnke wartete mit dem zweiten Frühstück auf mich. Auch seine beiden Assistenten saßen im Besucherbereich seines Büros und rührten in den Kaffeetassen.

„Wir werden heute Fahndungsaufrufe an die Medien verteilen und Flugblätter mit den Konterfeis von Müller und Jerusalem unters Volk streuen", schilderte mir Böhnke sein weiteres Vorgehen. „Wenn die beiden nichts auf dem Kerbholz haben, werden sie sich hoffentlich bei uns melden; wenn sie sich verstecken, spricht das für die Vermutung, dass sie in kriminelle Machenschaften verwickelt sind."

Der Kommissar sah seine Assistenten an. „Sie wissen, was Sie zu tun haben?"

Das Duo nickte bestätigend.

Ich sah Böhnke fragend an, der mich unverzüglich aufklärte. „Die beiden Kollegen fahren gleich nach Bardenberg und vernehmen die Nachbarschaft der Loogens. Man kann nie wissen, aber vielleicht hat jemand den Jungen bei seinem Gespräch mit den Unbekannten beobachtet."

Wenig später verschwanden die beiden Beamten, und Böhnke griff zum Telefon. „Der Polizeipräsident will uns sprechen." Er schmunzelte. „Mein Chef hält große Stücke von Ihnen, Herr Grundler."

Auch wenn ich in meiner Bescheidenheit das Kompliment verlegen abwehrte, so fühlte ich mich doch geschmeichelt. Der Polizistenchef hatte mich nicht vergessen, wofür ich mich selbst auf die Schulter klopfte.

Der graumelierte Senior begrüßte mich ausgesprochen herzlich in seinem gemütlichen Büro, das gar

nicht zu der nüchternen Betonfassade der Polizei-
zentrale passte. Seine Frage nach meinem gesund-
heitlichen Wohlbefinden beantwortete ich mit einem wahrheitsgemäßen „Bescheiden" mit dem Hinweis auf die Krücken, die ich neben mir an den Sessel
lehnte.

„Denn geht es Ihnen ja besser als uns", erwiderte er
bekümmert, „uns geht es, gelinde gesagt, beschissen. Wir werden von allen Seiten mit Fragen über
Fragen zugeschüttet. Politiker lassen anfragen, ob
ihre Sicherheit in Aachen auch wirklich gewährleistet
ist, die Medien wollen wissen, wie ernst die Attentatsdrohung zu nehmen ist und jetzt ist schon die
Diskussion entfacht, ob es nicht besser sei, die Verleihung abzusagen und auf einen späteren Zeitpunkt
zu verlegen." Der Polizeipräsident griff in eine
Mappe und zog eine Zeitung sowie mehrere Briefe
heraus.

„Hier, lesen Sie!", forderte er mich auf.
Neugierig schlug ich die Zeitung auf. Es handelte sich
um ein Produkt einer rechtsradikalen Presse, in der
auf die Attentatsdrohung hingewiesen wurde.
Der Staat müsse Stärke zeigen und dürfe sich nicht
von einigen terroristischen Chaoten erpressen lassen, wurde wortgewaltig gefordert. Die Argumenta-
tion, die folgte, erinnerte mich an Böhnkes Analyse.
Eine Absage der Verleihungszeremonie sei eine Kapi-
tulation des Staates vor staatsfeindlichen Kräften.

Zugleich gab es zwischen den Zeilen Kritik am diesjährigen Karlspreisträger, der als verkappter Kommunist bezeichnet wurde und den es mit allen legitimen politischen Mitteln zu bekämpfen gelte. Insofern, so der Schluss, habe es sich der Staat durch die Nominierung des linken Politikers selbst zuzuschreiben, dass es keine friedliche Karlspreisfeier geben könne.

Über diesen Unsinn konnte ich nur den Kopf schütteln. Was hatte der Staat mit der politischen Auszeichnung zu tun, die vom Karlspreiskomitee in Aachen verliehen wurde? Da wurden Fakten so lange verfälscht, und zusammengefügt, bis sie in das rechte Bild passten.

„Wer liest schon so einen Blödsinn?", schimpfte ich.

„Vertun Sie sich nicht", hielt Böhnke dagegen, „dieses stupide Blatt hat eine höhere Auflage als manche Tageszeitung in Deutschland."

Die Briefe enthielten Reaktionen auf den Bericht in den Aachener Tageszeitungen.

„Sie sind uns zugeschickt worden. Sie spiegeln das Meinungsbild wider, das sich auch in den Leserbriefen in den Zeitungen findet", klärte mich der Polizeipräsident auf.

Die Tendenz in den Schreiben war eindeutig. Die große Mehrheit der Bürger wollte nicht an eine tatsächliche Gefahr glauben und vertraute auf die Polizei, die für die Sicherheit bei dem großen Aachener Fest sorgen würde.

„Also ziehen Sie die Sache durch?" Fragend sah ich den Polizeipräsidenten an.

„Selbstverständlich. Wir können gar nicht anders. Die Politiker degradieren mich auf der Stelle zum Polizeimeister, wenn ich erklären würde, die Aachener Polizei sehe sich nicht zu einem reibungslosen Verlauf der Veranstaltung im Stande." Er nickte Böhnke zu, der sich zu Wort gemeldet hatte.

„Bei uns läuft die Organisation auf Hochtouren. Ununterbrochen kontrollieren wir alle Gefahrenpunkte. Wir haben die Lage im Griff."

„Die Lage schon", wollte ich Böhnke gerne zubilligen. „Aber auch die Menschen?"

„Das ist das eigentliche Problem", bestätigte er seufzend. „Niemand von uns weiß, was in den Köpfen der anderen vorgeht. Die uns bekannten, wenigen rechten Chaoten lassen wir selbstverständlich dauernd beobachten. Aber die benehmen sich so normal, als wüssten sie überhaupt nicht, was sich hier abspielt."

„Wobei wir noch nicht einmal 100-prozentig wissen, ob Neonazis tatsächlich hinter der vermeintlichen Drohung stecken", gab ich zu bedenken. „Vielleicht sind es ja verkappte Linke."

„Könnte durchaus sein. Aber auch unsere Berufslinken leben in ihrer friedlichen Welt ohne Anzeichen von Aktionen", sagte der Kommissar.

„Wer bleibt denn sonst noch, wenn Rechte und Linke ausscheiden?", fragte ich vorsichtig.

„Wenn wir Glück haben, Trittbrettfahrer, die nur einmal auf den Putz hauen wollen", antwortete der Polizeipräsident.

Ich runzelte die Stirn. „Trittbrettfahrer, die Morde begehen, sind aber schon mehr als harmlose Sprücheklopfer."

„Eben", bestätigte Böhnke, „deshalb gehen wir in einem weiteren Szenario von Schläfern aus, von ausgesuchten und ausgebildeten Tätern, die jahrelang unter dem Deckmantel des Kleinbürgertums unter uns wohnen und die für dieses Attentat aktiviert wurden."

„Wer und von wem?", fragte ich schnell dazwischen.

„Das sind die beiden Fragen, auf die wir Antworten suchen, Herr Grundler." Der Polizeipräsident sah mich besorgt an. „Würden Sie etwa Ihren Bürovorsteher Jerusalem oder den Diplomchemiker Müller als Neonazis einschätzen?"

„Nein", gab ich zu, „sind sie es denn?"

„Wir wissen es nicht. Und das ist unser erstes Problem. Jedermann könnte ein verkappter Neonazi sein. Wir konzentrieren uns auf Jerusalem und Müller und müssen vielleicht feststellen, dass sie absolut unschuldig sind. Vielleicht sind sie ja bloß zum Segeln ans Ijsselmeer gefahren. Können wir das ausschließen?"

Ich atmete tief durch. „Wir können also aktiv nichts tun. Im Prinzip können wir nur reagieren, oder?"

„In gewisser Weise trifft Ihre Folgerung zu, Herr Grundler", bestätigte der Polizeipräsident. „Unser Handlungsrahmen wird von den anderen vorgegeben. Wir können nur von dem Extremfall ausgehen und uns darauf einstellen."

Mir wurde schwindelig. Da war ein Nazi gestorben, musste ein Junge sein Leben aushauchen, wollte man mir an den Kragen, und dennoch gab es keine Sicherheit, wer dahinter steckte. „Die Ärsche müssen sich doch endlich einmal zu erkennen geben", fluchte ich. Ich würde mein Möglichstes tun, um sie dingfest zu machen. Ich war es Franz Loogen einfach schuldig und ich hatte verständlicherweise auch mein eigenes lebenserhaltendes Interesse daran.

„So lange die vermeintlichen Attentäter keinen Fehler machen, so lange haben wir keine Chance", bemerkte Böhnke mit einem Anflug von Resignation. „Und wenn sie ihren Auftrag erfüllt haben, schlafen sie wieder ein. Dann sind sie wieder Bauarbeiter oder Briefträger, Versicherungsagent oder eventuell sogar Polizist."

„Oder sie seilen sich ins Ausland ab."

„Oder so", bestätigte mir der Polizeipräsident.

Das Telefon unterband unsere Diskussion. Der Polizeipräsident lauschte konzentriert in den Hörer und antwortete mit einem knappen „Okay", ehe er wieder auflegte.

„Ihre Assistenten sind zurück, Herr Böhnke", klärte er uns auf. „Ich habe sie zu uns gebeten."

„Das ging aber schnell." Überrascht schaute ich auf die Uhr. „Die sind doch gerade erst einmal zwei Stunden unterwegs gewesen."

„Die Zeit hat offensichtlich ausgereicht. Sie sind fündig geworden."

Böhnke und ich schauten zunächst erstaunt den Polizeipräsidenten an und dann zur Tür, an der es geklopft hatte.

Böhnkes Assistenten traten ein, sie sahen erleichtert aus und kamen ohne Umschweife auf den Punkt.

„Wir können mit großer Wahrscheinlichkeit davon ausgehen, dass Müller und Jerusalem mit Loogen gesprochen haben", berichteten sie sachlich. „Wir haben uns mit den Nachbarn im Haus und den Anliegern auf der Straße unterhalten. Zwei von ihnen haben unabhängig voneinander die beiden Gesuchten gut beschrieben und anhand von Fotografien wiedererkannt. Ein Nachbar hat hingegen nur Müller identifiziert, ein weiterer kann sich nur an Jerusalem erinnern. Die Aussagen zum Zeitpunkt und zum Gesprächsort sind annähernd identisch, sodass wir äußerst geringe Zweifel daran haben, dass Müller und Jerusalem tatsächlich in Bardenberg waren."

Unser betretenes Schweigen beendete der Polizeipräsident. „Die Information bringt uns ein Stück weiter, meine Herren, nicht wahr?" Er sah mich an.

Ich nickte nachdenklich. Müller bei der Prügelei an der Grenze, Müller bei den studentischen Hausbesetzern, Müller mit Jerusalem bei Loogen, Müller vor dem Absprung über den großen Teich. Mir wurden die Verknüpfungen noch nicht erkennbar, aber offensichtlich schien er unser Mann zu sein. Ich nahm mir vor, am Abend noch einmal meine erweiterte Zettelsammlung zu durchforsten.

„Lassen wir die Fahndung laufen?" Böhnke erwartete keine Antwort auf seine Frage. Für ihn war klar, dass ein öffentlicher Aufruf unbedingt erforderlich war. „Und wenn er nur dazu führt, dass Müller oder andere kalte Füße bekommen und uns an Christi Himmelfahrt in Ruhe lassen."

„Große Chancen rechne ich mir nicht aus", bemerkte der Polizeipräsident abwägend, „doch wir sollten es ruhig versuchen. Aber vergessen Sie bei der Suche eines auf keinen Fall: Die Karlspreisverleihung und die Sicherheit der Politiker haben absoluten Vorrang."

„Ihr Chef macht ja einen ausgesprochen gelassenen Eindruck, als habe er alles unter Kontrolle", meinte ich zu Böhnke, als wir in der Kantine zu Mittag aßen. „Der kocht innerlich auf größter Flamme", entgegnete der Kommissar. „Normalerweise ruft er jede

Stunde bei mir an und will wissen, welche Schutzvor-
kehrungen bereits getroffen sind und was noch getan werden muss. Das nervt manchmal ungemein."

„Er macht Ihnen richtig Druck?"

„Er gibt nur den Druck weiter, den er von oben bekommt. Es ist ja nicht so, dass wir hier in Aachen al-
leinverantwortlich herumwerkeln. Da meinen unser
Dienstherr und sein Hofhund, der Innenminister und
der Regierungspräsident, uns kluge Ratschläge geben zu müssen, da hat das BGS alle Naselang neue
Extrawünsche und nerven schließlich noch das Bun-
despräsidialamt und das Bundeskanzleramt mit ihrer
ständigen Besorgnis hinsichtlich der Sicherheit ihrer
Staatsmänner." Böhnke stocherte lustlos in seinem
Erbseneintopf.

„Das Schlimmste daran ist nur, dass die Anordnun-
gen und Anfragen oft widersprechend sind. Da verlangt Düsseldorf etwa etwas, das Bonn entschieden
ablehnt. Was wir auch machen, ist zum einen falsch
und zum anderen richtig. Aber die Verantwortung
schiebt jeder uns zu, wenn es schief gehen sollte."
Der Kommissar sah mich entschlossen an.

„Aber es wird nicht schief gehen, Herr Grundler. Dafür werden Sie und ich sorgen."

Ich fühlte mich geschmeichelt wegen des Vertrau-
ens, das mir Böhnke entgegenbrachte. Doch er rela-
tivierte seine Aussage schnell: „Glauben Sie bloß
nicht, ich schleppe Sie wegen Ihrer schönen blauen

Augen mit. Bei mir sind Sie sicher, Herr Grundler, jedenfalls sicherer als draußen auf der Straße." Er verzog sein Gesicht zu einem gequälten Grinsen. „Oder soll ich Sie als Opferlamm präsentieren? Ich glaube immer noch, dass es Müller und inzwischen auch Jerusalem auf Sie abgesehen haben. Sie wissen zu viel über die beiden, mein junger Freund."

Mein Magen rumorte. Ich machte mir Sorgen wegen der Kanzlei und vor allem wegen Sabine.

„Bleiben Sie ruhig", sagte Böhnke zuversichtlich. „Ich lasse Ihre Freunde ständig beobachten. Es passiert garantiert nichts, wie auch Ihnen garantiert nichts passiert."

„Kann ich wenigstens heute Abend nach Hause?"

„Können Sie. Ich lasse mit Ihrer Erlaubnis heute Ihre Wohnung durchsuchen und anschließend bewachen. Da dürften Sie ungestört schlafen können."

Mit Sabine, nahm ich mir vor. Bereitwillig stellte mir Böhnke sein Telefon zur Verfügung und ich meldete mich in der Kanzlei bei meiner Liebsten.

Gerne nahm sie die Verabredung für die Nacht an. „Lieber mit dir als mit Uli", sagte sie lachend. Auf die Tagesthemen würde sie wegen des bei mir fehlenden Fernsehers verzichten. Aber dafür hatte sie ja mich.

Böhnke reichte mir eine flache Mappe. „Darin finden Sie eine Teilnehmerliste der Karlspreisverleihung, das Programm der nächsten drei Tage bis zur Abreise der Gäste und unseren Einsatzplan einschließlich der Strecke vom Quellenhof zum Dom." Ich könne mir die Akten ruhig durchlesen, meinte er. „Bestimmt haben wir in unserer Betriebsblindheit etwas übersehen, das Ihnen sofort auffällt", motivierte er mich. Die Auflistung der Teilnehmer war schon beachtlich. Bundespräsident, Bundeskanzler, der Außenminister, etliche Ministerpräsidenten, Staatenlenker aus vielen Ländern Europas, Botschafter aus aller Welt hatten ihr Erscheinen zugesagt.

„Was hat das Kreuz hinter manchem Namen zu besagen?", fragte ich.

„Die Personen übernachten im Quellenhof."

„Das bedeutet also", ich blickte wieder auf die Liste, „dass beispielsweise unser aller Kanzler lieber in dem Bundesdorf Bonn nächtigt als in der weltberühmten Kaiserstadt Aachen."

„Nicht nur er", bestätigte Böhnke. „Alle Botschafter kommen erst am Morgen und hauen nach der Verleihung wieder ab."

„Nur unser Außenminister genießt die gute Aachener Nachtluft", stellte ich mit einem weiteren Blick auf die Liste fest.

Böhnke lächelte. „Einer aus der Regierungsmannschaft muss ja schon beim Empfang unseres Oberbürgermeisters morgen Abend im Eurogress dabei sein. Für die internationale Politik ist halt dieser Mann zuständig."

240

„Der Premier wird auch in Kaiser Karls Stadt knacken?"

„So soll es jedenfalls sein. Er wird heute ab Heathrow
nach Köln fliegen und morgen von Bonn nach Aachen
kommen."

„Wie?"

„Entweder mit dem Helikopter oder dem Wagen.
Das ist eine Entscheidung des letzten Augenblicks."

„Die Helis landen dann in der Soers? Von dort gibt es
den Shuttle zum Quellenhof?"

„So ist es."

„Und was macht unser ...", ich überflog erneut die
Liste, „unser spanischer König?"

„Der bekommt eine große Extrawurst gebraten.
Seine königliche Hoheit landet auf der Awacs-Basis in
Geilenkirchen-Teveren und fliegt von dort mit dem
Hubschrauber nach Aachen."

„Warum denn nicht Köln-Wahn?"

„Die fühlen sich überfordert, wenn zu viele Promis
dort landen. Also dürfen ausnahmsweise Auser-
wählte den Anflug auf Teveren genießen."

„Das bedeutet aber, dass gleich zwei Flugplätze
überwacht werden müssen."

„Na, und?", antwortete Böhnke lakonisch, „das ist
denen da oben ganz egal. Wir hätten uns darum zu
kümmern, nicht sie, heißt es lapidar, und damit ist
die Angelegenheit für sie an uns delegiert." Er zuckte
resignierend mit den Schultern und machte sich Mut.
„Aber auf dem platten Land passiert ohnehin nichts.

In Teveren sind immer schon Politiker gelandet. Da kommen allenfalls ein überaus neugieriger Journalist, der immer alles im Voraus weiß, mit der Kamera und die Anwohner, die mit Fähnchen winken."

Ich glaubte Böhnke nicht und sah ihn argwöhnisch an. Schließlich kannte ich das gigantische Flugplatzgelände und die unüberschaubare Teverener Heide zur Genüge aus meinen Kindheitstagen.

Böhnke gab zu, dass er stets mit Bauchgrimmen die Landungen in Teveren verfolgt habe. „Das Areal ist einfach zu groß und mit der menschenleeren Umgebung nicht 100-prozentig zu kontrollieren. Aber in diesem Jahr ist Gott sei Dank der spanische König der einzige Gast, der in Teveren ankommt."

Ich wandte mich dem Programm zu, derweil Böhnke zur Tür ging, an der es geklopft hatte. Ein Polizist überreichte ihm einen Packen Papier mit der Bitte, Böhnke möge sie durchlesen.

Minutiös war im Programmablauf notiert, welches Ereignis an welchem Ort zu welchem Zeitpunkt beginnen oder enden sollte. Es fehlte nur noch die Vorgabe, wer wann wo mit welchem Fuß welchen Schritt machen durfte. Die Route, die die Eskorte mit den Gästen zum Dom nehmen sollte, führte vom Hotel über die Monheimsallee, den Hansemannplatz und von dort nach links in die Peterstraße. Von der Ursulinenstraße ging es ungeachtet der offiziellen Verkehrsführung auf den Münsterplatz. Unmittelbar vor dem Dom durften die Politiker aussteigen.

„Diese Strecke hat sich in den letzten Jahren bewährt. Sie ist für uns überschaubar und sie kann weiträumig freigehalten werden", erklärte mir Böhnke, als ich ihm die Mappe zurückgab. „Da sehe ich überhaupt kein Problem. Das gibt es wahrscheinlich eher hier." Er streckte mir die Papiere entgegen, die ihm der Polizist gebracht hatte. „Da steht die nächste Änderung an."

Die Papiere enthielten Mitteilungen der Polizei und des BGS sowie Meldungen von Presseagenturen. Auf dem Flugplatz in London-Heathrow hatte es eine halbe Stunde vor dem Abflug des Premierministers nach Deutschland eine Bombendrohung gegeben und wenige Minuten vor dem Startzeitpunkt eine Explosion in einer leeren Maschine. Daraufhin war der Flugplatz sofort gesperrt worden, der Premier hatte seinen Abflug nach Köln-Wahn verschoben.

Die Ermittler vermuteten eine Attacke der IRA. Die Sprengstoffexperten gingen davon aus, dass der Sprengstoff mit dem Material übereinstimmte, das bei den diversen Anschlägen in Deutschland verwandt worden war.

„Sie meinen damit auch die Briefbombe, die für Sie bestimmt war", schaltete sich Böhnke ein. „Wir haben unsere Untersuchungsergebnisse natürlich international mitgeteilt."

Ich befürchtete, endgültig den Überblick zu verlieren. „Steckt etwa doch die IRA hinter allem?", fragte ich Böhnke verunsichert.

„Spielt es denn überhaupt eine Rolle, welche Gruppe hinter dem Schwachsinn steckt?", antwortete er mit einer Gegenfrage und fuhr fort: „Wir müssen ein eventuelles Attentat in Aachen verhindern, das ist unsere vorrangige Aufgabe. Dann suchen wir noch Müller und Jerusalem. Der Rest wird sich von selbst ergeben. Mit dem Geschehen auf der Insel befassen wir uns jetzt nur insofern, als dass dadurch die logistische Planung für unseren neuen Preisträger über den Haufen geworfen worden ist."

„Kommt er überhaupt noch?"

„Der kommt", sagte Böhnke grimmig. „Hier gibt es kein Zurück mehr."

„Und wie kommt er?"

„Von mir aus mit dem U-Boot bis zur Pau oder mit dem Fallschirm bis zum Katschhof. Der muss sich auf jeden Fall seinen Orden abholen." Böhnke schnaubte. „Wir können uns doch nicht von ein paar hirnlosen Idioten erpressen lassen."

Der Kommissar bot sich freundlicherweise an, mich nach Hause zu fahren. „Ich muss ohnehin in die Gegend", behauptete er, „meine Freundin wartet mit dem Essen auf mich."

Einen Vorteil habe die Einsatzleitung schon, sagte er trocken, als wir auf den Dienstwagen zuliefen, „ich darf das Auto rund um die Uhr und sogar auch privat nutzen, ohne beamtenrechtliche Konsequenzen befürchten zu müssen."

Ich musste grinsen. Unverkennbar stand Böhnke unter Anspannung. Der undankbare Job beschäftigte ihn 24 Stunden am Tag. Er war rund um die Uhr im Einsatz bei seinem Bemühen, die Karlspreisverleihung ohne Zwischenfälle abzuwickeln.

Ich zuckte zusammen, als unerwartet das Funkgerät quäkte.

Ein Scheunenbrand in Huppenbroich mit einem Schwerverletzten wurde gemeldet. Ob ihn das interessiere, wurde der Kommissar gefragt.

„Interessiert es uns?", gab er die Frage an mich weiter.

Doch ich sah ihn nur fragend an und er lächelte.

„Ich lasse mir alles aus Kreis und Stadt Aachen melden, das nicht der Normalität entspricht", klärte er mich auf. „So ist das auch mit dem Scheunenbrand, den gibt es nicht alle Tage. Ich glaube, den können wir abhaken. Nichts für uns, oder?"

Im Prinzip gab ich dem Kommissar Recht. Ich hätte noch nie einen Scheunenbrand miterlebt, sagte ich allerdings. Ich hätte bisher nur davon gelesen. „Normalerweise gibt es die im Winter, wenn die Scheunen gut gefüllt sind und die knackige Kälte die morschen Elektroleitungen angreift." So stünde es jedenfalls häufiger in der Zeitung. Später könne nicht mehr festgestellt werden, ob ein Kurzschluss oder eine andere Ursache für das Feuerchen vorgelegen habe. „Aber von einem Scheunenbrand Mitte Mai, davon habe ich noch nie gehört oder gelesen. Das ist etwas ganz Neues für mich." Gelangweilt betrachtete ich aus dem Seitenfenster die Menschen auf dem Gehweg.

Böhnke sah mich staunend an. Dann wechselte er kurz entschlossen und für mich überraschend die Fahrbahn und fuhr in Richtung Monschau statt zu mir.

Ich hielt mich krampfhaft am Griff über dem Fenster fest, als Böhnke beschleunigte.

„Wissen Sie überhaupt, wo Huppenbroich liegt?", fragte ich vorsichtig.

„Wer das nicht weiß, der hat in Heimatkunde ein Ungenügend", antwortete der Kommissar grinsend, woraufhin ich besser nichts erwiderte. „Wenn wir von Imgenbroich kommend in Richtung Simmerath fahren, müssen wir an der Straße Am Gericht rechts herum und nach knapp dreihundert Metern wieder links. Zwei Kilometer weiter liegt das Dorf vor uns."

„Schön", entgegnete ich, „dann lerne ich wenigstens einmal diesen Teil der Eifel kennen und zugleich einen Eifel-Brand." Dieter und ich hatten noch niemals bei einer Radtour Huppenbroich gestreift. Das musste sich ändern, nahm ich mir vor.

Als wir durch Roetgen preschten und wahrscheinlich von den stationären Radargeräten mehrfach geblitzt worden waren, fragte mich Böhnke: „Wissen Sie eigentlich einen rationalen Grund, weshalb wir dahin fahren?"

„Sie sind der Chef, nicht ich", antwortete ich lässig.

„Wissen Sie es nicht?"

„Nein. Ich habe mich durch Ihre Bemerkung leiten lassen: Scheunenbrand im Mai. Ehe wir ankommen, ist wahrscheinlich schon alles vorbei."

Überrascht betrachtete ich die harmonische, beruhigende Landschaft, durch die sich eine kurvenreiche Straße nach Huppenbroich zog. Buchenhecken, aus denen immer wieder Bäume herausragten, umgrenzten saftig grüne Wiesen. Über die Größe des Dorfes war ich erstaunt, ebenso wie über die von Rollläden verschlossenen Fenster in Einfamilienhäusern, die hinter schmucken Vorgärten lagen. Viele Bäume, viel Grün und fast nicht befahrene Straßen fielen mir auf und vor allem immer wieder Buchen und Buchenhecken.

„Hier leben vornehmlich Landwirte, Leute, die sich das Leben auf dem Lande leisten können, ein paar Ureinwohner und die große Schar der Wochenendbewohner", klärte mich Böhnke auf. „Ich schätze, mehr als die Hälfte der Einwohner kommt nur von Freitag bis Sonntag hierher. Hier gibt es etliche Wochenendhäuser." Er deutete kurz nach links, wo hinter einer flachen Hecke und einer kleinen Wiese ein schmuckes, angebautes Häuschen sichtbar wurde.

„Das war früher ein Hühnerstall, jetzt gehört die Hütte meiner Freundin. Es ist sehr ruhig hier. Kirche, Kindergarten, Kneipe und sonst gar nichts; außer der Ruhe, der guten Luft und der Blick in die sanft-hügelige Landschaft."

„Momentchen 'mal!" Ich packte den Kommissar am Ärmel. „Huppenbroich, dazu hat mir doch mein Freund von der Zeitung etwas gesagt." Es fiel mir wieder ein. „Hierhin ist ein Pärchen aus der Wohngemeinschaft gezogen. Die Frau war hoch schwanger." Zufälle gab es. Jahrelang hatte ich nichts von diesem abgelegenen Ort gehört, jetzt stand er auf einem Mal im Mittelpunkt meines gesteigerten Interesses.

Böhnke hatte mir ruhig zugehört, während er den Wagen langsam über die engen Wege lenkte. „Wo kann das bloß sein?", murmelte er, dann griff er zum Funkgerät und fragte nach.

Aus dem antwortenden Quäken wurde ich nicht schlau, anders als Böhnke, der entschlossen und zielstrebig weiterfuhr.

Wir ließen den Friedhof an der Kapellenstraße links liegen und fuhren an einem einfachen Windrad vorbei, das auf einer kleinen Anhöhe stand. Über einen notdürftig ausgebesserten Feldweg kamen wir endlich am Brandort an.

Die Freiwillige Feuerwehr hatte die Löscharbeiten tatsächlich schon beendet. Einige schwarz verkohlte Balken zeigten nutzlos in den Himmel. Dazwischen lagen Schutt und Asche, Holz und einige wenige durchtränkte Strohballen. Langsam entwich weißer Qualm. Viele Neugierige standen auf dem freien, leicht abschüssigen Feld und starrten mit zusammengekniffenen Lippen auf die Überreste der ehemaligen Scheune.

Erst spät bemerkte ich den Notarztwagen und den Kombi des Rettungsdienstes. Offenbar wurde in dem Rettungswagen gearbeitet, ein Rettungshubschrauber, so bekam ich am Rande mit, sollte angefordert worden sein.

„Was war los?", fragte ich Böhnke, der stumm neben mir stand und mit grimmiger Miene den Schauplatz betrachtete.

„Woher soll ich das wissen?" Er winkte einem Polizeibeamten zu, der geschäftig umherlief, ohne erkennbar etwas zu leisten. Böhnke gab sich zu erkennen und bat um einen Bericht über das Geschehen.

Aus bislang ungeklärter Ursache sei die Feldscheune in Brand geraten, meldete der beeindruckte Ordnungshüter. Ein Nachbar habe den Brand entdeckt. Die Löschgruppe aus Huppenbroich habe sofort die Kreisleitstelle in Simmerath alarmiert und mit den Löscharbeiten begonnen.

„Wir haben sogar einen Mann in dem brennenden Gebäude gefunden und geborgen." Der Polizist deutete verlegen auf den Rettungswagen. „Er wird gerade behandelt." Er betrachtete Böhnke intensiv. „Ich habe übrigens die Mordkommission verständigt."

„Warum?", fragte Böhnke erstaunt.

„Weil der Mann auf dem Rücken gefesselt war und auf dem Bauch lag. Ich vermute, er sollte verbrennen. Dann war's wohl eindeutig Mord und das Feuer garantiert Brandstiftung."

Bereitwillig holte der Polizist zwei junge Wehrmänner herbei, die Böhnke freundlich grüßten.

„Wir kennen uns von den Wochenenden und den legendären Feuerwehrfesten", klärte er mich auf.

„Sagt, was ist passiert, Jungs?"

Die beiden Männer kamen mir ausgesprochen wortkarg und einsilbig vor. „Die Scheune brannte und wir haben gelöscht", antworteten sie kurz.

„Und ihr habt einen Mann herausgeholt?", fragte Böhnke ruhig.

„Ja."

„Der soll gefesselt gewesen sein, habe ich gehört."

„Ja."

„Was habt ihr mit ihm gemacht?"

„Abgelöscht, auf den Boden gelegt und befreit."

„Und den Notarzt alarmiert?"

„Ja."

„Hat der Mann etwas sagen können?"

Ich bewunderte die Gelassenheit, mit der Böhnke die beiden wortkargen Männer befragte.

„Nein. Er hat versucht, etwas zu sagen. Doch war das nur ein Stöhnen."

Einer der Feuerwehrmänner ging urplötzlich los und erwartet allem Anschein, dass wir ihm folgten.

„Hier lag er." Er deutete auf den Boden und sah seinen Kollegen auffordernd an. „Sag du's!"

„Der Mann hat mühsam nach einem Stein gegriffen und etwas in die Erde gekratzt", sagte der andere, „oder wollte etwas schreiben." Er beugte sich vor und zeigte auf eine Stelle. „Hier können Sie es sehen."

Neugierig bückten sich Böhnke und ich. Im harten Lehm war ein Zeichen erkennbar.

„Das können zwei Striche sein", meinte der Kommissar.

Ich nickte. „Oder ein unvollendetes H. Oder etwas anderes. Das kommt auf den Blickwinkel an."

Böhnke stimmte mir zu. „Was soll das bedeuten?"

Ahnungslos zuckte ich mit den Schultern. „Das wird uns der Typ hoffentlich verraten."

Ich drehte mich um. „Kennen Sie ihn?", fragte ich die beiden Wehrmänner.

„Nein. Nie gesehen bei uns im Dorf."

„Der verrät nichts mehr", hörte ich eine müde Stimme hinter mir. Der Polizist war zu uns getreten. „Der Mann ist gerade gestorben, ohne wieder zu Bewusstsein gekommen zu sein."

„Personalien sind wahrscheinlich nicht bekannt. Wer er war, wo er wohnte, wie er in die Scheune kam, wissen Sie nicht?", fragte der Kommissar. „Sagen Sie meinen Kollegen, sie sollen sich darum kümmern", wies er den Polizisten an. „Ich will sofort informiert werden, wenn die Identität des Toten geklärt ist."

Entschlossen trat Böhnke auf den Rettungswagen zu. „Wollen Sie auch einmal einen Blick auf den Mann werfen?", lud er mich ein.

Doch ich lehnte dankend ab und sah ihm nach. Ich bekam noch mit, wie der Rettungshubschrauber, der sich knatternd näherte, sich nach einer großen Schleife wieder entfernte.

Einige Augenblicke später kam Böhnke zurück. „Den kenne ich auch nicht, und wie ich vermutet habe, hatte der Mann nichts bei sich, das auf seine Identität hinweisen könnte." Er betrachtete mich, als wollte er mich testen, aber diesen Test machte ich nicht mit.

‚Wer würde einem Opfer schon Ausweis oder andere Papiere belassen, wenn er es möglichst unerkannt aus dem Weg räumen wollte?', fragte ich mich. Ich hatte ganz andere Sorgen: „Gibt's hier irgendwo etwas zu essen?"

Erfreulicherweise hatte die Dorfgaststätte *Zur alten Post* geöffnet, zu der Böhnke auf Verdacht mit mir gefahren war. „Anderenfalls hätten wir den Kühlschrank im Hühnerstall geplündert", behauptete er salopp.

„Sehen Sie", sagte ich zu ihm, während ich eine heiße Bockwurst anschnitt, „jetzt hat unsere Fahrt in die Eifel doch noch einen rationalen Grund. In Huppenbroich hat es einen Mord gegeben."

„Der aber nicht im Zusammenhang mit meiner Funktion als Einsatzleiter für die Polizeitätigkeit anlässlich der Karlspreisverleihung steht", fiel mir Böhnke ins Wort. „Aber so ein Mord zeigt mir, dass es tatsächliche Verbrechen gibt und nicht nur die kriminellen Phantome, denen wir beide in Aachen nachjagen." Er schluckte nachdenklich an seinem Bier und wartete geduldig, bis ich auch den letzten Brotzipfel verspeist hatte.

„Wo wir schon einmal in Huppenbroich sind, könnten wir doch eigentlich einen Besuch machen", schlug ich vor. Mir war eine Idee gekommen. „Können Sie herausbekommen, wo das Pärchen aus der WG wohnt?"

„Nichts leichter als das." Böhnke rief den Gastwirt herbei, der prompt Bescheid wusste.

„In Huppenbroich geschieht halt nichts ungesehen", schmunzelte der Kommissar. „Die Fremden, so heißen die Neulinge im Dorf so lange, bis die nächsten kommen, wohnen in einem kleinen Haus nicht weit von hier. Wenn Sie es mit ihren Krücken schaffen, können wir zu Fuß dorthin."

Die Überraschung war unübersehbar. Die schwangere Frau schaute uns mit großen Augen an, als sie die Tür geöffnet hatte und mich wiedererkannte. Ihr Mann sei noch in der Universität, sagte sie, er käme spät. Was los gewesen sei, fragte sie uns, nachdem sie uns ins heimelige Wohnzimmer gebeten hatte, sie hätte die Feuerwehr gehört. Sie bekäme ja nicht mit, was in ihrer Umgebung oder gar in der Welt passiere.

Bereitwillig informierte Böhnke sie, und sie schüttelte erschrocken ihr langes Haar.

„Und so etwas ausgerechnet hier in Huppenbroich, am Ende der Welt." Sie lächelte entschuldigend, als sie Böhnkes protestierenden Blick sah, „am schönen Ende der Welt."

Ansichten über die Wohnqualität in diesem Eifeldorf wollte ich eigentlich nicht gewinnen. Schnell wechselte ich deshalb das Thema.

„Haben Sie noch etwas von Ihrer ehemaligen Wohngemeinschaft gehört?"

Die Frau verneinte. „Ich weiß nur, dass das Haus auf Ihre Intention hin gewaltsam geräumt wurde." Sie funkelte mich strafend an. „Aber das kümmert mich nicht mehr. Ich habe anderes im Sinn", sagte sie und legte die Hände behutsam auf ihren dicken Bauch.

„Dann haben Sie überhaupt keinen Kontakt mehr zu Ihren Mitbewohnern?"

„Eigentlich nicht", antwortete sie, „bis auf Müller. Der war gestern Abend hier und ist bis heute Morgen geblieben."

Mir stockte fast der Atem. „Müller war hier?"

„Ja. Mein Mann hat ihn gestern in Aachen getroffen und mitgebracht. Müller wollte sich heute in Monschau mit zwei Freunden treffen. Da hat ihn mein Mann kurzerhand eingeladen. Von uns nach Monschau ist es ja nur einen Katzensprung."

254

„Was hat Müller Ihnen gesagt?" Böhnke war mir mit seiner Frage zuvor gekommen.

„Nichts Besonderes. Wir haben ein wenig über unsere WG-Zeit gesprochen, über Sie geschimpft, Herr Grundler, und dann nur über das Studium. Müller hat gesagt, es falle ihm schon schwer, seine Zelte in Deutschland abzubrechen. Aber er käme garantiert irgendwann wieder."

„Das war alles?"

„Ja", bestätigte die Schwangere. „Wir sind alle früh zu Bett, und heute um acht Uhr sind mein Mann und Müller aus dem Haus gegangen. Wenn Sie wollen, können Sie gerne warten, bis mein Mann wiederkommt", bot sie uns an. Sie betrachte uns verunsichert, als wir schwiegen. „Ist etwas mit Müller?"

Ich sah Böhnke fragend an. Sollten wir der Frau von unserem Verdacht berichten? Ich überließ ihm bereitwillig das Feld.

„Nichts, das Sie beunruhigen könnte", ließ sich der Kommissar beschwichtigend vernehmen. Rasch verabschiedete er sich. „Sie haben es wirklich schön getroffen hier in Huppenbroich." Er lächelte. „Vielleicht sehen wir uns ja einmal an einem Wochenende."

„Glauben Sie an Zufälle?", fragte ich den Kommissar nachdenklich auf unserer abendlichen Rückfahrt nach Aachen.

„Die wenigsten Zufälle sind tatsächlich zufällig", gab er mir brummend zur Antwort.

„Dann ist es also kein Zufall, dass Müller ausgerechnet heute in der Nähe des Tatortes war, an dem der Unbekannte umgebracht worden ist?"

„Lassen Sie mich mit Ihren dämlichen Fragen in Ruhe", antwortete Böhnke ärgerlich. „Meinen Sie etwa, ich wäre nicht schon längst selbst mit meinen eigenen Gedanken darauf gekommen?"

Ich blieb unbeeindruckt. „Dann gehen Sie ebenso wie ich also davon aus, dass sich Müller in Monschau mit Jerusalem und einem Dritten getroffen hat und dass der Dritte dieses Treffen nicht überlebt hat."

Böhnke sprach doch noch mit mir. „So kann es gewesen sein, mein Freund. Wir haben dafür aber keine handfesten Beweise. Wie Sie mitbekommen haben, habe ich schon über Funk in Monschau eine Fahndung angeordnet. Jetzt werde ich das Ergebnis der Obduktion und der Brandschau abwarten. Morgen werde ich die Berichte hoffentlich auf dem Schreibtisch liegen haben."

„Was ist bis dahin?"

„Bis dahin ziehen wir uns in unsere traute Zweisamkeit zurück." Er schüttelte kurz den Kopf. „Können Sie mir erklären, wie Sie Ihrer Freundin erklären, warum Sie so spät kommen?" Böhnke deutete auf die Autouhr. „Wir haben es fast schon zehn."

„Ganz einfach", gab ich zurück. „Ich sage, Sie hätten mich aufgehalten, und Sie sagen, ich hätte Sie aufgehalten."

Mit der Zusicherung, er würde mich am Morgen um acht Uhr abholen, setzte Böhnke mich am Templergraben ab.

Ich war froh, endlich bei Sabine zu sein. Sie umarmte mich herzlich, um mich sofort zurückzustoßen.

„Von wegen, Böhnke. Du stinkst, als hättest du neben einer abgebrannten Scheune in der Eifel gestanden."

Biedermänner

Nur ungern ließ ich mich am Morgen von Sabine aus den Federn scheuchen.

„Schlafmützen können wir uns in Deutschland nicht leisten", lästerte sie. „Wenn du schon auf Kosten deines Chefs Urlaub machst, kannst du dich wenigstens für die Allgemeinheit nützlich machen", fuhr sie fort, bevor sie nach dem Frühstück in den Polo hüpfte.

Ich zog es vor, zu schweigen, sah dem Wagen nach und wartete auf Böhnke.

Pünktlich fuhr er vor. Er machte einen zufriedenen und ausgeglicheneren Eindruck als am Vorabend. Manchmal sei es ganz gut, abzuschalten, bemerkte er mit einem leichten Grinsen. Ich sehe nicht mehr so angespannt aus, meine Freundin täte mir augenscheinlich gut.

Im Büro orderte der Kommissar zunächst Kaffee und blätterte durch die Notizzettel, die ihm auf den Schreibtisch gelegt worden waren.

„Ich habe es mir fast gedacht", sagte er nach dem Lesen, „Jerusalem hat Sie hereingelegt. Seine Mutter ist schon vor Monaten in Winterberg gestorben. Er hat ihr Haus verkauft und das Geld auf ein Konto in Aachen überweisen lassen. Von dort hat er es abgehoben." Er schüttelte den Kopf und bat seine Assistenten zu uns.

Sie hatten die Zeitungen mitgebracht, in dem die Fahndungsaufrufe nach Müller und Jerusalem veröffentlicht waren.

„Wollen Sie den Karlspreis schänden?", hieß eine Überschrift. „Terror vor dem Karlsfest" eine andere. Durchweg wurde in der Presse deutlich, dass niemand ernsthaft mit dem Gedanken spielte, das Verleihungszeremoniell abzusagen. Das Attentatsgerücht solle man zwar ernst nehmen, aber nicht überbewerten. „Bei uns sind alle in besten Händen", wurde der Polizeipräsident vielsagend zitiert.

Unwillkürlich musste ich an meinen AZ-Reporter denken, der mich wahrscheinlich schon sehnlichst vermisste. Seine Informationsquellen waren anscheinend verstopft. Mit mir konnte er nicht rechnen, sein Verwandter von der Kripo tat gut daran, tunlichst still zu halten. Das galt weniger, um die Quelle zu versiegen, als vielmehr, um unsere Arbeit nicht zu gefährden. Der Beamte wusste wohl selbst, was auf dem Spiel stand. Nach Christi Himmelfahrt konnte er meinetwegen erzählen, was er wollte.

„Wie sieht's aus?", fragte Böhnke.

„Die Fahndung läuft und ist inzwischen nicht nur in Stadt und Kreis Aachen im Gange, sondern auch in den Kreisen Schleiden, Düren und Heinsberg", bekam er zur Antwort. „Aber leider war sie bisher erfolglos."

Und sie würde es auch bleiben, vermutete ich.

„Wir unterlaufen unsere eigenen Fahndungsbemühungen zwangsläufig dadurch, dass wir uns auf Christi Himmelfahrt vorbereiten müssen", erläuterte der Polizist. „Wir können uns alle nicht zweiteilen und nicht länger als 24 Stunden am Tag arbeiten."

Diese Erkenntnis brachte uns nicht weiter. Mehr erhoffte ich mir von dem Ergebnis der Experten über den Mord von Huppenbroich.

Mit nur kurzer Verspätung brachte ein Polizist die gewünschten Berichte vorbei.

Böhnkes Assistenten schienen erstaunt, als er mir eines der Exemplare gab.

„Der gehört bis morgen zu unserem Stab", sagte der Kommissar, „er bekommt von uns alle Informationen, die wir besitzen."

Die Assistenten verzogen ihre Gesichter zu grinsenden Grimassen, als behagte es ihnen überhaupt nicht, dass sich ein Privatmensch in ihren Gefilden aufhielt und dann nicht als Tatverdächtiger, sondern als gleichberechtigter Ermittler. Ihre Distanziertheit wich erst, als der Polizeipräsident ins Zimmer kam und freudestrahlend auf mich zustürzte, bevor er Böhnke und die beiden begrüßte.

Mit kurzen Sätzen klärte ihn Böhnke über die Geschehnisse von gestern auf. „Vermutlich hat Müller auch dabei die Finger im Spiel." Hinweise dafür gebe es zwar nicht in den Berichten des Mediziners und des Brandexperten, räumte der Kommissar ein, aber es würde in den Zusammenhang passen. „Oder?" Er sah mich fragend an und ich stimmte nickend zu. Der Kommissar hatte mich unbeabsichtigt auf ein Versäumnis hingewiesen.

Ich wollte doch gestern noch meine Zettelsammlung aktualisiert und neu geordnet haben und dabei den Zusammenhang beweisen. ‚Mist!', fluchte ich vor mich hin. Das musste ich heute unbedingt nachholen.

„Was sagt denn unser Freund von der Feuerwehr?", wollte der Polizeipräsident wissen.

„Es handelt sich bei dem Scheunenbrand eindeutig um Brandstiftung", berichtete Böhnke. Innerhalb der Scheune musste jemand das Feuer gelegt haben. Nach der Lage des eingestürzten Daches und der Balken muss die Scheune von innen nach außen abgebrannt sein. Das Dach war gleichmäßig in sich zusammengestürzt und nicht einseitig abgesackt wie es bei einem Brand geschehen wäre, der von außen gezündet wurde. Die Vermutung ging dahin, dass mit Benzin gearbeitet worden war. In den Trümmern war ein

Kanister gefunden worden, der Scheunenbesitzer habe glaubwürdig versichert, dort keine brennbaren Flüssigkeiten gelagert zu haben. Die Scheune war leer gewesen bis auf das Reststroh. Wie der Experte aus den Berichten der beiden Feuerwehrmänner, die den Verletzten unter Einsatz ihres Lebens geborgen hatten, geschlossen hatte, musste großflächig in der Scheune das Benzin verteilt worden sein. Die Männer hatten berichtet, das Feuer sei an allen Seitenwänden hochgeklettert. Das Fazit des Sachverständigen war unmissverständlich: eindeutig Brandstiftung.

„Verübt zur Begehung eines Mordes", fügte Böhnke an. „Wir hätten das Verbrechen vielleicht nicht mitbekommen, wenn die Feuerwehr langsamer gewesen wäre." Er hielt den Obduktionsbericht hoch und berichtete dem Polizeipräsidenten, was ich schon gelesen hatte. Das Opfer war auf dem Bauch liegend mit Hanfseilen auf dem Rücken gefesselt gewesen. „Die Seile wären restlos verbrannt, ohne Spuren zu hinterlassen. Das hätte dann nach Unfall oder Selbstmord ausgesehen", meinte er grimmig.

Es habe keine Möglichkeit mehr bestanden, den Mann zu retten, so hieß es im Obduktionsbericht. Sein Körper war schon größtenteils verbrannt, die verbrannte Kleidung hatte sich in die Haut eingeätzt. Eine Bemerkung machte uns alle aufmerksam: Der Mann musste wenige Stunden vor seinem Ableben

Chloroform eingeatmet haben. Dies hatte die Untersuchung ergeben.

Damit wurde für mich klar, Müller hatte sich mit Jerusalem und dem Unbekannten in Monschau getroffen. Die beiden hatten den Mann betäubt, gefesselt und nach Huppenbroich gebracht, wo er in der Scheune verbrennen sollte. Für mich stellte sich daher eine Frage: Gehörte der Tote etwa auch zu dem Kreis der Neonazis oder war er ihnen zu nahe gekommen?

„Das lässt sich vielleicht klären, wenn wir ihn identifiziert haben", bemerkte der Polizeipräsident. „Wie steht es damit?", fragte er Böhnke.

„Noch keine weitreichenden Erkenntnisse. Papiere waren Fehlanzeige, die Fingerabdrücke sind Glückssache und das Gebiss wird im Laufe des Tages untersucht. Wir wissen mit Sicherheit nur, dass der Mann einen Meter achtzig groß und etwa 30 Jahre alt ist. Im Moment versuchen unsere Leute, eine Porträtaufnahme per Computer zu erstellen. Viel Haut und Haare gibt es allerdings nicht." Böhnke hob entschuldigend die Hände. „Die Kollegen sind seit gestern Abend im Einsatz, aber es dauert seine Zeit." Missmutig griff er zum Telefon, das fordernd schellte.

„Was gibt's?", schnauzte er, um sich sofort im Tonfall zu mäßigen. „Wenn's sein muss, stellen Sie bitte durch." Er hielt die Sprechmuschel zu.

„Da ist die Aachener Zeitung dran. Die will mich sprechen." Böhnke schaltete den Lautsprecher an und meldete sich höflich.

An der Stimme erkannte ich den AZ-Reporter. Er wollte wissen, ob die Polizei schon von den geänderten Plänen des britischen Premiers gehört hätte.

„Nein, kommt er etwa nicht?"

„Er kommt schon. Und er landet auf der Awacs-Basis." Das habe ihm die britische Botschaft auf Nachfrage erklärt. „Ich muss doch wissen, ob die Verleihung überhaupt stattfindet. Das soll schließlich am Freitag unser Aufmacher sein", witzelte er.

„Und wann kommt der Premier?"

„Morgen früh. Sie müssen ihn dann nur noch sicher von Geilenkirchen nach Aachen bringen." Der Journalist lachte. „Ihrer Frage entnehme ich, dass ich Sie mit einer Neuigkeit versorgt habe."

Böhnke sah keinen Grund, zu dementieren. „Sie wissen doch, dass die zuerst Betroffenen als letzte informiert werden."

Wieder lachte der Schreiberling. „Dafür habe ich aber einen Gefallen gut."

„Und der wäre?"

„Können Sie mir verraten, wo ich Grundler finde? Der Kerl ist wie vom Erdboden verschwunden. Niemand kann oder will mir sagen, wo er ist. Angeblich soll er zu Hause sein, aber dort meldet er sich nicht."

Ich schüttelte verneinend den Kopf, als Böhnke mich fragend anblickte.

„Falls ich mit ihm sprechen sollte, sage ich ihm, er möge Sie anrufen. Mehr kann ich im Moment nicht für Sie tun", sagte er in den Hörer und beendete das Gespräch, ohne sich auf eine lange Diskussion einzulassen.

„Wieso ruft der ausgerechnet bei Ihnen an?" Ich witterte eine Plaudertasche in unserem Kreis.

„Die Presse weiß doch seit Jahren, dass Böhnke die Einsatzleitung beim Karlspreisfest hat", antwortete der Polizeipräsident an Böhnkes Stelle. „Das ist kein Geheimnis."

„Ist ja schön, ausgerechnet von der Presse zu erfahren, dass unser britischer Gast morgen erst kommt", knurrte der Kommissar. „Das hätten die in Bonn uns auch einmal sagen können."

„Tun sie noch", versuchte der Polizeipräsident, ihn zu beschwichtigen, „die Kollegen werden uns bestimmt einen detaillierten Reiseplan zukommen lassen."

Seine Zuversicht trog ihn nicht. Bald lag ein Fax vor uns, in dem der Bundesgrenzschutz mitteilte, der Premier werde am Donnerstag gegen acht Uhr in Teveren landen, mit einem Hubschrauber der Bundeswehr ins Reitstadion geflogen und von dort mit einer Polizeieskorte zum Quellenhof geleitet. Dort würde er sich frisch machen und gemeinsam mit den anderen Festgästen zum Dom fahren.

„So einfach geht das", maulte Böhnke. „Wir stehen vor vollendeten Tatsachen und müssen eine Eskorte bereitstellen. Das bedeutet gleichzeitig, dass wir die Kollegen für diese Zeit von anderen Stellen abziehen müssen. Oder glauben Sie etwa, ich könnte auf die Schnelle noch fünf Dutzend zusätzliche Männer bekommen?" Er funkelte den Polizeipräsidenten an, der sich abdrehte.

„Ich kann es nicht ändern. Sie haben zu handeln." Energisch zog er die Zimmertür hinter sich zu.

Böhnke wollte lospoltern, beließ es dann aber bei einem wütenden Abwinken.

,Wenn das die typische Beamtenhierarchie war, konnte ja nichts klappen', dachte ich mir, während ich betreten aus dem Fenster in die Soers schaute.

„Kein Kommentar von Ihnen, Herr Grundler?", hörte ich Böhnke spitz fragen.

Ich drehte mich um und sah ihn lächelnd an. „Kein Kommentar." Ich hatte genug Sorgen mit Müller und Jerusalem, mir würden sie reichen.

„Okay, okay", beruhigte er sich wieder. „Machen wir halt das Beste daraus." Er gab seinen Assistenten einige Anweisungen, und sie zogen beflissen ab.

Böhnke setzte sich an seinen Schreibtisch und schlug die Akte auf. „Wenn Sie wollen, können Sie gerne mitlesen", forderte er mich auf. „Ich habe hier alle Unterlagen über unsere Vorbereitungen."

Neugierig griff ich nach den Papieren. Ich war erstaunt, auf was die Polizei alles achten musste, was alles kontrolliert worden war, wie jeder Gullideckel kontrolliert, wie jedes Fenster beschrieben, wie jeder Papierkorb vermerkt wurde.

„Unser größtes Problem wird es sein, die Politiker zusammenzuhalten, wenn wir sie zum Dom fahren. Sie lassen sich nicht gerne bevormunden, während wir darauf bestehen müssen, dass sie pünktlich auf die Minute in bestimmte Autos steigen. Durch ihre Eitelkeit erschweren die angeblich Großen dieser Welt unsere Arbeit für ihre Sicherheit."

Aufmerksam und konzentriert wälzte ich die Papiere. Alle Aspekte waren klar durchdacht und präzise beschrieben worden. Viele denkbaren Eventualitäten oder plötzlich auftretende Schwierigkeiten waren mit Lösungsmöglichkeiten versehen. Was zu geschehen hatte, wenn eine Staatskarosse einen Motorschaden haben sollte, war ebenso beschrieben wie ein plötzlicher Wetterumschwung, der den Fußweg über die Krämerstraße unmöglich machen würde. Ungläubig las ich die Angaben zu den Sicherheitskräften, die in der Hinterhand gehalten wurden und die im Normalfall niemand zu Gesicht bekommen würde. Im Schutzraum des Quellenhofes und des Rathauses, selbst in Nebenräumen des Doms und in den Kellern vieler Gebäude würden bewaffnete Einsatzkommandos am frühen Morgen, fast noch in der Nacht, Position beziehen und abwarten. „Bis wir sie am Nachmittag nach einem langweiligen Dienst wieder abholen", ergänzte Böhnke. „Niemand bekommt

266

mit, dass diese Kollegen überhaupt präsent sind, so lange alles normal verläuft."

„Haben Sie stets diese große Zahl der versteckten Kollegen oder ist sie in diesem Jahr ein Ausnahmefall?"

„Das ist normal", antwortete der Kommissar. „Das wird seit vielen Jahren von uns praktiziert."

Auch beim Mittagessen in der Kantine vermittelte mir Böhnke den Eindruck, als sehe er gelassen dem nächsten Tag entgegen. „Ich bin davon überzeugt, alles Menschenmögliche gemacht zu haben", erklärte er, „aber ich weiß auch, dass Chaoten Unmögliches anstellen können. Darauf können wir uns verständlicherweise nicht einstellen. Jedoch glauben wir, so ziemlich alle möglichen Situationen in den Griff zu bekommen."

Die Niedergeschlagenheit, die ich gestern noch bei Böhnke bemerkt hatte, war verschwunden.

„Das war der fehlende Schlaf", behauptete er wenig überzeugend, als wir ins Büro zurückgingen. Böhnke griff zum Fax, das auf seinem Schreibtisch lag, und stöhnte kurz auf, nachdem er es gelesen hatte.

„Was ist?"

„Unsere Chaoten haben wohl ein neues Opfer im Visier."

„Wieso?"

Böhnke reichte mir das Fax, das ich schnell überflog. Das Schreiben war vom Bundesgrenzschutz und informierte über einen Zwischenfall in den belgischen Ardennen. Der Großherzog von Luxemburg war bei der Fahrt von Luxemburg nach Aachen nur knapp einem Anschlag entronnen. Aus dem Hinterhalt hatten Unbekannte auf schnurgerader Strecke in einem Waldstück mit Gewehren auf die Limousine geschossen. Die Projektile schlugen in den Kofferraum ein. Der gesicherte Wagen konnte aus eigener Kraft weiterfahren. Die sofort alarmierte Polizei hatte bei ihrer Fahndung nach den flüchtenden Schützen keinen Erfolg gehabt, zumal es keine Zeugen gab. Die Attentäter hatten sich in den dichten Wäldern absetzen können, ohne Spuren zu hinterlassen.

Der BGS bat, dieses Attentat nicht zu publizieren. Es sei aus ermittlungstechnischen Gründen derzeit günstiger, es geheim zu halten. Auch könne durch ein Schweigen weitere Unruhe vermieden werden. Der Großherzog habe sich mit dieser Vorgehensweise einverstanden erklärt.

„Passiert so etwas häufiger?", fragte ich Böhnke. Mir schien es, als handelten die Behörden den Zwischenfall mit einer unangebrachten Lässigkeit ab. „Die scheinen Routine zu haben."

„Ich weiß es nicht", erwiderte der Kommissar. „Im Vorfeld der Karlspreisverleihung hat es so etwas noch nie gegeben. Für mich ist es jedenfalls eine Premiere."

268

„Was bedeutet das für Sie?"

„Das bedeutet für mich, intensiver auf den Großherzog zu achten als ursprünglich vorgesehen war. Das bedeutet aber zugleich, einen anderen Staatsmann weniger intensiv zu schützen. Ich habe nicht mehr Mitarbeiter und ich habe schon Mehrarbeit durch die veränderte Anreise des britischen Premiers." Böhnke rieb sich durchs Gesicht. „Es macht von Jahr zu Jahr weniger Spaß. Mehr Politiker und mehr Arbeit, aber nicht mehr Mitarbeiter." Der Kommissar stand auf und trat ans Fenster, aus dem er lange hinausblickte.

„Kommen Sie heute Abend mit?", fragte er mich plötzlich.

„Wohin?"

„Ins Eurogress zum großen Empfang zu Ehren der bisherigen Preisträger durch den Oberbürgermeister. Dabei können Sie einmal viele Prominente hautnah erleben. Sie haben ja einen Sicherheitsausweis. Damit kommen Sie überall hinein."

„Gerne", antwortete ich spontan, doch schreckte ich zurück: „Gibt's da etwa Kleidungsvorschriften?"

Böhnke lächelte nachsichtig. „Schlips und Anzug wären nicht schlecht. So, wie Sie gekleidet sind, ernten Sie nur Naserümpfen und werden als Klomann abgeschoben." Er hatte mich von oben bis unten gemustert und meine Jeans und Sweatshirt als nicht angemessen beurteilt.

„Dann muss ich mir jetzt noch einen Anzug besorgen?", fragte ich vorsichtig.

„Müssen Sie nicht, aber Sie sollten es besser, Herr Grundler."

Ich verzog kurz die Mundwinkel, dann griff ich zum Telefon und rief in der Kanzlei an.

„Sabine, sag' deinem Chef, er solle sofort seine Klamotten ausziehen und mir bringen lassen", bat ich meine Sekretärin.

Sie nahm mich allerdings zunächst nicht ernst und musste hell auflachen, als ich ihr meine Kleidernöte schilderte. „Kein Problem", sagte sie, „ich werde Do bitten, etwas für dich rauszulegen. Oder bist du etwa dicker geworden als Dieter?"

Ich verkniff mir eine Antwort. Sie möge die Sachen bitte in meine Wohnung schaffen, sagte ich zu Sabine, „dann sehen wir uns wenigstens heute noch einmal."

„Worauf warten wir?" Ich war startklar und sah Böhnke an, der in seinem Sessel hockte und unruhig mit den Fingern spielte.

„Wenn Sie wollen, lasse ich Sie gerne nach Hause fahren", bot er mir an. „Ich jedenfalls warte noch auf Informationen. Es muss doch wohl noch gelingen, den Toten aus Huppenbroich zu identifizieren."

Ich setzte mich wieder hin. Das war wirklich ein Grund, noch zu warten und es Böhnke gleichzutun.

Das Telefon wirkte fast schon wie eine Erlösung. Neugierig griff der Kommissar zum Hörer und meldete sich. Er lauschte lange und sagte dann nur: „Ich komme."

Bedauernd sah er mich an. „Mein Chef will mich sprechen. Allein. Ich soll in seinem Büro warten." Hier läge genügend Lesestoff für mich herum, sagte er entschuldigend. Es würde mir bestimmt nicht langweilig werden.

Böhnke blieb lange fort. Ich hatte die Zeit genutzt, mir weitere Notizen zu machen und verschiedene Konstruktionen aufzustellen. Dabei passte auf einmal auch der Anschlag auf den luxemburgischen Großherzog ins Bild. Ob meine Theorie aber auch in der Realität standhielt? Ich selbst hatte da meine Zweifel.

Endlich wurde die Bürotür wieder geöffnet. Böhnke und der Polizeipräsident traten ein, sie machten einen verunsicherten Eindruck. Das freundlich gemeinte Lächeln wurde zur verlegenen Grimasse.

„Was ist passiert?", fragte ich erschrocken.

„Das Problem wird immer größer, mein Freund", antwortete Böhnke. „Ich habe meinen Chef überzeugen können, dass es nicht schaden kann, wenn wir Sie einweihen. Dabei muss ich Sie allerdings um absolute Vertraulichkeit bitten."

‚Du meine Güte', dachte ich. ‚Welches faule Ei wurde hier ausgebrütet?'

„Ich muss Sie wirklich um äußerste Verschwiegenheit bitten", meldete sich der Polizeipräsident zu Wort. „Falls Sie sich nicht daran halten, hänge ich Ihnen ein Strafverfahren an den Hals, Herr Grundler."

„In Gottes Namen, lassen Sie doch endlich die Katze aus dem Sack!", platzte ich heraus. „Was wird gespielt?" Ich steckte schon viel zu tief in der Angelegenheit, um überhaupt einen Rückzieher machen zu können. Wenn es schon sein musste, dann wollte ich das böse Spiel bis zum bitteren Ende mitmachen.

„Also gut", sagte Böhnke entschlossen und sah mich streng an. „Wir haben das Mordopfer aus Huppenbroich identifiziert. Es handelt sich um einen gewissen Walter Pusch."

„Kenne ich nicht", entfuhr es mir spontan.

„Aber wir kennen ihn", fuhr Böhnke fort. „Pusch war Mitarbeiter für die deutschen Nachrichtendienste und auf die rechtsradikale Szene angesetzt. Er war als Undercoveragent tätig."

‚Was sollte das schon wieder?', fragte ich mich. Da waren wohl einige Erklärungen angebracht.

„Pusch wohnte seit geraumer Zeit in Würselen und hatte Kontakte zu Mitgliedern der rechten Szene geknüpft. Er war auch mit einigen Rechten häufiger zusammen, deren Namen wir sogar kennen."

Auf meinen fragenden Blick antwortete Böhnke sofort. „Müller und Jerusalem gehören nicht dazu. Es handelt sich vielmehr um drei Männer, die in Würselen in der Nähe von Pusch wohnen."

Der Polizeipräsident griff in sein Sakko. „Ich habe hier Bilder der drei Männer, auf der Rückseite finden Sie einige Angaben. Die Herren sind auf den ersten Blick brav, bieder und langweilig, schlichtweg die typisch deutschen Biedermänner, denen man allenfalls zutraut, am Samstag das Auto auf Hochglanz zu polieren." Einzeln reichte er mir die Fotografien. „Schade ist kaufmännischer Angestellter, Becker Kfz-Mechaniker und Frenzen Beamter im mittleren Dienst in Aachen."

„Wo sind sie jetzt?", fragte ich. „Werden Sie vernommen?"

„Das geht leider nicht", bekannte Böhnke, „wie so viele andere Mitbürger nutzen sie das lange Wochenende wegen des Feiertags für einen Kurzurlaub, so heißt es jedenfalls. Das ist inzwischen völlig normal."

„Sie sind also spurlos verschwunden?"

„So können Sie es selbstverständlich auch bezeichnen, Herr Grundler."

„Können die drei sich mit Gleichgesinnten getroffen haben oder ist jeder für sich allein unterwegs?"

„Wir wissen es nicht. Wir wissen nur, dass die drei miteinander bekannt sind, mehr nicht."

„Und was hat Pusch herausgefunden?"

„Nach den Informationen, die mir zugeleitet worden sind, hat Pusch herausgefunden, dass das Trio irgendwelche Anweisungen bekommen hat", antwortete der Polizeipräsident. „Zwei junge Männer würden in Aachen Kontakt zu ihnen aufnehmen und sie aufklären."

„Worüber?"

„Das wissen wir nicht."

„Wusste es Pusch?"

„Keine Ahnung", sagte der Polizeipräsident verärgert. Ihm schien meine Frage lästig.

„Ist denn Puschs Wohnung durchsucht worden?" Mit der Frage hatte ich mich an Böhnke gewandt, der gequält lächelte.

„Die Kollegen sind noch dabei. Wollen Sie mit, ich fahre dahin?"

Ich ließ mir das Angebot nicht zweimal machen. „Na denn los!", forderte ich Böhnke auf und griff nach meinen Krücken.

In der unscheinbaren Wohnung von Pusch in einem Mietblock an der Scherberger Straße hatten die Beamten bereits sämtliche Räume durchsucht, aber nichts Auffälliges entdeckt. Lediglich der durchgedrückte Schriftzug auf dem oberen, leeren Blatt eines Schreibblocks fiel den Ermittlern auf.

„Wir haben versucht, den Text zu rekonstruieren", sagte ein Beamter zu Böhnke, „aber es sind nur Bruchstücke erkennbar."

Er reichte dem Kommissar die Aufzeichnung, die er mir nach dem Lesen weitergab. „Auto, Panzerfaust, Alternative", diese Wörter hatten die Spezialisten ermitteln können.

„Damit ist wohl alles klar", kommentierte ich den Fund, als mich Böhnke zu meiner Wohnung brachte. „Alles nicht, aber einiges", entgegnete er. „Was denken Sie denn?"

„Ich denke, dass Neonazis morgen ein Attentat geplant haben. Mit einer Panzerfaust soll es wohl gegen das Auto gehen, in dem der Premier sitzt, und wenn der erste Versuch nicht klappt, gibt's einen zweiten."

Böhnke nickte bedächtig. „Aber warum musste Pusch sterben? Was meinen Sie?"

„Vielleicht wusste er zu viel, vielleicht ist er aufgefallen. Da hat man ihn schlichtweg eliminiert", antwortete ich.

„Wie der Holländer?"

Für einige Augenblicke war ich verwirrt. „Wie meinen Sie das?"

„Er ist ebenfalls aufgefallen und wusste vielleicht zu viel", erklärte der Kommissar. „Da musste er sterben."

„Wissen Sie das?"

„Nein. Ich glaube es."

Am Templergraben ließ mich Böhnke aussteigen mit der Zusicherung, mich in einer Stunde abzuholen.

„Und denken Sie daran, Herr Grundler, zu niemandem ein Sterbenswörtchen, auch nicht zu Ihrer Freundin."

Das Schweigen fiel mir verdammt schwer, zumal mich Sabine eindringlich nach meinem späten Erscheinen fragte. Sie schmollte sogar, als ich sie barsch abwies. Aber sie würde mich verstehen, tröstete ich mich; wenn alles vorbei war, würde ich sie in mein Geheimnis einweihen.

Es kostete mich nicht nur einige Überwindung, mich in Hemd und Anzug von Dieter zu zwängen, es kostete mich noch mehr Überredungskünste, Sabine dazu zu bewegen, mir die Krawatte zu binden.

„Jetzt siehst du wenigstens einmal wie ein Mensch aus", maulte sie, als sie mich in meiner Ausgehkleidung sah. „So solltest du eigentlich immer im Büro herumlaufen."

Da schwieg ich besser und schaute durchs Fenster hinunter auf die Straße, auf der Böhnke herangefahren kam.

Die Eingangskontrolle am Eurogress war nicht allzu intensiv. In Begleitung des Einsatzleiters und an den Krücken jederzeit erkennbar, hatte ich keine Probleme, in das Gebäude zu gelangen. Es war schon ein ungewöhnliches Gefühl, sich in der Nähe vieler Männer und einiger weniger Frauen aufzuhalten, die normalerweise nur von Bildern und aus den Nachrichten bekannt waren. Das Herzen und Lachen war allerdings nicht anders als bei anderen Gesellschaften, man war unter sich und benahm sich wie jedermann. „Sprechen Sie bloß niemanden auf ein mögliches Attentat an", warnte mich Böhnke. „Sie wecken entweder nur schlafende Hunde oder treiben einige Politiker in eine unangebrachte Panik." Er blickte sich um. „Sind sie nicht toll, unsere Staatsmänner und unsere Aachener Honoratioren?"

Ich blieb ihm eine Antwort schuldig. So gewichtig fand ich die Gesellschaft gar nicht, das schien mir eher eine Versammlung von Biedermännern, deren Krönung ein Kellner war, der eilfertig mit einem Tablett voller Sektkelche umherwuselte.

„Kennen Sie diesen Promi etwa nicht?", fragte ich Böhnke belustigt. „Wie kommt der hierhin?"

Der Kommissar schmunzelte, als er den Kellner erkannte. „Das sind die kleinen Zugeständnisse an unsere Presse. Das hat mein Chef arrangiert." Er winkte dem Kellner zu, der sich durch die Menge zu uns schlängelte.

Der AZ-Reporter machte nicht die schlechteste Figur in seinem Frack.

Christi Himmelfahrt

In der Nacht machte ich kein Auge zu. Die Eindrücke aus dem Eurogress vermischten sich mit der Anspannung vor dem großen Tag und der Fülle der Informationen, die sich auf meinen Notizzetteln angesammelt hatten. Ich war fast so weit, darauf zu drängen, die Verleihung des Karlspreises abzusagen. Das sei die einzige Möglichkeit, ein Attentat garantiert zu verhindern, glaubte ich. Es gab nach meiner Überlegung keinen Ansatz, den Terroristen das Handwerk zu legen. Wir hatten fast nichts in der Hand, sahen wir einmal davon ab, dass fünf Männer gesucht wurden, von denen wir noch nicht einmal wussten, inwieweit sie überhaupt an den vermeintlichen Attentatsplänen beteiligt waren. Nur Puschs Aufzeichnung deutete eindeutig auf das Attentat hin.
Warum sonst hätte er sterben müssen?
Schlaflos wälzte ich mich im Bett umher. Es wurde schon langsam hell, als mir die Idee kam; eine wahrscheinlich wahnwitzige Idee, von der ich den Polizeipräsidenten überzeugen musste. Er musste nach meiner Überzeugung das Risiko eingehen, wenn er eine Chance haben wollte, ein Attentat zu verhindern und den Attentätern auf die Schliche zu kommen.

Irgendwie musste ich doch eingeschlafen sein, denn der Kaffeeduft, der mir in die Nase zog, weckte mich auf.

„Lass' mich wenigstens deine Küchenhilfe sein, wenn du mich sonst schon nicht brauchst", lächelte mich eine ausgeschlafene Sabine an. Sie hatte den Tisch gedeckt und das Radio eingeschaltet.

Beide wurden wir hellhörig, als wir die Sondermeldung hörten. Auf den Hubschrauber, der den britischen Premierminister am Morgen von der Awacs-Basis in Teveren nach Aachen fliegen sollte, war kurz nach dem Abheben eine Bazooka abgefeuert worden. Doch habe das Geschoss sein Ziel verfehlt. Es sei in einen Hügel eingeschlagen. Der Premier sei unbeschadet abgeflogen, umgeben von einer großen Begleitstaffel.

Die sofortige Fahndung nach den Tätern war erfolglos geblieben. Auf einem kleinen, sandigen Weg in der Heide nahe der deutsch-niederländischen Grenze hatte die Polizei einen verlassenen Geländewagen gefunden, der vermutlich von den Attentätern benutzt worden war. Die Täter hatten sich abgesetzt, intensiv wurde nach ihnen gesucht.

„Geht gar nicht", bemerkte ich. „Dazu gibt es viel zu wenige Polizisten da oben. Die sind doch alle heute in Aachen."

Böhnke nahm den Anschlag mit gespieltem Gleichmut auf. „Na, und? Ist etwas passiert?" Er grinste mich müde an, während wir zum Quellenhof fuhren. „Darum sollen sich andere kümmern. Wir sind für die Sicherheit in Aachen verantwortlich."

In der Rezeption des Hotels stießen wir auf den Polizeipräsidenten, der nervös umherlief. „Das hat uns gerade noch gefehlt", schimpfte er. „Das fängt ja gut an."

„Ich habe noch etwas viel Besseres für Sie", sagte ich und bat ihn mit Böhnke zu einem Gespräch unter sechs Augen. „Ich möchte Ihnen einen Vorschlag machen."

Die erste Reaktion des Polizeipräsidenten war entschiedene Ablehnung, nachdem ich ihn in einem Nebenraum über meine Idee informiert hatte. „Das mache ich nicht. Da können die ja gleich zu Fuß gehen."

Ich versuchte mich in Ironie. „Aber klar doch, dass ist die Lösung schlechthin. Auf Fußgänger kann es keine Attentate geben. Die Ärsche wollen ja mit einer Panzerfaust ein Auto knacken. Ich hätte es fast vergessen."

Böhnke hielt sich nicht an der müßigen Diskussion auf. Er hatte einen Stadtplan genommen und fuhr mit dem Finger darüber. „Viel weiter ist der Weg auch nicht", meinte er abschätzend.

„Aber nicht gesichert", entgegnete der Polizeipräsident.

„Es weiß ja auch niemand, dass die Karawane dort lang fährt. Bis eventuelle Attentäter darauf regiert

280

haben, sind die Politiker längst im Dom. Der Überraschungseffekt ist unser Trumpf." Für mich war der Vorschlag, kurzfristig und unangemeldet den Transfer vom Quellenhof in die Innenstadt auf einer anderen Strecke vorzunehmen als der vorgesehenen, einfach gut.

„Auf der neuen Strecke kann sich kein Attentäter postiert haben", behauptete ich. „Außerdem werden potenzielle Attentäter, die an der gesicherten Strecke lauern, ergebnislos und ernüchtert abziehen. Mit etwas Glück schnappen wir sie sogar."

„Vorausgesetzt, ein Anschlag ist tatsächlich im Verlauf dieser Strecke beabsichtigt." Böhnke sah mich nachdenklich an. „Ich halte Grundlers Vorschlag für machbar", sagte er schließlich. „Wir sollten es versuchen."

Der Polizeipräsident lief aufgeregt durch den Raum. „Wie sollen wir das den Politikern und den Leibwächtern erklären?"

„Überhaupt nicht", antwortete ich. „Oder glauben Sie etwa, dem spanischen König oder dem päpstlichen Nuntius fällt es auf, wenn wir nach rechts in Richtung City fahren statt nach links? So lange niemand fragt, so lange gibt es auch keine Antwort." Ich spürte, dass ich Oberwasser bekam. „Sie brauchen nur die Ampelanlagen auszuschalten und mit Polizisten die wenigen Kreuzungen abzusichern."

Böhnke nickte mir zustimmend zu, gespannt richteten wir unsere Blicke auf den Polizeipräsidenten.

„Machen Sie, was Sie für richtig halten, Herr Böhnke. Sie sind verantwortlich. Das kostet Ihnen den Kopf, wenn es schief geht."

„Es kostet mich auch den Kopf, wenn es ein Attentat gibt", polterte der Kommissar vehement los. „In beiden Fällen bin ich der Gelackmeierte. Also entscheide ich und ich erwarte, dass Sie meine Entscheidung billigen. Anderenfalls nehme ich auf der Stelle meinen Hut."

Der Polizeipräsident reagierte nicht auf diese Drohung. „Machen Sie das Beste, mein Freund", sagte er nur. „Leiten Sie alles in die Wege."

Ich war erstaunt, wie schnell die Veränderung der Route zum Dom organisiert war. Böhnke hatte bei der Konferenz alle seine Untergebenen zum Stillschweigen verdonnert und mit drakonischen Strafmaßnahmen bei Verstößen gedroht.

„Was gibt es für mich zu tun?", fragte ich ihn in einer kurzen Verschnaufpause.

„Sie werden schon etwas finden", meinte er. „Sie sind doch freischaffender Künstler. Ich kann Ihnen nichts vorschreiben und ich werde Ihnen nichts vorschreiben." Er gab mir ein Funkgerät. „Falls wir uns aus den Augen verlieren, funken Sie mich ruhig an." Er deutete auf eine Taste. „Darauf drücken und reden."

Ich verließ den Quellenhof, in dem es immer lauter wurde, und humpelte auf meinen Krücken zu einer

Sitzbank vor der Tiefgarage des Spielkasinos, die von der angenehm warmen Maisonne beschienen wurde. Dort ließ es sich aushalten, ich genoss mit geschlossenen Augen die Sonnenstrahlen auf meinem Gesicht.

Plötzliches Hupen und eine Lautsprecherdurchsage schreckten mich auf. Die Polizei hatte lautstark einen Autofahrer zum Anhalten aufgefordert, der auf der Monheimsallee in Richtung Quellenhof unterwegs war. Erschrocken hielt der Mann an und wurde Augenzeuge eines besonderen Ereignisses. Aus der Tiefgarage schossen die Limousinen hervor und fuhren am Eingang des Quellenhofs vor. Die Politiker ließen sich beim Einsteigen wenig Zeit. In kurzen Intervallen fuhren die Wagen fort über die Strecke, die ich vorgeschlagen hatte.

Schon nach kurzer Zeit war die Aktion beendet, es wurde wieder ruhig auf der Monheimsallee, durfte der Autofahrer mit dem normalen Personenverkehr weiterfließen. Allem Anschein nach war alles anstandslos verlaufen.

Müde blinzelte ich über die Straße auf die andere Seite und schreckte zusammen, als ich aus der Ruine von Brandmann drei Männer in Arbeitsanzügen und großen Koffern auf die Straße treten sah. Ohne Eile gingen sie zu einem hellen Kombi auf dem Parkstreifen und stiegen ein. Schnell humpelte ich auf den Wagen zu, aber ich war noch zu weit entfernt, um die Männer erkennen zu können, als der Kombi abfuhr.

Ich humpelte weiter zu dem demolierten Haus. Das Vorhängeschloss an der Bautüre war ordentlich geöffnet worden. Die Tür stand offen und ich trat neugierig ein. Über Bauschutt bahnte ich mir den Weg in das Zimmer, das zur Monheimsallee lag.

Mir stockte der Atem, als ich den Mann entdeckte, der auf dem Boden in einer Ecke hockte. Mit weit aufgerissenen Augen starrte er in meine Richtung, die Zunge hatte er mir unnatürlich weit entgegengestreckt. Die Drahtschlinge hatte sich noch fest in den Hals eingegraben. Brandmann lag tot vor mir. Man hatte ihn regelrecht hingerichtet.

Das klappernde Geräusch vom Fenster lenkte mich von dem Toten ab. Wie ich erkannte, waren einige der Bretter des Verschlags nur lose angebracht und ließen sich leicht beiseiteschieben. Der Grund für diese Manipulation war mir schnell bewusst: Auf dem Boden lagen noch zwei Abschussgeräte für Panzerfäuste. Die Attentäter hätten sie schnell durchs Fenster schieben und abfeuern können.

Urplötzlich lief mir der Schweiß über die Stirn und ich drückte mit zittrigen Fingern auf das Funkgerät. „Bin in Brandmanns Haus", sagte ich aufgeregt, „wir haben wahrscheinlich ein Attentat verhindert. Bitte kommen Sie so schnell wie möglich!"

Böhnke ließ mich nicht lange warten. Mit mehreren Kollegen stand er schon wenige Minuten später neben mir und ließ sich mein Erlebnis schildern. Seine unverzügliche Anordnung, eine Fahndung nach einem hellen Kombi mit drei Insassen einzuleiten, bezeichnete er selbst als Verlegenheitslösung. „Aber etwas müssen wir tun."

Er begleitet mich zum Quellenhof. „Haben Sie eine Erklärung, Herr Grundler?"

„Nein", gab ich zu. Welche Rolle Brandmann spielte, war mir nicht klar. „Ich kann mir nicht vorstellen, dass er zufällig vorbeigekommen ist und er deshalb ermordet wurde. Es sieht vielmehr so aus, als habe er den Männern die Tür geöffnet. Ich vermute, der steckte mit denen sogar unter einer Decke."

Prompt kam die Frage, die Böhnke einfach stellen musste: „Warum musste er dann sterben?"

„Wenn ich das wüsste, wären wir ein großes Stück weiter." Ich wusste es aber nicht. „Was machen unsere Politiker?", fragte ich.

„Bei denen ist alles in Ordnung", antwortete der Kommissar. „Das ist ein richtig schönes Volksfest auf dem Markt. Von den angeblichen Attentatsversuchen hat sich kein Öcher beeinflussen lassen." Aber er traute dem Braten nicht. „Ich bin erst dann von unserem Phantom überzeugt, wenn die Show über die Bühne ist und unser englischer Gast wieder deutschen Boden verlassen hat."

„Er hat es ja eilig", erinnerte ich mich an die Zeitplanung des Premiers. „Der rauscht nach dem Mittagessen wieder ab." Der Politiker musste unbedingt nach Washington, wie er als Grund für seine überstürzte

Abreise erklärt hatte. In einer Hubschrauberstaffel sollte er vom Reitstadion nach Köln-Wahn geflogen werden. „Dadurch blockiert er zwangsläufig die Helis für andere", hatte Böhnke gebrummt, als er über die Absicht informiert wurde. „Jetzt müssen die anderen mit dem Auto zurück an den Rhein."

Böhnke fragte mich, ob ich mit in die Innenstadt wolle. „Da können Sie einmal unseren Kanzler in Hochform erleben. Wenn der in der Menge badet, erblassen alle anderen Gestalten neben ihm."

Dankend lehnte ich ab. Ich wollte mich lieber mit den geänderten Einsatzplänen beschäftigen und fragte mich, wie Böhnke die Politiker zurück zum Quellenhof bringen würde. Auf der alten oder der neuen Strecke? Aber das sollte nicht meine Sorge sein, sagte ich mir und nahm mir zum wiederholten Male die Mappe mit Böhnkes Unterlagen vor. Ich hatte mich in ein Zimmer zurückgezogen und den Fernseher angestellt, auf dem die Übertragung der Karlspreisverleihung lief. Sie bot den Hintergrund für mein Aktenstudium. Auf mehreren Blättern machte ich mir Aufzeichnungen. Ich hatte das Gefühl, irgendetwas zu übersehen, aber ich wusste noch nicht, was es sein könnte. Vielleicht verrieten mir Müller und Jerusalem die Lösung, wenn sie in Maastricht auf dem Flugplatz festgenommen werden würden. Hoffentlich enttäuschten sie mich nicht.

Das Rütteln an der Schulter weckte mich auf. „Na, mein Freund, ausgeschlafen?" Böhnke grinste mich zufrieden an. „Wo bleibt denn nun unser Attentat?"

„Was ist?" Ich gähnte und streckte mich. „Was ist passiert?"

„Nichts", antwortete der Kommissar entspannt, „der Premier ist längst schon wieder in der Luft. Ich glaube, Sie haben das drohende Unglück nur geträumt."

„Und was ist mit dem zweiten Versuch?"

„Den hat es nicht gegeben. Wahrscheinlich haben die vermeintlichen Attentäter resigniert."

Ich sah keinen Grund, erleichtert zu sein. Mussten die Menschen sterben? Ohne einen Grund? Das konnte nicht sein.

„Wie geht es weiter?", fragte ich Böhnke, der sich zufrieden in einen Sessel zurückgelehnt hatte. „Wie schon? Unsere Gäste werden noch etwas feiern und sich morgen in alle Himmelsrichtungen verteilen."

„Sie bleiben alle hier im Quellenhof?"

„Fast alle", antwortete Böhnke. „Der Bundespräsident ist schon auf der Autobahn. Unser Kanzler und einige Botschafter wollen heute noch abfahren."

Ich verharrte in meiner Bewegung. Das war es! „Die haben es nicht auf den Premier abgesehen, die wollen den Kanzler! Das war bisher alles nur eine Finte", redete ich schnell auf Böhnke ein. „Die wollen den Kanzler abschießen!"

Böhnke stierte mich ungläubig an.

„Wissen Sie noch, was Pusch in den Lehm gekritzelt hat?"

„Zwei Striche oder ein unvollendes H oder so etwas."

„Nein", widersprach ich vehement. „Das sollte eine Zwei sein. Eine römische Zwei für die Nummer zwei in unserem Staat." Ich reichte Böhnke die Teilnehmerliste: „Nummer eins im Staate ist der Bundespräsident, Nummer zwei ist in der Hierarchie der Bundesrepublik ist nach herrschender Meinung der Bundeskanzler." Nach anderer juristischer Auffassung rangierte er sogar noch hinter dem Bundestagspräsidenten an dritter Stelle. Aber das wollte ich jetzt nicht thematisieren.

Böhnke staunte mich bewegungslos an.

„Tun Sie was, Mann!", brüllte ich ihn an. „Er darf heute nicht abfahren, halten Sie ihn zurück!"

„Und wie?", stotterte der Kommissar.

„Von mir aus sperren Sie ihn in die Toilette ein", schimpfte ich. „Das liegt doch alles klar auf der Hand, die wollen den Kanzler meucheln."

„Ich kann es mir nicht vorstellen", stöhnte Böhnke.

„Aber ich." Eine bessere Propaganda konnten die Rechten gar nicht bekommen. „In Deutschland wird der Kanzler auf der Straße von Unbekannten niedergestreckt. Armes Vaterland. Da hat unsere Demokratie restlos versagt, da müssen Zucht und Ordnung her in einem totalitären Polizeistaat, um derartige Greueltaten zu verhindern."

Böhnke blieb unschlüssig.

288

„Ich mache Ihnen einen Vorschlag", sagte ich schnell nach einer Denkpause. „Lassen Sie eine Eskorte in Richtung Bonn losfahren, aber ohne Kanzler. Den können Sie am Abend hinterherschicken, wenn die Hubschrauber aus Köln zurück sind. Wenn nichts passiert, bezahle ich gerne die Rechnung für die Mehrkosten unserer Behörden."

„Wenn nichts passiert, kann ich mir einen neuen Job suchen, Herr Grundler." Böhnke sprang auf. „Ich muss etwas erledigen. Und Sie bleiben hier sitzen, bis ich wiederkomme!"

Eine halbe Stunde später setzte sich die Limousine des Kanzlers in Bewegung, wie ich am Fenster beobachten konnte. Begleitet wurde sie von mehreren Fahrzeugen und einer Motorradstaffel. Ich war erstaunt, wie viele zivile Fahrzeuge sich der Kolonne anschlossen, die über die Monheimsallee in Richtung Europaplatz fuhr.

Missmutig schüttelte ich den Kopf und hockte mich in den Sessel.

Wenige Minuten später hallten die Martinshörner aller Polizeiwagen in der Luft, fuhren Rettungswagen und Feuerwehrfahrzeuge lärmend und mit Blaulicht an mir vorbei.

„Sie haben, verdammt noch mal, Recht gehabt, Sie verfluchter Mistkerl!", brüllte mich Böhnke an, der schockiert in das Zimmer gestürmt war. „Am Europaplatz ist es geschehen. Die Fahrzeugkolonne ist von allen Seiten aus den Nebenstraßen heraus beschossen worden, als sie in den Kreisverkehr eingebogen ist. Alle Ausfahrten waren plötzlich von querstehenden Autos blockiert, die Kolonne saß fest. Dann begannen auch schon das Gewehrfeuer und der Granatenbeschuss. Der Wagen des Kanzlers wurde völlig zerstört."

„Und?", fragte ich atemlos.

„Der Kanzler lebt. Er sitzt nebenan. Aber es hat etliche Tote gegeben. So viel, wie ich bisher weiß, sind auch Jerusalem und Frenzen darunter." Böhnke drängte zur Eile. „Kommen Sie, wir müssen los!"

„Wohin?" Mein Schnelldenken hatte ausgesetzt.

„Nach Maastricht, Sie Penner", raunzte er mich an. „Hier können wir ohnehin nichts tun. Über Funk werden wir auf dem Laufenden gehalten. Los! Schalten Sie Ihre Krücken auf den Turbogang."

Mit rasender Geschwindigkeit schoss Böhnke zum Maastricht-Aachen-Airport. „Hoffentlich haben sie Müller geschnappt", sagte er vor sich hin, „der hat uns einiges zu erklären."

„Wem? Ihnen oder mir?" Ich schlug Böhnke vor, zuerst mit Müller zu reden. „Dann können Sie in der Hinterhand nachlegen."

Böhnke stimmte zu. Den tatsächlichen Grund meines Vorschlags nannten weder er noch ich: Ich brauchte mich nicht an die Vernehmungsvorschriften zu halten. „Jetzt fehlt nur noch Müller", sagte ich grimmig.

Gebannt hörten wir uns die immer wieder neuen Informationen im Funkgerät an. Der Sachverhalt war
schnell deutlich geworden. Vor der Kolonne hatten
sich etliche, unverdächtig scheinende Fahrzeuge be-
funden, die auf den Europaplatz einbogen, aber
dann an allen Ausfahrten des Kreisverkehrs stehen
blieben. Vermummte Gestalten waren herausge-
sprungen und hatten sich hinter den Wagen ver-
schanzt. Ehe die Polizei reagieren konnte, eröffneten
sie schon das Feuer. Gleichzeitig waren aus den Zu-
fahrtsstraßen weitere Autos herangefahren, aus denen heraus ebenfalls mit leichten und schweren
Waffen geschossen wurde. Die Kolonne des Kanzlers
war ohne Fluchtmöglichkeit eingekreist. Erst mit Unterstützung weiterer Einsatzkräfte und aus der Luft
war die Kolonne befreit worden. Viele der Angreifer
waren zu Fuß oder mit Fahrzeugen flüchtig, viele waren verletzt oder getötet worden. Aber auch viele
Mitglieder des BGS und der Polizei mussten sterben.
„Warum war der Kanzler nicht dabei?"
„Böhnke hatte auf meine Frage gewartet. „Ich habe
ihm erklärt, ein Spinner habe ein Attentat auf ihn
vorhergesagt, und es sei besser für ihn, wenn er bis
zum Abend in Aachen bliebe." Er lächelte. „Nein, so
war es natürlich nicht. Ich habe ihm gesagt, dass
dank Ihrer Hilfe das erste Attentat verhindert worden wäre und ich, ebenso wie Sie, an einen zweiten
Versuch glauben würde. Das hat ihn offensichtlich
überzeugt."

Gespannt bogen wir auf das Flugplatzgelände ein. In der Abflughalle bekamen wir gerade noch mit, wie per Lautsprecher die Passagiere Jerusalem und Müller zum letzten Mal aufgefordert wurden, sich für den Flug nach Amsterdam einzuchecken.

„Die sind beide nicht hier", folgerte der Kommissar, „Jerusalem ist eh tot, Müller vielleicht ebenfalls oder flüchtig oder aber bereits verhaftet." Er sah Bloemen auf uns zukommen, der uns mit einer Enttäuschung begrüßte.

„Müller ist nicht gesehen worden. Der ist nicht nach Maastricht gekommen."

„Glauben Sie es oder wissen Sie es?" Ich jedenfalls wollte es noch nicht akzeptieren.

„Was meinen Sie?" Bloemen war irritiert.

„Vielleicht ist er ja unter einem falschen Namen durch die Kontrollen geschlüpft. Ich traue ihm alles zu. Vielleicht hat er ja unter einem falschen Namen ein zweites Ticket erworben, nach Amsterdam und dann weiter."

Das am Computer zu recherchieren, würde zu lange dauern, meinte Bloemen. Es bestehe nur eine Möglichkeit. „Wir sollten im Wartebereich die Passagiere vor dem Besteigen des Fliegers noch einmal überprüfen. Dann sind wir wenigstens sicher, hier in Maastricht alles Machbare gemacht zu haben."

Niemand schien uns über Gebühr zu beachten, als Bloemen, Böhnke und ich in den Warteraum kamen.

Das größte Mitleid erregte ich wegen meiner Krücken.

Neugierig blickte ich mich um. Müller war nicht zu sehen. Intensiv musterte ich die Menschen, nur ein junger Mann, der aufgestanden und zu einem Zeitungsstand gegangen war, erinnerte durch seine Größe an Müller. Aber das war auch schon die einzige Gemeinsamkeit. Der Passagier in dem leichten Sommermantel war schwarzhaarig, hatte einen Drei-Tage-Bart und trug Jeans und Turnschuhe. Er hatte nach einer niederländischen Zeitung gegriffen und kehrte zu seinem Platz zurück. Neben einer älteren Dame, zu deren Füßen ein angeleinter, zitternder Rehpinscher hockte, setzte er sich auf eine Bank und blätterte in dem Journal.

Langsam ließ ich meinen Blick weiter durch die Gruppe der Passagiere schweifen, die sich allesamt unauffällig verhielten.

„Der Kerl ist nicht hier", flüsterte mir Böhnke zu. Resigniert drängte er zum Aufbruch.

Enttäuscht trottete ich hinter ihm her in Richtung Ausgang. Wir standen vor der Glastür, als ich die Spiegelung des Raumes vor mir sah, und den schwarzhaarigen Typen, der wie zum Abschiedsgruß leicht die Hand hob.

‚Das ist er!', schoss mir durch den Kopf und ich drehte mich zur Verblüffung von Böhnke, der mir die Tür offenhalten wollte, um.

„Los!", zischte ich, „Da sitzt Müller."

Ich humpelte auf den Mann zu, der aufgestanden war, und blieb vor ihm stehen. „Das Spiel ist aus, Müller", sagte ich, „und Sie haben verloren."

Hämisch betrachtete mich der Mann. „Ich weiß nicht, was Sie von mir wollen. Wie war Ihr Name, Herr...?"

‚Ruhig bleiben', sagte ich mir. ‚Der Kerl will dich nur provozieren.'

„Ich weiß es schon", entgegnete ich, „Ihr Freund Jerusalem lässt vielmals grüßen. Er hat alles ausgeplaudert, die Sache mit Pusch, die Sache mit Loogen, der Brief für mich. Und natürlich auch die Sache mit Brandmann."

Für einen Moment zuckte der Mann mit einer Augenbraue, dann hatte er sich wieder unter Kontrolle. „Ich habe keinen Freund Jerusalem und die anderen Namen sagen mir auch nichts."

„Dann erklären Sie das bitte den Zeugen, die Sie zusammen mit Jerusalem im Gespräch mit Franz Loogen gesehen haben, oder den Leuten, die Sie in Huppenbroich mit Jerusalem und Pusch erkannt haben."

Der Mann grinste hochnäsig. „Das alles will Ihnen Ihr Freund Jerusalem gesagt haben. Sonst noch etwas?"

„Alles", behauptete ich. „Von Ihren Kontakten zur IRA, von Ihrem Studium in Oxford, von Ihren internationalen Kontakten in der rechten Szene und von Ihren Kontakten zu Brandmann." Ich pokerte hoch, ich hatte wahrlich nichts zu verlieren. Müller war dran,

294

so oder so. Mir ging es nur darum, alle Fragen zu klären.

Der arrogante Typ vor mir behielt sein hochnäsiges Grinsen bei. „Ich verstehe nicht, was Sie von mir wollen. Von mir können Sie nichts erfahren." Langsam hatte er seine rechte Hand aus der Manteltasche gezogen und führte sie zum Mund.

Schnell riss ich meine Krücke hoch und stieß sie ihm ins Gesicht. Reflexartig hob der Mann die Hände zur Abwehr. Etwas fiel zu Boden. Ehe ich mich versehen konnte, hatte der Rehpinscher danach geschnappt. Nur Sekundenbruchteile später jaulte er auf und brach tot zusammen.

„Ich habe Ihnen doch gesagt, dass Sie verloren haben, Herr Müller. Selbst das Zyankali konnte Ihnen nicht helfen", sagte ich müde. Ich konnte mich nicht einmal mehr über meinen Erfolg freuen. Ich hatte nur meine Pflicht getan, Franz Loogen einen letzten Dienst erwiesen.

Zwei Polizisten packten den Mann und legten ihm Handschellen an.

Rache für Jan

Das Dankschreiben des Bundeskanzlers legte ich ins Fach, in dem schon ein Orden des Polizeisportvereins Aachen und die Dauerkarte der Alemannia lagen. Sie waren ebenfalls nur Erinnerungen an kriminelle Geschehen.

Jetzt saß ich in meiner Wohnung am Schreibtisch und sortierte zum letzten Male die Notizzettel, die endlich alle einen Sinn ergaben. Einige fehlende Fakten hatte mir ungewollt Müller geliefert, der bei schleppenden Vernehmungen in den Niederlanden gelegentlich etwas ausgeplaudert hatte. Die Niederländer hatten Müller eingekerkert und ermittelten gegen ihn wegen des toten Rechten aus Kerkrade. Da mussten sich die deutschen Behörden noch einige Monate gedulden, ehe sie Müller vernehmen konnten.

Mehrere Stunden brauchte ich, um den Verlauf der Ereignisse zu rekonstruieren. Dann erst war ich in der Lage, vor dem Polizeipräsidenten und Böhnke zu referieren.

Nach meinen Erkenntnissen hatte eine Gruppe von Neonazis ein Attentat auf den Bundeskanzler während der Karlspreisverleihung geplant, das Attentat verschleiert und stattdessen ein Attentat auf den britischen Premier angekündigt. „Brandmann hat im Auftrag der Gruppe das Haus an der Monheimsallee

gekauft, darin sollte Müller auftragsgemäß den Anschlag vorbereiten. Eine bessere Tarnung als eine
Hausbesetzung konnte ihnen gar nicht passieren, zumal Müller geschickter Weise mit in die Wohngemeinschaft einzog. In seinem Freund Jerusalem
hatte er den richtigen Partner, der von außerhalb die
Fäden zog, und im Reigen der Schläfer die geeigne-
ten Handwerker für die Spielereien im Haus gefunden", erläuterte ich den beiden Kriminalisten.
„Rechtzeitig zur Preisverleihung stand das Haus ja
dank meiner Mithilfe zur Verfügung", sagte ich ironisch. „Parallel zur Vorbereitung des Attentats
wurde daran gearbeitet, die Konzentration der Öffentlichkeit auf das angedrohte Attentat auf den Premier zu lenken."
Für mich war es ein Akt menschenverachtender
Skrupellosigkeit, wie die Rechten einen der ihren op-
ferten, um das Gerücht in die Welt zu setzen. „Müller
wollte den Holländer, in dessen Wohnung wir den
ersten Hinweis fanden, schon bei der Prügelei an der
Grenze umbringen lassen", behauptete ich. Das habe
nicht geklappt und bedauerlicherweise wegen des
Übereifers der Polizei den unschuldigen Loogen ins
Spiel gebracht. „Der Junge musste sterben, weil Müller und Jerusalem befürchteten, er könne etwas mitbekommen haben. Vielleicht hat er Müller an der
Grenze erkannt, Jerusalem hat jedenfalls in der Kanzlei erfahren, dass gegen Loogen ermittelt wurde."

Von Loogen sei es nur ein kleiner Schritt zu mir gewesen. Auch ich war ein potenzieller Gefahrenherd, weil ich mich in den Fall hineinkniete. Währenddessen hat die IRA gemeinsam mit anderen Rechten die kleinen Gefälligkeiten ausgeübt. Wahrscheinlich gab es dafür Geld. Das waren Ablenkungsmanöver, in England ebenso wie in Düsseldorf, in Aachen, bei den Schüssen auf den Großherzog oder bei dem vermeintlichen Attentat in Teveren. Es war schon auffällig, dass niemand dabei zu Schaden kam. „Zu diesem Schluss bin ich am Himmelfahrtstag gekommen. Es war gar kein Attentat auf den Premier geplant, sondern auf die Nummer zwei in Deutschland, auf den Kanzler."

Deshalb, so vermutete ich, musste auch Brandmann sterben. „Ich glaube, er war mit einem Attentat auf den Premier einverstanden. Als er dann in dem Haus erfuhr, dass der Kanzler Ziel des Anschlags sein sollte, wollte er wohl abspringen, vielleicht sogar das Verbrechen verhindern. Da haben ihn die rechten Handlanger kurz entschlossen abserviert."

Ich beobachtete den Polizeipräsidenten und Böhnke, die bedächtig zuhörten. „Irgendwann im Vorfeld des Attentats müssen Müller und Jerusalem auch die drei Männer aus Würselen angesprochen und geweckt haben. Pusch hat das Gespräch wahrscheinlich mitbekommen und sich in den Augen von Müller verdächtig verhalten. Oder", ich machte eine Pause,

„die Hintermänner hatten ihn ohnehin schon im Fa-
denkreuz. Also wurde auch er von Müller und Jerusalem eliminiert."

Wie die Festnahmen und die Ermittlungen nach dem
Feuergefecht am Europaplatz ergeben hatten, waren
aus allen Teilen Nordrhein-Westfalens einige wenige
bekannte sowie größtenteils nicht registrierte
Rechtsradikale zusammengetrommelt worden. „Das
war eine lang vorbereitete Aktion mit Müller und Jerusalem als Speerspitzen", fasste ich zusammen,
„mit ideologisch verblendeten Mitläufern wie Brandmann, einigen fanatischen Schläfern und einem Bau-
ernopfer aus Kerkrade. Die eigentlichen Drahtzieher
blieben unerkannt außen vor. Die machen sich die
Finger nicht schmutzig." Wieder betrachtete ich die
beiden Polizisten.
„Jetzt werden wir wohl zunächst Ruhe haben. Die
Rechten müssen ihre Reihen neu sortieren. Aber die
nächste Aktion kommt irgendwann bestimmt."
Ich schwieg und auch die beiden Kriminalisten blieben lange stumm.
„Das glaubt Ihnen keiner, Herr Grundler", sagte
Böhnke schließlich.
Ich grinste gequält. „Sie haben ja selbst gesagt, ich
hätte das alles nur geträumt."
„Sie müssen daraus unbedingt einen Krimi machen",
riet mir der Polizeipräsident, der aufgestanden war

und zum läutenden Telefon auf seinem Schreibtisch griff.

Nach dem kurzen Gespräch kam er nachdenklich zu uns zurück. „Das war ein Kollege aus Maastricht. Müller ist tot. Er hing im Fensterkreuz.“

„Selbstmord?“

„Kann sein oder auch nicht. Der Kollege vermutet, Müllers Tod sei die Rache für Jan. Sie wissen, der Typ aus Kerkrade.“ Ächzend setzte sich der Polizeipräsident. „Da klebt in diesem Jahr verdammt viel Blut am Karlspreis.“

Kurt Lehmkuhl wurde 1952 in der Nähe von Aachen geboren. Nach dem Abitur und dem Studium der Rechtswissenschaften war er über 30 Jahre lang für den Zeitungsverlag Aachen tätig, zunächst als freier Mitarbeiter, danach als Redakteur und als Lokalchef in Erkelenz. Nach seinem Ausscheiden aus dem Zeitungsverlag Aachen arbeitet er als freier Journalist für zahlreiche Zeitungen und Zeitschriften im In- und Ausland.

Neben der journalistischen Tätigkeit ist Kurt Lehmkuhl schriftstellerisch aktiv. Seit 1996 werden seine Romane veröffentlicht, beginnend mit „Tödliche Recherche". Häufig stehen aktuelle Themen oder regionale Besonderheiten im Mittelpunkt seiner Krimis, etwa der Aachener Karlspreis oder die Braunkohleförderung im Rheinland. Außerdem verfasst Kurt Lehmkuhl Reisereportagen und Kurzgeschichten, ist als Dozent für Kreatives Schreiben sowie als Moderator und Organisator von literarischen Veranstaltungen und als Herausgeber von Anthologien tätig.

Seine aktuellen „Böhnke"-Romane erscheinen größtenteils im Gmeiner-Verlag.

Die Reihe „Mörderisches Aachen" umfasst:

1. Tore, Tote, Tivoli
2. Ein Sarg für Lennet Kann
3. Blut klebt am Karlspreis
4. Die Aachen-Mallorca-Connection
5. Mörderische Kaiser-Route
6. Der Grenzgänger
7. Ein CHIO ohne Rasputin

Zur Serie „Tödliches Düren" gehören:

1. Tödliche Recherche
2. Tödliche Annakirmes
3. Tödliche Spritzen
4. Tödliches Vertrauen
5. Tödliches Roulette
6. Tödliche Mallorca-Träume

Als „Böhnke-Krimi" sind erschienen:

1. Raffgier
2. Nürburghölle
3. Dreiländermord
4. Kardinalspoker
5. Prinzenprinz
6. Fundsachen
7. Kohlegier
8. Weißgott

9. Böhnke und die Nächstenliebe
10. Marionettenspiel
11. Öcher Bend-Blues
12. Böhnke und das Endspiel

Weitere Romane sind:

1. Garudas Grüße
2. Kofferjäger

Zudem gibt es die Geschichtensammlungen:

1. Mörderisches Aachen
2. Der Manöverschaden

Von Reisen berichten:

1. Meine Welt: Mein Vietnam
2. Meine Welt: Mein Kirgistan
3. Meine Welt: Mein Kuba
4. Meine Welt: Mein Costa Rica

Anthologien sind:

1. Nachbarn unter sich/Buren onder elkaar
2. Blutroter Selfkant
3. Mörderischer Selfkant
4. Tödlicher Selfkant
5. Kunterbunter Selfkant

6. Kulinarischer Selfkant

(Die nach VHS-Kursen entstandenen Selfkant-Ge-
schichtensammlungen haben als Benefizprojekt inzwischen einen Spendenertrag von rund 50.000 Euro
für ein Hospiz erbracht.)